レオ・ブルース／著
小林　晋/訳

ビーフ巡査部長のための事件
Case for Sergeant Beef

扶桑社ミステリー
1568

CASE FOR SERGEANT BEEF
by Leo Bruce
1947

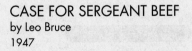

ビーフ巡査部長のための事件▼目次

ビーフ巡査部長のための事件

登場人物

ウィリアム・ビーフ巡査部長……退職した警察官、私立探偵
ライオネル・タウンゼンド……ビーフ巡査部長の事件記述者
ウェリントン・チックル……レイバーズ・エンド荘に住む引退した時計職人
イーディス・ショルター……チックルの知人
ロン・ショルター……その兄
フリップ……ウッドランズ荘の住人
フリップ夫人……その妻
パッカム……副牧師
エヴァ・パッカム……その妹
ブラック夫人……チックルの家政婦
ジャック・リボン……犬の世話をしている少年
ジョー・ブリッジ……若い農夫
アストン……事務弁護士
メイベル・マクロイド……ブラック夫人の娘
ジム・マクロイド……その夫

ワッツ-ダントン巡査……………村の警察官
チャットー警部…………事件担当の警察官

第一章　前口上として

ぼくはもう、殺人事件とは何の関わりも持たないことに決めていた。大戦前のこと、ぼくはビーフ巡査部長の捜査活動を忠実に記録し、五編の探偵小説に仕立て上げ、探偵としての大きな資質が、そのゆるぎない常識にあると言える彼が、手がかりの織り成す迷宮をくぐり抜けて、最後には必ず真犯人を捕まえるのを見ては楽しんでいたものだった。

初めて会った時、彼は一介の村の警察官に過ぎず、その仕事ぶりを記録して一連の長篇小説として書き上げ、彼を名探偵の水準にまで引き上げたのはぼくの才能だった。ところが、彼はわずかの感謝どころか、その欠片《かけら》すら示すことなく、ぼくが彼について書いた本が充分に幅広く読まれていないと、たびたび不満を表明していた。そんなわけで、戦争が終わったのを機に、ぼくは犯罪小説家としての仕事を投げ出して、もっと堅実で実入りの良い海上保険の仕事に就くことに決めていたため、彼にそう話しても何ら気がとがめることはなかった。彼がぼくに感謝したことはなかったというのが実感で、ぼくの代わりに誰をボズウェル役に据《す》えるのだろうと興味津々《しんしん》だった。

誰がなろうと、簡単な仕事にはならないだろう。というのも、無愛想な赤ら顔をして、不器用で鈍重、唇の上にはほつれて、まるで先端がビールの養分を吸っているように見える濃い芥子《からし》色の口髭《くちひげ》を蓄え、もったいぶった物言いと人を苛立《いらだ》たせる自己満足の人であるビーフは、あっぱれな名探偵として一般大衆に受けるような人物ではないからだ。それに、彼がいつも他人が失敗した事件で真相を見出《みいだ》してきたことと、がっしりした外見の奥には天才に近いものが隠れていること、そして非常に感染性の強い、一種少年のような情熱を持っていることは認めるものの、それでもぼくは彼を拾ってくれる作家が見つかるだろうかと危ぶんでいた。最近流行《はや》りの名探偵といえば、高い社会的地位と莫大《ばくだい》な不労所得があるものと相場が決まっているが、ビーフときたら自分の扱った事件からの実際の実入りで生活を立てているのだ。

とにかく、ぼくはもうたくさんだった。戦争中、RIASC、すなわち王立インド輜重《しちょう》隊の士官として、ぼくは戦場から千マイルと離れた場所にいたわけでもなく、あまり人が血を流すのを見たことがなかったのは確かだが、それでも殺人から距離を置きたいと感じていて、ビーフが探偵活動に戻るのならぼくの代役を見つけてもらわなければならないと率直に話す決心をしたのだ。

戦時中、ぼくはビーフから一度か二度、便りをもらった。彼は憲兵隊の特殊情報部に加わっていたそうで、きっと所在不明の用品のありかを突き止めたり、いかがわしい支度金還付について調べたり、偽造小切手を振り出した士官を逮捕したりして、ささやかな成功を収めたことだろう。ぼくはこれまで以上に自分に満足しているビーフの姿が見られるものと思っていた。ぼくは元日の午後に、自分の新しい仕事について打ち明け、後任を見つけられるよう彼の幸運を願うために、彼に会いに出かけた。

ビーフは戦前、警察から引退して真っ先に見つけた自宅を、幸運にも戦災に遭うことなく所有していた。彼が家を探し始めた当初、探偵業のハーリー・ストリート（一流医師たちが競うように軒を並べていた）とも言うべきベイカー・ストリートのそばでなければならないと言い張っていたことを思い出してぼくは頰《ほお》をゆるませた。

「業界の流れに逆らうのは絶対にまずい」と言って、彼はライラック・クレセントの家に居を構えると、〈私立探偵ウィリアム・ビーフ〉という文字がでかでかと刻まれたとんでもない真鍮《しんちゅう》のプレートを掲示したのだ。その日、彼の家に到着して、そのプレートが所定の位置にあって、ぴかぴかに磨き上げられたばかりなのを見ても、ぼくは驚かなかった。

当人がドアを開けて、ゆっくりと顔一杯に笑みを浮かべて挨拶《あいさつ》をした。

「やあ」と彼は言った。「君がいつ現れるものかと思っていたよ。さあ、入ってくれ。それから、新年おめでとう！」

ビーフはいつも自分で〝フロント・ルーム〟と呼んでいる、床にスパニッシュ・マホガニーを張り、感傷的な数々の彫刻の置いてある部屋へとぼくを案内したが、その部屋の空気は、ビーフのパイプから出たむっとする煙と、フラシ天のテーブルクロスの上で摂ったばかりの食事の入り混じった匂《にお》いがした。

ビーフはぼくに馬巣織《ばすお》りの椅子《いす》を示して、自分はお気に入りの椅子にゆっくりと腰を下ろしてから、パイプに火をつけた。

「思うに、君は小説に書けそうな殺人物語はないか訊《き》きに来たんだろう？」彼はにやにやしながら言った。

ぼくはかなり辛辣《しんらつ》な調子で、そんな用件で来たのではない、もう探偵活動とは縁を切る決心をしたのだと言った。

「それもけっこう」まるでぼくが謝罪したかのような調子でビーフは応じた。「わしの事件を書き上げてくれる人間ならどうせすぐに見つかる。いろいろ考え合わせると、その方がむしろ好都合かもしれないとしてもわしは驚かんな」

「いったい君は何が言いたいんだ？」ぼくは冷淡に尋ねた。

「そうだな、君は今まで売り上げの点ではたいして成功してこなかったよな？　少なくとも成功と言えるようなことは」とビーフは言い添えた。

「まだ君の言うことが理解できないんだがね、ビーフ」ぼくは言い返した。「ぼくが君と出会った時、君は村の駐在だったじゃないか。このぼくが君を名探偵に仕立て上げたんだ。ぼくが君の事件を書いてあげることでね」

「だが、その事件を解決したのは誰だ？」ビーフは勝ち誇ったようなにやにや笑いを顔に浮かべながら尋ねた。「解決を見出したのは誰なんだ？」

「事件を解決したのが君であることを、ぼくは否定しているわけじゃないよ。だけど、きょう日《び》、誰か事件を書いてくれる人間がいなければ、探偵として良い仕事をしても何にもならない。知名度が重要なんだ」

「わしの言いたかったのはそこだよ」とビーフは言った。「そこでわしには知名度を上げてくれる人間が必要なんだ。わしは難事件を解決している、そうだろ？　わしがこれまで失敗したことがあるか？　わしは君に訊きたい。幾つかの事件はかなり手の込んだもので、ヤードを五里霧中に置いたほどだ。ところが、わしが事件を解決して手に入れたのは何だ？　貸し出し図書館に君の本が二、三冊入っただけだ。家内の妹はいつも本ばかり読んでいて、鼻を本の間に突っ込んでいるほどだが、行きつけの図書館の女性司書はビーフ巡査部長なんて名前は聞いたことがないと言っているそうだ。このことについて君はどう考える？」

ぼくは怒りのあまり、最初は口も利けなかった。それから、皮肉を込めて言ってやった――「たぶん、このぼくが悪いんだろう？」

「もちろん、君が悪いに決まっている」ビーフは言った。「なにしろ、わしは今頃、一流の人間と肩を並べていて然るべきなんだ。ロード・サイモン・プリムゾルやムッシュー・アメール・ピコンなどの連中とな。わしはあの連中と同じくらい巧妙に真相へと到達してみせたじゃないか」

「かもしれない」ぼくは認めた。「でも、君には洗練が欠けているんだよ、ビーフ。ああいった現代の名探偵たちはほとんどが公爵の縁者か、さもなければ誰もが知っている人物なんだ。彼らはいつもハウスパーティーに招かれ、あらゆる最高の殺人がそこで起きるものなんだ。単刀直入に言えば、ビーフ、君は粗野だ。ぞんざいだ。中産階級《ブルジョワ》なんだ」

「さあ、おいでなすったぞ！」ビーフは言った。「だからわしは他の連中ほど有名じゃないのか？　またしても階級意識か。まあ、だとしても、それは君の落ち度だぞ。君はわしを実際よりもけっして誇張して描くべきじゃなかった。君がわしを貴族の称号を付けてロード・ウィリアム・ビーフとして書いていたと仮定しよう。それならどうなる？　読者はわしの事件を夢中で読むことになったはずだ」

「ばかなことを言わないでくれよ」ぼくは彼の赤ら顔に満足の笑みが見えたので、そう言った。

「わしに必要なのは、わしのことを真面目に受け止めてくれる人間だ」と彼は言った。

「君がたびたび読者を笑わせていたら、わしのことをいくら名探偵に見せようとしても無駄だ」

「ぼくは見た通りのことを書いている」ぼくは言った。

「へっ、文学的良心というやつか？」ビーフは笑った。「わしに言えるのは、そいつは金にならんということだ」

「とにかく、もう君はこれ以上心配する必要はない」ぼくは苦々しく言った。「君が誰か別の人間を見つけて、これから手がける事件を記録させるのは君の勝手だ。君が望むなら、君のことをスリムで貴族的な人物、鋭い目をして見事な仕立ての服を着た人物として紹介する誰かを。ぼくは別の仕事をやるつもりだ」

「ま、それは君の問題だ。たぶんその方が実入りは良いだろう。どうせ君は本当に物書きをやめたりはしないんだろう？」

ぼくはこの言葉に無言の嘲笑《ちょうしょう》で答えた。

「書評家の誰かの意見を聞くまでもなく、とにかく、君は物書きをやめないよ」とビーフは断定した。「とはいえ、或《あ》る意味では残念だ、とりわけ今は」

「どうして、今なんだい？」ぼくはついうっかり尋ねてしまった。

「なぜならば、どうやらうってつけの事件を持って、さる女性がまもなく尋ねて来ることになっている。実にうってつけの事件を」

「ぼくにはさらさら興味が湧《わ》かないね」ぼくは軍隊で学んだ言い方を使って、かなり効果的に言ったと思った。

「そうか？　ま、かまわないさ。というのも、もしもこの事件がわしの考える通りのものだったら、実に重大な案件だからだ。すごいんだ。殺人か、それとも一人の男による殺人に見せかけた自殺か。そしてわしは、悪ふざけなしに真相に到達する」

「かつて捜査中に、このぼくが君の言うところの〝悪ふざけ〟をしていたとでも仄《ほの》めかしているのかい？」

「いや、しかし、君の書き方では、誰が見てもわしがそうしていたと考えるだろう。この事件は真面目な事件なんだ。真剣な扱いが必要だ。だから、たぶん君が書かない方がかえっていいかもしれない。とはいえ、せっかくだからお茶の一杯でも飲んでいったらいい」

　率直なところ、ぼくにはどうしたらいいかわからなかった。

「女性の名前は？」ぼくはビーフに尋ねた。

「誰の名前だって？」

「君に会いに来る女性の名前だよ」

「ミス・ショルターだ」

　その名前を聞いてもぼくにはぴんと来なかった。このところ、新聞を読んで新しい犯罪を研究することはなくなっていた。

「先週、ケント州の森で死体となって発見された男の妹だ」とビーフは言った。

「かなりありふれた事件のようだが」

「ほう、何を期待していたんだ？　フリルの付いた派手な事件か？　男は死んでいたんだぞ。十二番径の銃で撃たれていた。頭の半分が吹っ飛んでいた。それ以上、何を求めるんだ？」

ぼくは静かなオフィスで日々の仕事を始めること以外は何も求めていないと言おうとした。ところが、その瞬間に正面ドアの呼び鈴が鳴って、ビーフは部屋を出ると、すぐにミス・ショルターを伴って戻って来た。

「こちらがミスター・タウンゼンドです」と彼は言った。「わしの仕事の記録を担当しています。こちらがミス・ショルターだ」

ぼくはかっとなったが、なんとか怒りを抑えて、ビーフの依頼人と握手をした。

彼女は馬面をした、四十代の女性だった。文字通り馬面だった。彼女の顔を見ると、つい厩舎《きゆうしや》を思い浮かべてしまう。そして彼女は地味なツイードのような服を着て、不格好なフェルト帽をかぶっていて、それが馬のような顔に似合っていた。彼女は背もたれのまっすぐな椅子に腰かけると、ぼくからタバコを受け取り、大きくて朗らかな声で話し始めた。

「私はあなたに」と彼女は言った。「兄の死の事件を調べていただきたいのです。ばかな連中は兄が自殺したと考えています」

「どこのばかです?」

「どいつもこいつもです。あなたは見かけ以上に有能だと伺いました。警察は何もしてくれないでしょうし、私は才気縦横の探偵と目されているにやけた俗物連中の一人にうろつき回ってほしくないんです。報酬と経費については私に任せてください。こちらのお友だちを連れて来てもいいですよ」彼女はぼくに向かってうなずいた。「ただし、さっさと始めていただかなくては」

「説明すべきだと思いますが、ぼくは……」とぼくは話し始めた。

しかし、ビーフはぼくが最後まで言い終えないうちに声高に言った。

「今は説明する必要などない」彼は言った。「事件をお引き受けしましょう。住所はどちらです?」

かくしてぼくのより良い判断と強い決意にもかかわらず、ぼくはいつしか犯罪の世界に引き戻され、気がつくとビーフの後を追ってケント州はバーンフォードまで出向き、またしても謎《なぞ》の事件の解明に取り組むのを見守ることになった。そして、実際にそれは謎の事件に見えたのである。

第二章　ウェリントン・チックルの日誌

　およそ一年前、ウェリントン・チックル氏が日誌を書き始めた。この日誌は今やビーフ巡査部長の最も大切にしている記念品であったが、ショルター事件が決着を見てかなり経《た》ってから彼の手に渡ったに過ぎず、捜査中は誰もその存在を知らず、いわんやそれを読もうという者などいなかった。大きくて奇妙な筆跡──飾り書きだらけの非常に装飾的で精細な文字──で書かれた驚くべき文書で、まるで古文書に現れる大文字の金泥文字さながらだった。これを書いた人物は自分の作品を愛し、たぶんそれを完成させるしか暇つぶしがなかったのは一目瞭然《いちもくりょうぜん》だった。日誌は一九四五年三月から始まる。最初の記載事項が事件全体に対する鍵《かぎ》になっている。

第一項

　私は殺人を実行する決心をした。先に進む前に、その理由をできるだけ正確に記述しておこうと思う。妻殺しクリッペンや連続殺人犯ランドリュのような名前が私の名前の前にかすんでしまい、ウェリントン・チックル殺人事件が重要な歴史的犯罪事件の一つとして正当な地位を占める将来、未来の心理学者にとっては極めて重要な資料となるだろう。もちろん、私が生きている間は、私の名前が犯罪と結びつけて考えられることはない。私が余生を平和に終えた後、この日誌が世間に公表され、その時になって初めて、スコットランド・ヤードの切れ者たちが一介の謹厳実直な引退した時計職人としか思えない人物の非凡な才能に打ち負かされたことが判明するのだ。

では、その理由に入ろう。しかし、その前に私は本題からそれて理由ではないことを説明しなければならない。私は殺人を、利益や復讐《ふくしゅう》、愛情のため、残虐さのため、恐喝者や暴漢から逃れるため、悪意のため、憎悪や何であれ抗議のために犯すものではない。実際――そして、ここが肝心要《かなめ》の点なのだが――私には動機がないのだ。そして、動機がないため、私はけっして犯人として見破られることはない。言い換えれば、私の殺人は芸術のための芸術みたいなもので、殺人はもっぱら、そしてまったく、殺人そのもののために行われるのである。単純な考えだ。あらゆる偉大な考えと同じように。

もちろん、私は完全に正気だ。私は本や庭仕事が好きで、子供好きの、なかなか好感の持てる老紳士と見なされている。百人の人間が私の正気を証言してくれる。私は奇矯《ききょう》な人物でも、孤独な人間でもない。私はあまねく人に好かれ、尊敬さえされている。

さて、私の理由は以下の通りだ。私が殺人を実行しようとしているのは、殺人を成功裏に成し遂げる鍵を発見したからだ――つまり、動機が見つからないということだ。私は死ぬ前に、自分のかなり奇妙な名前を歴史に残すような事を成し遂げたいと願い、そのためには殺人が一番確実な方法のように思えた。実際、私には人生の残りの歳月を費やしてやるようなことはあまりなく、熱中するような興味もなかったので、殺人の計画と実行が私に必要なことを与えてくれると考えている。私は人の生死となると話が大げさに語られ過ぎていると考え、男であれ女であれ、実際に起きるよりも二、三年早く死が訪れても、大差はないと思っている。警察があらゆる点で大失敗を演じるのを見て、私が、そして私一人だけが真相を知っているかと思うと、うっとりすることだろう。そして、五十年前のこと、教師が授業中、君はテムズ川に火を放ったり、たいした人物になったり、価値のあることを成し遂げたりすることは絶対にないだろうと、私に言ったことを覚えている。もしも私が今死んだら、あの教師の言葉は正しかったことになるが、その反面、私が自分の計画を実行に移して、大勢の人間が失敗したことをやり遂げ、殺人に成功して見つからなかったら、私はあの教師が間違っていたことを完膚《かんぷ》無きまでに証明できるのだ。

以上が、私がこのことを実行しようとしている理由だ。そして、いずれ私は、どこで、いかにして、そして誰を殺害するのか、決めることになるだろう。私は決定を急ぐようなことはしない。考え、計画し、絶対的な成功の保証を得るために、私は時間をかけるだろう。成し遂げたぞ、ほとんど不可能なことを達成したぞ、と言うことのできる大いなる日——すでに心待ちにしているその日——のことを考えると、私は準備を急いだり、いい加減にしたりする気にはなれない。殺人者は常にミスを犯すと言われている。私が例外になるだろう。私はミスを犯さない。

第二項

以上のことを書いてから一週間が経過した。この日誌には日付を記入しないが、語りには多少とも連続性を持たせることに決めた。その方が読みやすくなるだろう。いずれにせよ、熱心な読者がいないわけではない。というのも、世間を何年も煙《けむ》に巻いた謎の事件に関する真相が遂にわかるのだと知っていれば、それだけで充分刺激的で、どんなに退屈な話だって読ませてしまうからだ。それに、心理学者にとっては退屈であろうはずがない。友よ、考えてみてほしい。君は捜査陣を打ち負かした、最も冷静で才気縦横の世紀の殺人者、ウェリントン・チックルの頭の中を覗《のぞ》いているのだ。君には大詩人や政治家よりも複雑な頭脳を研究する機会が与えられているのだ。君にはこの幸運が理解できるだろうか?

そこで、私は単刀直入に物語ることにしよう。そして、次のような前提で始める。動機なき殺人は、幾つかの点で用心さえしておけば、解決不可能な事件だ。仮に評判の良い人物が適当な人通りの少ない場所で待ち構えていて、最初に来た人間を殺したとすると、その犯罪はけっして疑われることはない。なぜか？　なぜならば、たとえ彼が大声を上げて、一ダースもの目撃者を呼んで、犯行現場にいたことが知られたとしても、彼を犯罪と結びつけるものは皆無だからだ。動機は常に犯罪と犯人を結びつける絆《きずな》だ。常に。だから、私の最初の解決法は、自分の知らない人間、その死が私にとって何の利益にもならない人物を殺すことだ。それは難しいことではない。

次に、場所を見つけなければならない。殺人という芸術の奴隷《どれい》に過ぎない連中に比べて、私はどれほど大きな利点を持っていることか？　彼ら、あの哀れな連中は、必要性に束縛されている。彼らは犠牲者のいる場所で犯罪を行わなければならない。彼らは作為的な手段で——すべて作為的なことは容易に発見されるのだが——犠牲者を特定の地点におびき寄せるか、犠牲者の行く地点を選ぶしかない。私にはそのような制限はない。私は自分の犯行現場を地球の幅広い地図の中から選び、最初に到着する人間を待つのだ。私が姿を目撃された場合、私はその地点にいたありふれた理由を挙げることができる。ひとたびこの決定的なアイディアが浮かんだら、実行に移すのはあまりにも簡単だ。

さて、何年も前のこと、ケント州を徒歩旅行している間に、私はバーンフォードという村を見つけた。古びた赤煉瓦《あかれんが》の家々や四角い教会塔のある愉しい村だった。そして、そのそばには小道の通っている森があった。ここは理想的な場所になると私は考えていた。人気《ひとけ》はないが、遅かれ早かれ誰かやって来ることは確かだ。犯行前も後も、人目を避ける物はたくさんある。死体をすぐに発見させたかったら、そうできるし、隠したいと思えば、長いこと見つかることはない。それに、自分自身のことを説明しなければならないという起こりそうもない事態に備えて、自分が住んでもいいと思える土地なのだ。明日、私は出向いて調べてみようと思う。

第三項

私は願っていた以上に幸運だった。バーンフォードの、〈死者の森《デッドマンズ・ウッド》〉（そう、本当にこういう名前なのだ。実に適切ではないだろうか？　その名前を聞いて、私は思わずにんまりしたほどだ！）のはずれに無人のバンガローを見つけたのだ。そのバンガローは勤労の果て《レイバーズ・エンド》荘という名前で、これまた実にぴったりだ。というのも、私は引退して薔薇《ばら》を栽培したいと、心の底から言っていたからだ。そこの土壌は、人の話によれば、薔薇に最適だそうだ。私はそこを大枚払うことなく買った――いずれにせよ、大いなる事件の後も間違いなく住み続けるつもりだから、出費など関係ないのだ。晩年になってわが勝利の場所を訪れるのは愉快だろう。

隣人が何名かいる。森の反対側にはスパニエル犬を飼っているミス・ショルターがいる——犬の吠《ほ》え声が聞こえないほど離れている。当の森の中には、もっと大きな家があって、そこにはフリップという一家が暮らしている。しかし、彼らには道路から入る専用の小道があって、森の小道は使っていないと記憶している。

森の小道はまさに私が望んだ通りのものだった——それは狭く、くねくねと曲がった道で、木々の間を縫ってミス・ショルターのバンガローのそばから私のバンガローを繋《つな》いで森を貫いている。私は昼夜を問わずいつでも、わずかな疑惑も呼び起こすことなく、その小道を歩くことができる。たとえ、殺人の夜であろうと。また、事を実行するにあたって、充分に人通りが少ない場所が何か所もあり、目撃者がいないことを確信しながら実行できるのも充分な利点である。理想的だ。来週には引っ越したいと思う。

第四項

私はレイバーズ・エンド荘に快適に居を構えた。田園一帯を見晴らす、本当にとても居心地の良い瀟洒《しょうしゃ》な家で、田園を横切るのは一マイル近く離れた鉄道線路だけだ。

実のところ事業を売り払って以来、三年間倉庫に保管したままだった家具を私はここに運んで来た。

そのことに触れた以上、私は自分のことについて何か述べておくべきだろう。というのも、私の死後、殺人に関する事実が明らかになった時、私の過去について相当な調査が行われるだろうが、その結果が正確ではないことは疑い得ないからだ。私は本当の事実を知ってほしいと思う。

私は一人息子だ。父は石工の会社に雇用され、記憶に残す価値もない人々の墓標を削ることに生涯を費やした。父は当時の水準から見て、良い給料をもらい、ロンドン南部のささやかな家はみすぼらしくて狭苦しかったけれども、貧困や飢えの惨めさを知ることはけっしてなかった。

私は職人の子弟の大半に比べれば良い教育を受け、十七歳近くになるまで学校に通っていた。その後、父の友人である年輩の時計職人の弟子となり、その人の教えてくれた仕事が、その後ずっと私が身を立てるのに役立つことになった。

父は正直で立派な人だったが、軍事史を趣味とする救いがたい感傷家だった。イギリス軍の戦ったほとんどすべての戦闘を再現でき、四十年間も〝利用していた〟司教冠《マイター》亭の特別室で、ワーテルローやナイル川での戦闘の模様を細々と話しては、もういい加減にしてくれと言われるまで、飲み仲間から煙たがられたものだった。私を〝鉄の公爵〟にちなんで名付けたのはこの情熱の賜《たまもの》であり、チックルという奇異な姓のことを考えると残念な選択だった。さらに、私の身長は五フィート四インチを超えなかったので、いよいよ似合わない気がした。ところが、父も、そして日曜ごとに私を礼拝堂に連れて行く、ぽっちゃりして暢気《のんき》な母も、私の名前に大はしゃぎして、絶対につづめて言うことなく、私に家に入るよう伝えたい時には、裏庭に向かって「ウェリントン！」と声を張り上げたものだった。

二十五歳になった時に、当時、ロンドンから田園地帯によって隔たれていた小さな町で時計工房を始めたが、ありがたいことにそこは最も人でにぎわう郊外の一つとなった。私のささやかな店は繁盛し、四半世紀後、男女を問わず一ダースの人間を雇うまでの立派な店に成長すると、市場価値が頂点に達した時に売却し、その利益と少なからぬ債権を持って引退した。

言い忘れたが、私は三十歳の時に、事業を拡大するのに必要な最初の資本金をもたらしてくれた娘と結婚した。彼女は私に一人の子供も授けてくれることなく、私が引退する数年前に亡くなった。

店を売却して以来、私は貸間で暮らし、田舎に腰を落ち着ける機会を窺《うかが》っていた。

以上が、私の波乱の少ない人生で、たぶんそこから、どうして私が今になって世間の注目を浴びるようなことをする決心をしたのか、みなさんにおわかりいただけるだろう。私の事業を買収した人間はすでに店の名前を変更したから、私がこの大いなる野心を達成しなければ、二十年後には誰もウェリントン・チックルという男の名前など聞いたことがなくなる。しかし、私はこれをやり遂げるつもりだ。

第三章　ウェリントン・チックルの日誌（続）

第五項

私は蔵書の荷ほどきをして書架に並べていた。すべての本を容易に取り出せるように配置するのはいささか疲れたものの、心踊る作業だ。私の蔵書は完全に、あらゆる形式の犯罪学関連書から成っており、その蔵書を築くにあたって何年にもわたってかなりの金額を費やしてきた。『昔の裁判』、『ニューゲイト・カレンダー』、『辻《つじ》強盗の生涯』、犯罪法理学に関する膨大な本の列、そして、ポオやガボリオから始まってベントリーやアガサ・クリスティーに至る、近代探偵小説の名作すべて。私は稀覯本《きこうぼん》の何冊かには心から誇りを持っていて、『著名裁判集』シリーズを読んだり、過去のへまをした殺人犯の信じられないような過失を見たりしては、大きな喜びを感じてきた。連中の大半が何と策略に欠けていることか。彼らは殺人というデリケートな事柄を、まるでつるはしとシャベルで片づける仕事のように思い、つい感情的になってあらゆる種類の短気を起こし、危険を招いてしまう。その種の乱暴な行いについては自分が有利な立場にいることがわかっている。というのも、私の犯罪においては、何の感情も入る余地がないので危険はまったくないのだ。

今日、小道に沿って〈死者の森〉を散策したところ、ブルーベルが鮮やかに咲いていた。これらの美しい青い花々が足元で輝ける絨毯《じゅうたん》をなす春にこそ、殺人を実行したいと思う。ただし、証拠が残らないように注意して踏み歩く必要がある。とはいえ、私はまだそういう細かい点の検討は始めていない。今のところ場所の問題を考えているところで、ようやくうってつけの場所を見つけたと思っている。小道の脇《わき》の倒木が絶好の隠れ場所になっていて、そこは森を抜ける小道のほぼ中間地点で、小道の両側の木が最も茂っている場所だ。内心激しい興奮を感じながら、その木の後ろの隠れ場所を試して、近づいて来る人間が見えるかどうか確かめることにした。私はうずくまって木の幹越しに覗いてみた。素晴らしい。夕暮れになれば私の姿はまったく見えなくなり、一方こちらからは少なくとも十二ヤード離れた場所にいる人の姿が見える。私の望みにぴったりだ。

私の喜びは苛立たしいことに反対側から近づいて来る人物によって水を差されたが、森を抜けて歩いて来たのが、蒼白《あおじろ》い顔をしたバーンフォードの副牧師と知った時の私の不快感はご想像できるだろう。私がそこでうずくまっているのを見て、彼は機転の利かないことに笑みを浮かべた。実際、被害者は私のまったく知らない人物でなければならないと私が決めていたのは、彼にとって幸運だった。というのも、私は彼が能天気なおしゃべりだという理由だけで今にも殺しかねなかったからだ。

「はじめまして」と彼は言った。リヴィングストン博士を捜していた特派員ヘンリー・スタンリーをまねて「リヴィングストン博士でいらっしゃいますな？」と言ってくれた方がましだった。

「はじめまして」私は上機嫌を装って答えた。

「ブルーベルを摘んでいらっしゃるのですか？」と彼は尋ねた。

「ちょうどそうするところでした」私は言った。「美しいじゃないですか？　生まれも育ちもロンドンなもので、この地方が実に魅力的なのです」

そして私が服から葉や小さなゴミを払い落とす間、彼は会話を引きとって長々と続けるしかなかった。どうやら彼もロンドンから、正確にはシデナムから来たようだ。彼はまだここに来て二年にしかならず、ケント州に来た初めての春のことを覚えていて、だから私がどう感じているのかよくわかると言った。愚か者め。もしも私が感じていることが彼にわかるならば、そのひとりよがりの思い込みのせいで私が彼をこの場で殺したいと思っていたことが伝わったはずだ。

そして、もちろん、彼は話題を私に転じた。どこに住んでいるのですか？　お名前は？　私の教会に来ませんか？

最後の誘いに対して、それが自分のキャラクターを作り上げる上で重要な部分になることがわかっていたので、是非とも毎週日曜日には出席したいと重々しく答えた。教会に通う習慣のある、善良な引退した職人。プロテスタントではない気がしたが、ローマ・カトリック教会でないことも確かだ。熱心さ、いや、過度な熱狂さえも感じさせる。イギリス国教会というのが、一番妥当なところだろう――まったく当たり障りがないが、非の打ち所もない。返礼に副牧師をお茶に招待し、彼が底知れない食欲を満足させるのを見るのが嬉《うれ》しいふりをしたのは、我ながらあっぱれだった。彼が蒼白い顔をして、両耳が赤く輝いているのも不思議ではない。便秘なのは明らかだ。

第六項

実のところ、初めて明確な計画を作成し始めてからほんの六週間しか経っていないことを考えると、私はよくやったものだと思う。地域を確定し、その地域の中で目的に適《かな》った地点を見つけたのだ。イギリス諸島全体が選択の対象だったのに、最終的に選んだ地点はこれ以上ないほど満足すべきものだった。しかも、事前準備をしておいたので、昼夜を問わず、いつその地点のそばにいても完璧《かんぺき》に自然な理由があるのだ。なにしろ私はここに住んでいるのだ。短期間の成果としては悪くはない。

今度は方法に関して考えを進めなければならない。言うまでもないことだが、それについては非常に慎重に考えてきた。毒殺は問題外だ。毒は自然のものでなければならないから。毒物は、それを入手するための際限ない危険と使用する際の果てしない厄介という点で、初心者にとってはおびただしい準備と用心が求められる。しかも、もしも〈死者の森〉――（嬉しくなるような名前ではないか）――のあの地点で人を殺すとすれば、毒物は考えられない。たまたま通りかかる通行人に青酸を飲ませるために、あそこにずっと立っていろというのか？　荒唐無稽だ。

さらに、犯罪小説などでよく使われる手の込んだ殺人装置などは使う必要がない。パイプから発射される毒矢、注射やかすり傷からの毒の注入、何も知らない被害者の頭蓋《ずがい》に時限式に落下する重り――こういったものはすべて、特定の時刻と場所において特定の人物を抹殺しなければならず、自分のアリバイを確立しなければならない、不運な殺人犯の工夫である。私にはすべてまったく不要だ。

首を絞めて窒息させるのも、単に私の身長と腕力がそれに適していないという理由から〝論外〟だ。もちろん、溺死《できし》も問題外だし、弓矢やブーメランを使う当てにならない方法など考えたくもない。鍬《くわ》のような園芸用具で被害者の頭を打ち砕くのは、先ほど同様、その腕力が私にはないし、斧《おの》は見事に計画された二十世紀の殺人よりも初期の戦争に適した扱いにくい武器に思われる。

こうなると、刃物か火器かの二種類の武器の選択しか残されていない。もちろん、それぞれに長所がある。剣、槍《やり》、ナイフ、短刀、髭剃《ひげそ》りナイフのいずれであっても、刃物は無音だが、銃は確実に音を出す。しかし、銃ならば手元にある。二十年間、店の仕事からの唯一の息抜きとして親しんでいたのは、エセックスでの正規の狩猟地以外での銃猟だった。私はホウィットマンという友人と共同でそこを借りて、週末となれば行かない日はめったになかった。十二番径の銃を持ってあの小道に立てば、ちょうど死刑執行人のように、私も自分の被害者を逃すことはないだろう。しかし、もちろん銃声がするし、銃の所持やら何やら多くの要因が入ってくる。かなり考えを練る必要がある。

話は変わるが、ミス・ショルターが訪ねて来た——少なくとも私はそれを訪問と呼んでいる。今日の午後、庭仕事をしていると、門のところから男のような大声に呼びかけられた。

「ハロー！　あなたがミスター・チックルですか？」

背筋を伸ばして声のした方に目を向けると、長い日焼けした顔と不格好なチェックのツイードを着て、二匹のスパニエルの仔犬《こいぬ》を繋いだリードを持っている女の姿が見えた。私は愛想の良い老紳士という自分の役柄をけっして忘れずに、実ににこやかな笑みを浮かべている女性の方に足を運んだ。

「そうです。そしてあなたはミス・ショルターですな。どうぞお入りください」

「それが、できませんの」彼女は耳をつんざくような男っぽい声で怒鳴った。「この仔犬を連れているものですから。お隣同士ですので、ご挨拶に立ち寄っただけです」

「それはどうもご親切に」私は笑みを浮かべた。

私は花壇に戻りたくてじりじりしていたのに、彼女はそのまま五分間もおしゃべりを続けた。腹立たしい女だ。どうしてあの女は私が犬に関心があると思うのだろう？　私はとうとう、どうしてレトリーヴァー（射止めた獲物をくわえて戻る犬）を育てないのかと尋ねた。

「どうしてかですって？　狩猟がお好きなんですか？」と彼女は言った。何とも単刀直入な質問だ。私はつい油断してしまった。

「いや」と言ってから、自分の人柄を少々こしらえ上げて、「私は生き物を傷つけるのに耐えられないのですよ」と言い添えた。

「そんなことを悩む必要はありませんわ」彼女は大声で言った。「私は今までずっと狩猟をしてきましたが、苦痛をもたらしたなんて信じません。ともかく、自然がそれなりの方法で死をもたらすのと同程度の苦痛しかもたらしませんよ」

「今でも狩猟をなさっているのですか？」私は尋ねた。

「それほどは。今でも銃は二丁持っていますけど」

「たぶん、一人暮らしをしていると……」と私は話し始めた。しかし、彼女は粗野で下品な笑い声を轟《とどろ》かせた。

「この私が？　私は銃などなくても自分の身を守ることはできますわ」と彼女は言った。彼女を見ているうちに、確かにまったくその通りだろうなと思った。

一分後、私に多くの考慮すべき点を残して、彼女は立ち去った。

第七項

私は家政婦を雇った。ブラック夫人という素晴らしい女性だ。彼女にはかなりの給料を支払っているが、それ以上の価値がある女性で、家の中を几帳面《きちょうめん》に清潔に保つ情熱を持ち合わせ、素晴らしい料理人であるばかりか、時間を守るという点においても偏執的なほどだった。彼女は腕時計をしているが、最初に要望したのは台所用の目覚まし時計で、どうやら常に時間には目を光らせているらしい。このことはいつか私の目的に役に立つと感じている。私の帰宅や外出時間について彼女を当てにしていいとすれば、私にアリバイを与えてくれる日が到来するかもしれない。

認めなければならないが、彼女は態度と身だしなみにおいては、いささか人を寄せ付けないところがある。身長は六フィート近くあり、その顔はまさに不気味としか言いようがない。見たところ極めて筋肉質で、手は男の手と同じくらいの大きさで、骨張った手首と指は力強い。しかし、私は家政婦に人間としての美しさを望んだりはしない。彼女のそれ以外の資質が厳《いか》めしい外見を充分に補っている。

私は今日、彼女を試してやろうと思った。

「私が戻ったのは何時でしたか？」彼女が簡素な夕食のためにテーブルを整えている時に、ごくさりげない調子で尋ねてみた。

「ちょうど六時五分前でしたわ」彼女は思い出そうとして手を止めたり考えたりすることなしに、迷うことなく言った。

これ以上正確で満足できる返答はあろうか？

「ありがとう、ミセス・ブラック」私は言った。「私は時間に少々疎いものでね。あなたは私をしっかり管理しなければなりませんね」

「お食事はいつも定刻にご用意しています」といささか厳めしい調子で言って彼女が立ち去ると、私はいつもの大好物の甘いシェリー酒をちびりとやった。

第八項

私は今日、或ることを知ったが、それが本当ならば、凶器に関してはほぼ決まりだということになる。週に二日、庭仕事をしてもらうのに雇ったリッチーという男が、レイバーズ・エンド荘の前の借家人が十マイルほど離れたところに住む家主から桁外《けたはず》れの安値で〈死者の森〉に狩猟地を借りていたという話をした。

「週一、二ポンドしか払っていなかったよ」とリッチーは言った。「だって、あそこは何もない場所ですからね。ウサギが二、三羽に、禁猟地にしてから残っていた雉《きじ》が一羽か二羽くらいしか獲物はいないから。とにかく、金を払うほどの価値はない。それでも、旦那《だんな》が気晴らしになるとお考えなら」

私は心の中で笑った。私が気晴らしが見つかると考えているとして、その私がどんな気晴らしを考えているのか知ったらリッチーは驚いたことだろう。

しかし、これは一つの考えだ。仮に銃が最善の凶器だと決まったら——そう、私はそこに銃を持って行っても、そこにいる正当な理由を持っていることになる。そして、一人の男が〈死者の森〉で射殺体となって発見された時、事故か自殺、あるいは何者かの仕業ということになる。しかし、あの物静かで真面目そうな小男のウェリントン・チックル氏が犯人であるはずがない。どうしてそんなはずがあろうか？　どんな動機を彼が持っているというのか？

私はただ、本来の着想——偶発的な犯罪——からいささか離れるのではないかと訝《いぶか》るばかりだ。この日誌に、もしも善良な性格の人間が、出会った最初の人間をいきなり殺害したら、犯行を実際に目撃されていない限り、疑われることはないと書いたのを覚えている。しかし、私は事柄を複雑にし始めているのではないだろうか？　実際にはそんなことはないと思う。人に目撃された場合に備えて、私はその場所に武器を持っている理由を自分に与えているのだ。

私は今晩、狩猟場の権利の保有者に取り決めができるかどうか問い合わせの手紙を書くことにする。それができたら、凶器は銃に決めようと思う。それに関する細々した点はそれからだ。

今晩、ブラック夫人が素晴らしいスフレを出してくれた。実際、あの女性は宝のような存在だ。昨夜、私が床に就いたのは何時だったかと穏やかに尋ねたところ、彼女はすぐに答えた――「十一時二十分でございます。旦那様がドアを閉める音が聞こえましたので」つまり、夜になっても、彼女は何かが起きた時刻に気づくのだ。

バンパス書店から今日、何冊か新しい本が届いた。いや、実際には彼らが私のために入手できたのは古い本だった。その中には私にとっては初めての作家――レオ・ブルース――の探偵小説が何作か含まれていた。彼はビーフ巡査部長という探偵の捜査を、タウンゼンドという観察者の目を通して語っている。実に巧妙だ。しかし、私がこれから実行を計画している犯罪ほどではない。この私の犯罪をビーフ巡査部長が捜査するのを、この目で見てみたいものだ。

第四章　ウェリントン・チックルの日誌（続）

第九項

今日、フリップとその奥さんに会った。またしても幸運――フリップは射撃が好きで、自動車のガソリンが手に入った時には湿地帯――推測するにライの方だと思うが――へ鴨《かも》を撃ちに行く。戦争以来、あまり猟をしていないが、彼も十二番径を持っているという。となると、この地域では、私、ミス・ショルター、そしてフリップの三人がこのタイプの銃を所持していることになる。何もかもが私にとってとても容易に思えてきた。

フリップは大柄な男で、ロンドンで仕事をしているが、その仕事は彼の時間をあまり食わない。推測だが、彼は週に二、三回、ロンドンに行き、仕事に行きそびれても心配などしない。興味が湧いたら、彼がどんな仕事をしているのかは簡単に探り出すことができる。風采《ふうさい》はむしろ農夫のようで、大酒呑《の》みで、みだりに罵声《ばせい》を上げ、奥さんのいる前でもかなりひどい言葉を使う。奥さんは気の毒に貧血のようで、フリップに顎《あご》で使われている生気に乏しい不幸な女性だ。

私が二人に会ったのは、森の中の彼らの家寄りの場所でのことだった。私がゆったりと散歩をしていると、二人が私の後ろから、まるで兵隊が行進するかのように、ずんずんと進んできたのだった。少なくともフリップはそういう歩き方で、奥さんの方は置いてきぼりを喰《く》わないように並んでせかせかと歩いていた。

「あんたがあのばかげた名前のバンガローに越してきたばかりの人かね？」というのがフリップの私に対する挨拶だった。

私は当惑した表情をして見せた。

「初めまして」と言って、帽子を上げる。「ええ、ここに越してきたばかりです。たぶんレイバーズ・エンドという名前が奇異に響くのでしょうが、私にはぴったりなんですよ。私の労働は終わったのですからね」

「幸運な男だ」フリップは言った。「バーンフォードはどうかね？」

「魅力的です。ええ、魅力的ですよ」私は答えた。

「そう思うかね？　私にはぞっとするほどひどい町だ。寒くて、じめじめしている」

「私にはそうは思えませんが」私は言った。

「でも、あなたはまだここで冬を過ごされたことはありませんからね、ミスター・チックル」彼の奥さんが何か言いたそうに口を挟んだ。

「確かにその通りです」私は笑みを浮かべた。

「拙宅に来て、お茶でもどうかね?」フリップが言った。「我が家はこのすぐ先だ」

「喜んで。この場所をさして評価しておられないなら、どうしてこの地に来られたのですか?」

彼はこの質問が気に入らなかった様子で、かなりぶっきらぼうな返事をした。

「イーディス・ショルターがここをわれわれのために見つけてくれたんだ」

「ほう、こちらに引っ越される前からミス・ショルターとはお知り合いでしたか?」私は尋ねた。興味をかき立てられるのは当然だった。

「何年も前からの知り合いだ」フリップがぼやくように言った。「前に見えるのがわれわれの家だ」そう言うと、フリップはさらに歩幅を広げたので、ウッドランズ荘に着いた時には、私は息を切らしていた。

玄関ホールに入って最初に気づいたのは、彼の銃――十二番径だった。

「狩猟がお好きですか?」私はさりげない調子で言った。

彼が私に鴨について話したのはその時だった。私はただ礼儀上興味を示しているふりを装って、すぐに話題をガーデニングに転じた。

辞去する前にフリップから勧められた飲物を断って、私がレイバーズ・エンド荘に戻ったのは六時だった。午後の郵便が届いて、その中に〈死者の森〉の土地権利者からの手紙があった。あそこにはウサギが二、三羽しかいないだろうから、狩猟代としては正直言ってわずかな金額しか要求できない。もしもシーズンごとに五ポンド送ってくれるならば、彼の土地でどうぞお好きなものを撃ってくださいと述べていた。私は彼の述べる〝お好きなものを撃って〟という言葉に笑いを漏らした。この私にとってそれがどういう意味か知ったら彼は仰天するだろう。

第十項

もう夏至を過ぎて、私が最後に覚え書きを書いてからしばらく経つ。実を言うと、私はいささか途方に暮れている。私の計画は自然さという、その一番根本的な性格を失いつつあるのだ。いやおうなしに私は、ちょうどつまらない殺人犯がやるような計画を立てていることに気づいた。成功の秘訣《ひけつ》は、この企てのさりげなさにあるのだということを、私は常に思い返さなければならない。私は今でも、もしも私がぶらっと外に出て、誰かを、誰でも、入念な計画を立てずに殺したら、私が犯人として見つかる危険はないと考える。一方、戦略を立て始めたら、自分に注意を惹《ひ》きつけてしまう。厄介なのは、通常の用心にはあまりにも多くの事前の考慮が必要だということだ。

私が生徒だった時、与えられたテーマ――『義務』とか『田舎の一日』など――で作文をよく書かされたことを思い出す。或る週のこと、教師が好きなテーマで作文を書くようにと言った。初めは、そのことを考えるだけでわくわくしたものだ。何というテーマの広さ！　何という選択の幅！　しかし、腰をすえてじっくりと考え、どちらも魅力的な一つのテーマともう一つのテーマの間で迷い、どちらかに決めることなどほとんど不可能に思えてきた。私は二日間、それについて頭を悩まし続け、結局は『田舎の一日』だったか『義務』だったか、それともまた別のありふれたテーマで――どれにしたかは忘れた――作文を書いたのだった。ちょうどそれと似たようなものだ。私には、時間、場所、方法、被害者をまったく自由に選ぶことができるが、私はふと気づくと他の殺人犯と同じように、アリバイを計画したり、警察の捜査を予測したりといった前例の周りを必ずぐるぐる回っているのだ。

とはいえ、他の殺人犯はこの問題に対する私のアプローチを見出すような天賦《てんぷ》の才を持ち合わせてはいなかった。

例えば、銃について。私が自分の選んだ小道のあの地点から誰かを単に撃ち殺したとしよう。さて、自分の銃を使ったフリップか、フリップの銃を使った誰かか、自分の銃を使ったミス・ショルターか、ミス・ショルターの銃を使った誰かか、私の銃を使った誰かか、別の銃を使ったまったく別の人間か、そのいずれにも犯人の可能性がある。とにかく、私が犯人であることを指し示す証拠はどこにもない。

しかし、もう一つ、より興味深い可能性がある。仮に、誰であれ見知らぬ人間が横に銃を置いて発見され、両方の銃身から発砲された痕跡《こんせき》があり、引き金に紐《ひも》が結びつけられて、銃身には自分の指紋が付いていたとしたら、自殺ではないと示唆《しさ》するような人間がいるだろうか？　結局のところ、私は彼を正面の至近距離から射殺したことを確かめることができる――そうしても完璧に辻褄《つじつま》が合うのだ。誰もが、何か不思議な理由から、他人に殺されるよりも自ら命を奪うことの方をたやすく信じるのだ。

その場合、銃はどうなるのか？　私の銃であってはならない、そのことは確かだ。しかし、ミス・ショルターの銃でもフリップの銃であっても何の問題もない。二人とも銃の管理がとても杜撰《ずさん》だ。運が良ければ、私は大いなる日の一週間ほど前に、どちらかの銃を入手できるだろう。二人は銃がなくなったことに気づきもしない可能性が高いが、仮に気づいて警察に届け出を出したら、さて、その場合はいつでも殺人を延期し、まったく方針を変更してやり直すことができる。実に面白くなってきた。今では夜、読書する必要さえないくらいだ。私は庭に腰を下ろして、勝利の夢を見るだけだ。

第十一項

そう、方針は決まった。今ではすっかり明確だ。仮の予定日の二週間前に、ミス・ショルターかフリップの十二番径を手に入れる。それを古い防水布にくるんで、〈死者の森〉の落ち葉の下に隠す。次に、予定日になったら、被害者が来るのを待つ。被害者――つまり、私の知らない人物――が小道を来たら、計画を実行する。来なかったら、別の日まで、あるいは好都合な人物が好都合な時間に来る日まで待つ。それから、その人物を私のそばまで来させる。それには幾つもの方法が考えられる。足首をくじいたふりをして、被害者がそばに来るまで横たわっていてもいい。あるいは、撃とうとしている対象を示して、被害者がそれを見ている間に二つの銃身を顔に向けて発砲してもいい。半ダースものやり方がある。その後、別の銃を隠し場所から取り出して、自殺したように見せかけるために、紐を結びつける。

あるいはまた、被害者を射殺するのに別の銃を用いるかもしれない。いけないことはない。私としてはむしろ自分の信頼できる古い十二番径を使いたいくらいだが、別の銃を使えば、一発余分に発砲する必要はなくなる。なぜなら、いずれにせよ、弾薬筒は撃ち尽くさなければならないからだ。これについては長所と短所を考慮するつもりだ。しかし、とにかく、以上が大まかな考えだ。

秋が到来したら、毎晩暗くなる頃に銃を携えて散歩に出かけ、ウサギを一羽か二羽持って帰宅するようにしよう。それが私の日課ということが知れ渡るに違いない。住人を銃声に慣れさせるために、たとえウサギが見つからなかったとしても、二、三発、発砲しなければならない。それに、もちろん、通常の用心も怠るわけにはいかない

——足跡、指紋などだ。私にとっては児戯に類することだが。それから時間の問題がある——これには注意しなければならない。その晩、私が帰宅した後で銃声が轟くのを確認しなければ。目下のところ、そのためにどうするといいかはまったくわからないが、いずれ方法は考えつくだろう。

第十二項

もう九月だ。今年の夏は流れるように過ぎ去った。とはいえ、何か夢中になるような興味の対象がある場合には時間は速く過ぎ去るものだ。

この二日間で、私は見事なアイディアを思いついた。銃に関するものだ。大いなる日に、私がレイバーズ・エンド荘に帰った後で、森の中で一発の銃声が聞こえなければならないということは理解していた。そのことをどうしたら確実なものにできるか？　私の考え方は単純だが、実に効果的だ。一丁の銃が森の少し奥にある木の枝に固定され、細くて強い紐の輪が引き金に巻き付いていたと仮定しよう。わたしがやる必要のあることは、実際にレイバーズ・エンド荘にいる間に、その紐を引っ張るだけだ。複雑だって？　そんなことはない。銃の場所は森から十歩ほど入ったところで、森の中から銃声が鳴ったと思えるほどには充分奥にある。ブラック夫人に実際の距離を見積もれないことは確かだ。彼女はただ、銃声は森の中から聞こえたと言うだろう。

家から一直線上の場所でなければならない——紐がいろいろな物の上を通るのは好ましくない。紐については——森の中での長さは問題ではない——殺人の前の晩に〝仕掛け〟ておく。庭の芝生を横切る紐の長さとなると別問題だ。その日の午後は、私は計画を練って、花壇を整え、綱を窓から森まで渡して、小道の端や花壇、何であれ好きなところに印を付けておく。暗くなったら、その綱とすでに銃の引き金に通してある紐の両端とを結ぶ。私は庭に残って、部屋の窓からブラック夫人に呼びかける。「ちょっと、ミセス・ブラック」私は言う。「正確な時刻は？　六時半ですか？　ありがとう」そして、私は綱を引いて遠く離れた森から銃声が鳴り響く。「誰かが銃を撃っている」と言って、私は笑みを浮かべる。「連中にそんな権利はないが、放っておこう。ウサギの一羽や二羽、どうってことないでしょう、ミセス・ブラック？」その後、死体が発見されると、その人物はあの日の午後に射殺されたことが判明する——さて、私にはアリバイがある！　実に単純ではないかな？

もちろん、ブラック夫人には私が愚かにも庭に綱を置き忘れたと言っておくことになる。「中に入れないと、誰かがつまずいてしまう」と言う。常に配慮の行き届いた老紳士というわけだ。そして私は園芸用の綱をたぐり寄せるために外に出て、二重の紐の片側だけを引っ張ることで、もう片方を銃から引き抜いてしまう。その後、私がやらなければならないことは、晩になって外出して銃を取ってくるか、翌日に銃を回収するかだ。しかし、待てよ。私には日にちを選ぶことができる。すると、ブラック夫人が晩に外出する日にすれば、彼女がアシュリーの映画館に出かけた後で――彼女はいつもそうするのだ――銃を家の中に入れればいい。素晴らしい。面白くなってきたぞ。

第五章　ウェリントン・チックルの日誌（続）

第十三項

　またしても幸運が舞い込んできた。今度はかなり愉快なものだ。生白い顔をした副牧師がヴィレッジホールで催されるがらくた市を覗いてみないかと誘いに来て、私は自分の装っている慈悲深い性格に従って、誘いに乗った。普通のがらくた――古本に古着、みっともない花瓶――が並べられ、普通の退屈な人たちが集まって、金をどぶに捨てることなく二、三シリングで買える物がないか見つけようとしていた。

　古着の陳列台があって、そこには副牧師の妹――兄に似た顔の、飾り気のないがっしりした体格の娘――がいて、その場を仕切っていた。彼女の真正面には古いブーツや靴がいっぱいに入った籠《かご》があり、その上にはこれまで見た中で一番大きな女物のウォーキング・シューズが載っていた。デザインには女らしさを気取ったところがあるが、少なくともサイズは十二あるに違いない。その下には私のサイズに合う室内用スリッパがあり、私はそれを手に取って関心がある素振りをした。

「これはいくらですか?」と尋ねたが、私の頭はすでに女物の靴によって閃《ひらめ》いた新しい考えでフル回転していた。

「それが、私たちは一籠まとめて売りたいと思っているんです。ロットとしてということです」副牧師の妹は言った。

まさに私の願った通りだった。

「やれやれ！」私は愛想良く言った。「これ全部をどうしろっておっしゃるんですか？　いかほどになりますか?」

「籠をお付けして、一ソヴリン（一ポンド金貨）いただければと思っています」

「いい、それならなんとかなるでしょう」私はそう言って、彼女に一ポンド札を手渡した。

「ご親切にどうも」副牧師の妹は笑みを浮かべながら言った。「すべては良き目的のためにですわ」

まさに立ち去ろうとした時、私は女物の靴を手に取った。

「大きなサイズですな」私は言った。「誰が履いた靴なのでしょうね?」

副牧師の妹は答えながらいささか意地悪な喜びを感じているようだった。

「ミス・ショルターですわ」と小声で言う。「大きな足でしょう。お気づきになられましたか?」

「いや、私は」ほんの少し声にたしなめる調子を忍ばせて私は言った。「そういうことに私は気づかないのですよ」

しかし、私は興奮に今にも歌い出しそうだった。もう私は大いなる日に足跡さえ残す必要がなくなった。私の足はこの靴にやすやすと入るだろう。靴は森の中に用意しておこう。当日の午後、その目的のために私はその靴に履き替え、事が終わったら自分の靴に履き替える。警察は、仮に足跡を見つけたとしても、犯行現場の付近にミス・ショルターがいたことを知るだけだ。

さて、これで私には徹底的な防御態勢ができた。最初の防御線は自殺、第二がミス・ショルターだ。誰も私の本丸を突破してはこられまい。しかも、同じ種類の銃を持っているフリップもいる。

今や毎日、私は意識的に午後になると銃を携えて散歩することにしている。時々、ウサギを仕留め、既に雉は一羽仕留めた。散歩の途中で私はほとんど全員と会った――フリップとその奥さん、ミス・ショルター、副牧師、郵便配達、その他多数の人々。午後になると銃を持ってそぞろ歩きに出かけるのが善良な老紳士チックル氏の習慣だと誰もが知っている。まさに狙《ねら》い通りだ。

第十四項

目下の主たる問題はミス・ショルターの銃を手に入れることだ。とても簡単だが、大いに注意を要することだ。いい加減なことをしたら致命的だ――私の安全にとってではなくて、この計画の成功にとって。

彼女は銃を自宅の狭い玄関ホールに置いている。実際のところ、けしからんことだと私は思う。火器はその辺に放置しておくような物ではないのだ。しかし、まるで杖《つえ》か何かのように、壁に立てかけて置いてあるのが現状だ。私がすべきことは、彼女の自宅を出る前にそれを取り上げて、出て行くだけだ。私がレイバーズ・エンド荘に戻るのを人に見られたとしても、誰も奇異には思わないはずだ――それどころか、まさか銃が私の物ではないとは思わないだろうから、ごく普通の光景と思うことだろう。それに、万一、ミス・ショルターに目撃されたり、私の訪問直後に銃がなくなったことに気づいて、銃の紛失が私と結びつけられたとしても――その時は自分の注意散漫に訴えればいい。「まったく私としたことが。銃を携帯することに慣れてしまって。間違えてあなたの銃を持って来てしまったに違いない」

とはいえ、ミス・ショルターとは親密になる必要がある。〝気さくに立ち寄る〟ような仲に。私が家を出るのを見送るまでもないように、私の訪問に慣れてもらわなければならない。かなりうんざりすることになるだろう。あの女の家は気の毒になるくらい散らかっているのだ。使用人を雇っておらず、食卓の上には開けた缶が載っていることが日常茶飯事だ。それに、あの女は大声で話すので、会話にも骨が折れる。しかし、性格は良い女だ。私が求めている関係を築き上げるのも難しくはないだろう。
もちろん、私が銃を入手した際に何かまずいことが起きた場合には、計画全体を延期してまったく新しい方法を考えなければならない。私にはそんなことはあり得ないが。しかし、銃が紛失したことに気づくのに二、三日かかって、彼女がそれから警察に通報したら、いよいよ好都合だ。殺人事件の後に警察は、明らかに自殺した男の手に銃がどうやって手に入ったのか突き止めなければならない。いかにも警察にうってつけの事柄だ。きっと、警察はそのことを説明する何らかの仮説を立てるだろう。

事件と私が幾らか結びつけて考えられるのを防ぐ目的で、もう一つ入手しなければならないのは、自殺を装うのに必要な何らかの紐、コード、帯紐《テープ》、あるいはリボンだ。私が随分と用心深いことがおわかりだろうか？　ほんのちっぽけなコードが一人の人間を絞首台に送ることもあるのだ。それに、私にはこれについて魅力的な考えもある。法律家の使う赤いテープ《レッド・テープ》だ！　私の被害者は赤いテープを使って殺されるが、犯人は警察の非効率的なお役所仕事によって捕まらないのだ。

アシュリーに弁護士がいるので、二、三日したら、その弁護士を訪ねて新しい遺言状を手配するつもりだ。従弟の息子である、ルドルフ・グッディングに遺産を遺さなければならないと思っている。しかし、一つか二つ突拍子もない慈善団体を見つけて、幾らか寄付することにしよう。グッディングは几帳面な普通の青年で、同じように几帳面で特徴のない娘と婚約している。彼には大金を使って幸福になるような想像力はないだろう。しかし、形式上、私は彼に遺産の大部分を遺すつもりだ。

さて、事務弁護士の事務所にいる間、私はきっと赤いテープを見つけることができるだろう。これまで何度も弁護士のテーブルに小さなリールに巻かれたテープが置いてあるのを見たことがある。もしもその辺に転がっていなければ——さて、具合の悪いことになる。何か別の物を考えなければならない。再び確認するが、急ぐ必要はない。赤いテープは私の殺人に、絵のように美しい、皮肉なタッチを添えることだろう。事件報道記者は大満足するはずだ。

第十五項

クリスマス・イヴは決行に相応《ふさわ》しい日だと思う。もちろん、雪さえ降っていなければだ。私は、いわゆるホワイト・クリスマスは望まない。雪が降ったら、私の行動がすっかりわかってしまう。しかし、天気さえ好都合ならば、新聞記者にとって最高の日になるし、気の利いた見出しのアイディアを与えるだろう。

予備的な準備はすべて終わったが、今はまだ十一月だ。誰もが私が銃を携えている姿と〈死者の森〉で銃声が聞こえるのに慣れている。ミス・ショルターは私があれこれ口実を設けて立ち寄るのに慣れてきて、いつも私が〝一人で帰る〟のに任せるようになっているほどだ（実のところ、彼女は私が自分に恋をしていると思い込んでいるのだろう。お気の毒に）。フリップ夫妻も同じくらい頻繁《ひんぱん》に彼女を訪問し、三人とも私に会いに来る。例の靴は私の部屋のトランクに鍵をかけて入れてある。プラック夫人が何か起こったらその時刻を覚えていることは信頼できる。そのうえ、私がいつも新しい花壇と小道を検討しながら両端に杭《くい》の付いた綱を持って〝庭造りを計画〟しているのを見るのにも慣れている。一週間後には、私は実際に積極的な行動を開始できる。

第十六項

銃を入手した！　まったくたやすかった。

もちろん、私は細心の注意を払った。おわかりだろうが、私は銃を持たずに家を出ることはなかった。自分の十二番径を持って、いつものようにレイバーズ・エンドからすでに決めた森の中のあの地点へと向かった。そこで私は自分の銃を古い防水布にくるんで、下生えに隠した。ミス・ショルターのバンガローに行くと、彼女は生まれたばかりの胸の悪くなるような仔犬たちでてんてこ舞いだった。それに、彼女は兄が今夜来ることになっているので、そのことを心配していた。私は十分ほどおしゃべりをしてから、礼儀正しく腰を上げた。

「あなたがご多忙なのはわかりますよ」私は言った。「だから、おじゃまをするのはやめましょう。仔犬がすくすく育つといいですね。いや、どうぞおかまいなく。ご存じのように、私は一人で帰れますから」

犬と一緒に床にひざを突いている彼女を残して、私は慎重に居間のドアを閉め、腕の下に彼女の銃を抱えながら何喰わぬ顔で出て行った。自分の銃が隠してある場所まで、私は誰にも会わなかった――たとえ誰かに会ったとしても、誰にも銃の区別はできないから問題にはならない。それから、私は自分の銃の防水布を解き、彼女の銃をくるんで、その場に残した。いつもの時刻に帰宅した。あとは彼女が銃の紛失にいつ気づくかだ。私としては、事件によって銃がなくなっていることに注意が向けられるまでは気づかないのではないかと思う。事件！　もうすぐだ。

第十七項

今度は赤いテープも入手した。どうして赤いテープと呼ばれているのか不思議だ。色は赤ではなくてピンクなのに。とにかく、十二ヤード（約十一メートル）ほど入手した。

私は面会の予約をして、昨日、弁護士のアストンを訪ねたのだった。彼の事務所は二部屋しかなくて、一部屋は自分専用で、もう一部屋には唯一の事務職員がいて、たぶん依頼人用だと思うが余分の椅子が二脚あった。アストンがいもしない訪問客の用件を片づけている間、私はその椅子の一つに座って待ちながら、事務職員とおしゃべりをして時間を過ごした。私たちは熱心に天候や食料と燃料の不足を論じた。やがて、例の物で縛られた文書に触れながら、これが弁護士の呼ぶところの赤いテープなのかと尋ねた。

「ええ、その通りですよ」彼は言った。

「しかし、ちっとも赤くないですね」私が思い切って言った。

「ええ。ピンクですよね？」

「これは実際にたくさん使うのですか？」私は尋ねた。「それとも、新聞マンガの単なる冗談なのですかね？」

「けっこう使いますよ」と彼は認めた。

「どうやって手に入れるんですか？」

彼が引き出しを開けると、一ダースかそこらのリールに巻かれた赤いテープが見えた。事務職員は一つを私に手渡して見せた。私は一目見ただけで、すぐに関心を失ったような顔をして、それを返した。

「なるほど」私は無関心そうに言った。「個人的には紙ばさみの方が好きですな」そう言って、文房具に関する長い議論に入った。

しかし、ブザーが鳴り、事務職員が急いでアストンの部屋に入ると、私の手は一瞬で机の引き出しの中に入った。そして、新品の赤いテープ一巻きを入手したのだ。

その後、遺言状の作成は愉快と言っていいような作業になった。私は幾らかの金額を半ダースほどの怪しい慈善団体に寄付し、その時点でまだ私に仕えているという条件でブラック夫人に百ポンド遺贈した。残りはルドルフ・グッディングに遺される。

明日は十二月二十日だ。決行の日が近づくにつれて私はとても興奮してきた。私は今日、銃を持ち出した午後以来初めて、ミス・ショルターに会いに行った。兄は来たが、出て行ったと彼女は言い、私に会わせることができずに残念だと言い添えた。どうやら彼はまたクリスマスに戻って来るらしい。この近辺で盗難事件が起きていると報じられていると述べてきっかけを与えたにもかかわらず、彼女は銃のことは何も言わなかった。なくなったことに気づいていないのは確かだと思う。私にとって何もかもがなんと好都合に運んでいることだろう！

第六章　ウェリントン・チックルの日誌（続）

第十八項

今日はクリスマス・イヴ——順調にことが運べば、我が生涯最高の日だ。私は自分の殺人を四時頃かその直後に、被害者が小道を歩いて来たら実行するつもりだ。もちろん、誰も来ないかもしれない。そうなったら残念だが、準備はすっかり整っているのだから、延期するだけだ。すでに二時半で、私は自分の日誌の最も重要な部分を書くのに澄み切った時を過ごしている。

しかし、最初に弾薬筒について述べなければならない。二、三日前のこと、自殺であるためには、一個の薬莢《やっきょう》（テープが二つの銃身の引き金を引いている場合は二個）が実際に銃から発見されなければならないことに気づいた。いかに用心しなければならないかおわかりだろうか？　頭の悪い殺人犯はそこでミスを犯し、たぶん地元では入手できないタイプの弾薬筒を使うだろう。そこで私はミス・ショルターにどこで弾薬筒が入手できるか尋ねた。

「もう入手できるとは思えないわ」彼女は言った。「ウォーロックの店を説得しない限り。戦前は、あそこから私もフリップも弾薬筒を手に入れていたのよ」

「どんな種類の弾薬筒を売っているのですか？」私は尋ねた。

「ポッターズ・フェザントシュア」と彼女は言った。「少なくとも、私がいつも手に入れているのはそれで、フリップも同じよ」

私のブランドと同じだ。またしても幸運だった。だから、もしも私が自殺を装うのにその弾薬筒を使い、警察が自殺ではないと判断したら、疑惑をミス・ショルターからも、フリップからさえも逸《そ》らす物は依然として何もない。

次に指紋だ。昨日、私は森に入って、ミス・ショルターの銃を細部まですっかり磨き上げた。今日は、もちろん、手袋をはめる。たとえ自殺として通ることに確信が持てたとしても、運を天に任せるのは正気の沙汰《さた》ではない。とはいえ、被害者が誰になるとしても、その人物が自ら命を奪うに足る理由は必ずある。そうでない人間などいようか？

昨日もまた、私は寝室に鍵をかけて保管してあるミス・ショルターの靴を取り出した。私はそれを夕方の散歩に必ず携行するリュックサックの中に入れた。銃を隠してある場所まで運ぶと、古いズックの袋に入れたまま、銃の横に置いた。これでその日の準備ができた。以上が、昨夜、私が床に就く前にやったことで、私はぐっすりと眠った。何もかもが完璧に準備できたと私は感じた。いかなる偶然も当てにせず、ミスは一つも犯さなかった。何であれ心配することは一つもなかった。

そして今、私は今日をいかにして過ごしたか語ろう。あなたは犯行当日の殺人犯の頭の中を覗くという唯一無二の機会を得たのだ。しかも、極めて尋常ならざる殺人犯だ。捕まらないどころか、容疑をかけられることさえない。

私は早朝のモーニング・ティーを飲んでから、天気を見るために窓辺に寄った。素晴らしい。夜のうちに雨が降り、今日の地面は足跡――ミス・ショルターの靴の！――をつけるにはうってつけで、良い具合に水気を含んでいたが、今では空には雲一つなく、すべてが寒くて晴れた一日を約束していた。

朝食の食卓に下りていくと、ブラック夫人が肉屋から腎臓《キドニー》を仕入れたのに気づいた。旨そうだ。戦時中はそういう物からは遠ざかっていた。キドニー、羊の心臓、レバー、子羊の胸腺《きょうせん》――内臓肉はすべて好ましい。私は最初に何をしようかと思いながら、思案げにコーヒーを飲んだ。

最も急を要するのは自分の銃に装塡《そうてん》して、それを木に固定することだと思った。私はブラック夫人を自転車で村まで使いに出して、彼女がいないうちにその簡単な作業を行った。家から遠ざかる向きに向いている、胸くらいの高さの枝を見つけると、銃に装塡してから、しっかりと枝に結び付けた。それから、長い紐を引き金に回して通し、二本の紐を芝生の方まで引き出して、木の根元から芝生の端まで下生えで隠れることを確認しながら引いた。これで紐の両端は、私が花壇の測定やマーキングに使用している一本の太い綱と結ぶばかりになった。以上午前分すべての準備が整った。

次に、私は自分が本を置いている部屋に入って、日誌の最初から目を通し、今日の午後やることを頭の中で正確にたどった。昼食が済むと、私はしばらく庭仕事をすることに決め、その後、三時半頃に散歩に出かけることにした。ブラック夫人はいつも午後に、彼女の言うところの〝自分だけの半時間〟を使うために、家の東側にある小部屋に引っ込む。その部屋の窓からは正面玄関は見えないから、私が銃を持たずに外出するところを見られることもない。後で銃を抱えているところを目撃された場合に備えて、そのことに彼女の注意を引いてはいけない。まるでいつもの日と同じように、私はゆっくりと歩くだけだ。

それから、私は銃が隠してある場所まで進んで、防水布から取り出して装塡するだろう。次に、自分の靴を脱いで、ミス・ショルターの靴に履き替える（ちなみに、すでに履いてみた。少し大きいが、その靴を履いて歩くのは簡単だった）。そして、例の地点、私の選んだ倒木のある地点へと出発する。もしも途中で偶然にも誰かと会ったとしても、彼あるいは彼女が私の靴に気づくことはないと確信している。しかし、私は目を相手に向け、相手から目を離さないことにしよう。もしも相手が目を下に向けて靴に気づいたとわかったら、まあ、別の機会まで中止だ。とにかく、いずれも仮定の話だ。

ところで、殺人の後で靴に気づく人間に出会うという、わずかな危険もあると思う。それは私が冒している、ただ一つの軽微な危険だ。結局のところ、近づいてくる人間をたぶん避けることだってできるかもしれない――誰かが近くにいると仮定してだが。

計画の話を続けよう。私は倒木の幹の影に腰をすえて待つ。私はたっぷり一時間そこにいる覚悟ができている。もしも見知らぬ人間が来たら、私の最高の瞬間が訪れる。私は彼に声をかける。「どうやら足首を捻挫《ねんざ》してしまったようです」と私は言う。銃は私の横、最も自然な位置で木の幹に立てかけてある。彼は何が問題なのか確認しに近づく。やがて、彼が一ヤード以上と離れていない充分近くまで来ると、顔面に二本の銃身からの弾丸を受けるのだ。

それからが忙しくなる。まず、手元に置いていたミス・ショルターの銃の外側をきれいにする。というのも、午後中ずっと手袋をはめていたとはいえ、用心には用心を重ねるのだ。それから被害者の指を取って、銃の周りの何か所にも触れさせる。次に、赤いテープを引き金に結び、彼が銃を立てかけて、ちょうど銃にかがみ込むような姿勢になって足で引き金を引いたと考えられるような姿勢にする。実際、彼の足はテープで作った輪の中にあることだろう。これでよし。被害者はここにいる。明らかな自殺だ。

ゆっくりと私は立ち去って、自分の靴の置いてある地点まで戻る。素早く履き替えると、私はレイバーズ・エンド荘に戻る。「おやおや、ミセス・ブラック」私は言う。「今晩は遅くまで外出してしまった」すると、「まだ五時半にしかなっていませんわ」と彼女は言う。その時、私は綱などのガーデニング用具のことを思い出し、取りに外に出る。その頃にはうまい具合に暗くなっていて、庭の綱を引き金に結び付けた二重の紐と結んで、何の困難もなく森の中から銃声を発生させることができる。それから私がやらなければならないことは、紐をたぐり寄せることだけで、家に入って煌々《こうこう》と燃えさかる暖炉のそばでお茶を飲むのだ。

こうなれば——完全殺人だ。解決不可能。被害者は？　私は知らないし、確実に気にも留めない。今まで会ったことのない人物、それだけだ。

後になって、ブラック夫人が入って来て、アシュリー行きのバスに乗って映画を観に行くと言うだろう。「たいへんけっこう」と私は言う。「鍵はお持ちですね？」そして、私は再び読書に専念する。しかし、彼女が出かけると、私は静かに外に出て、固定した銃をはずし、家の中に運び込む。明日になれば、レイバーズ・エンド荘からは何一つ普段と変わった点は発見されないだろう。

一つだけ問題が残る——ミス・ショルターの靴だ。私は靴を持ち続けていたくないし、森の中に残しておくのは良い方法とは言えない。警察がどれくらい捜査を徹底するかわからないからだ。靴はすぐに処分するのが一番だと思う。もしも死体がその晩のうちに発見されても、数時間は尋問や捜査は行われないだろう。私の考えでは、一番良い方法はその夜のうちは靴をリュックサックの中に入れておき、明日一日ロンドンに行くことだ。その時に靴を列車の窓から投げ捨てればいい。それとも、そのまま残していくべきだろうか？　警察が靴を発見するためには森林を二十エイカーごとに捜索しなければならない。残しておいても安全に思われる。

翌日は、思うに、いわゆる阿鼻叫喚《あびきようかん》の騒ぎになることだろう。そして、私は犠牲者の名前を知るのだ。知っても私は動揺したりしない。「事を企て、事をなし」（ロングフェロー『村の鍛冶屋』からの引用）たおかげで、確かにこの私はぐっすり夜眠れるだろう。

もう三時十五分だ。大いなる瞬間は急速に近づいている。ちょうどブラック夫人が入って来たところで、私は彼女にクリスマス・プレゼントを贈った。感動的な光景――慈悲深い老紳士と孤独な家政婦。彼女は感謝している様子だった。皮肉なことに、私たちが話している間に遠くの方から銃声が聞こえた。つまり、私は木に銃を固定する考えをわざわざ実行するまでもなかったのだ。とはいえ、私はなかなか楽しんだ。とても巧妙だった。それでもあの仕掛けは使うことにしよう。

そして今、私のそばには誰もいない。私の大いなる勝利は目前だ。私の唯一の望みは適当な被害者が午後に現れてくれることだ。私は興奮のあまり手が震えていて、今はこれ以上書くことができない。

第七章　ジャック・リボン教会に行く

十六歳になるジャック・リボンはミス・ショルターの犬の世話係としての仕事が気に入っていた。彼は犬が好きだったし、それを言うなら動物全般が好きで、いつかは獣医になりたいという希望を持って、漫然としたやり方で勉強を続けていた。仕事時間はあまり長くはなく、その割りに給料は良かった。ミス・ショルターのことはいささか怖い女性だと思っていたが、彼に対するストレートな話し方は好きで、彼女はよく〝一人の女のために働くほど良いことはない〟と言っていた。

ジャック・リボンはちょうどその頃、よく〝女性〟の話をしたが、それは女性が彼の興味を惹き始め、彼も女性の興味を惹き始めたからだった。彼はバーンフォードで一番ダンスの上手な男と見なされ、村のダンス・パーティーには必ず姿を見せた。彼はタイやブリリアンティン（光沢のある生地）やアシュリーで買ったばかりの新品のスーツというような物に関心があった。金髪で色白、目端が利いて行動が素早く、見事な白い歯を見せる清々《すがすが》しい笑みが魅力的な、人前に出しても恥ずかしくない若者であると自覚していた。彼は自分が女の子たちを好きなことに気づいた。一年前にはそんなことにはまったく気づかなかった。今では他にも少し気づいたことがある。〝誰か特別な娘〟がいるというのではなかった。彼はダンスに来る娘たち全員のことを知っていたが、まだ誰か一人を外に連れ出すようになってはいなかった。ダンスフロアでのいささかアメリカ風のおふざけには通じていたが、まだ〝容易ならない〟ことは始めていなかった。

彼は特別詮索《せんさく》好きな少年というわけではなかったが、気づかざるを得ないようなことは幾つかあった。今度のそれはミス・ショルターの兄だった――彼はこの兄が好きではなかった。酒を飲み過ぎるむっつりした男で、〝おばさんにひどい扱いをした〟。ジャックはどうしてミス・ショルターがあの男に我慢しているのかわからなかった。それでも、あの兄は時々バンガローに姿を見せ、一晩か二晩泊まり、目についた酒はことごとく飲み干して、ミス・ショルターから二、三ポンドの金を借りているとジャックは信じていた。あれほど強くて、それ以外のことには何に対しても率直な女性が、ジャックの見たところ腐り切ったヒモに過ぎない兄に対しては、あれほど弱いことが彼には理解できなかった。あの男は何か競馬に関係した後ろ暗いことで生計を立てているらしいが、プロの賭屋《かけや》なのか予想屋なのかは言おうとしなかった。ジャックは内心、ショルターがこれまでの生涯で一日でも働いたことがあったとは信じられなかった。

この前、あの男が来た時にはトラブルがあった——それはフリップと関係したことだった。それもまたジャックにまったく理解できないことだった。ロン・ショルターとフリップの間に何があったのだろう。ショルターはここに来るたびにフリップの家に、通常は晩になってから出かけて行くが、フリップはあの兄が滞在している間はミス・ショルターの家に来ることは絶対になかった。

それに、この前は、あの兄が立ち去った後で、ジャック・リボンはただならぬ光景を目撃していた。彼が或る犬のことでミス・ショルターに会おうとバンガローに入ったところ、おばさんが涙に暮れていた。彼は自分の目が信じられなかった。ミス・ショルター、あれほど男性的でやかましい女性が、安楽椅子に腰かけながら、さめざめと泣いていた。彼はこのことを誰にも言わなかった。自分の胸の中に収めておくべきことだとジャックは思った。しかし、このことで彼は考えさせられた。

それから、レイバーズ・エンド荘に越してきたおじいさんがいる。今ではミス・ショルターとかなり親密になっていた。毎日のように家に出入りしている。どういうつもりなんだろう？　だけど、立派なおじいさんだ。特に理由も考えられないのに、ジャックにクリスマス・プレゼントとして十シリングくれたのだ。それに、あの人はいつもにこにこして、親しげに話してくれる。とはいえ、あの人の人物を判断することはできない。あのおじいさんにはどこかおかしなところがある。それに、あの人は犬が好きじゃない。

さて、今日はクリスマス・イヴだ。明日は餌《えさ》やりを除けば一日中自由の身だ。でも、今夜はコプリングの小さな教会まで真夜中のミサに行くつもりだった。母親のリューマチがこのところ慢性的になっていて、これまで一度も欠かしたことがなかったのに、今年は行けそうもない。善良なカトリック教徒の母は彼を厳格に育てた。母は彼がダンスに行って楽しもうと気にしなかったが、仮に日曜日のミサを欠席したらどうなることだろう。彼はミサを欠席したいわけではない――とりわけクリスマス・イヴのミサは。コプリングの小さな教会は古い納屋を改造したもので、いまだに藁葺《わらぶ》き屋根だった。本物のクリスマスの夜みたいだ、とジャックは思った。

というわけで、十一時になると彼はバーンフォードを出発し、〈死者の森〉を横切る小道を通って一人寂しく歩き始めた。同行する人間がいないのは残念だったが、自動車で行く一家を除けば、村では彼と母だけがカトリック教徒だった。それでも、彼は歩くのを苦にせず、澄み切った空には満天の星が輝いていた。

ジャック・リボンが森のはずれにあるレイバーズ・エンド荘の横を通り過ぎた時、家政婦の部屋に明かりが灯《とも》っていた。彼女はたぶん、アシュリー発のバスに乗って戻り、部屋に入ったばかりなのだろう。あのおじいさんはもう床に入ったに違いない

——他には明かりのついている部屋はなかった。

彼はチックルおじいさんがミス・ショルターを訪ねる時に通る小道をたどった。昨夜の雨で、足元が少しぬかるんでいたので、注意して歩かなければならなかった。

まもなく、彼は少し開けていて倒木のある地点に到着した。チックルおじいさんがいつもぶらついているという場所だ。彼はフリップがミス・ショルターに向かって話しているのを聞いていた。「あの爺《じい》さんはいつも小道の脇の倒木のあたりに立っている」とフリップは言った。「どういうつもりなんだろう」ミス・ショルターは笑って、たぶんウサギでも出て来るのを待っているんじゃないかしらと言った。しかし、フリップはとても理解に苦しんでいるようだった。「彼には五、六回会ったが、いつも同じ場所にいたぞ」

ジャックはミサに充分間に合いそうだ。もう教会まではほんの十分の道のりだし、まだ十一時半にもなっていない。彼は倒木に近づいて、その上に腰を下ろし、タバコに火をつけた。

後に彼が証言した時、なぜ背後の地面に目を向けたのか、彼には正確に述べることができなかった。誰かに見られている気がしたというような、支離滅裂なことを口走ったが、それは自分の想像に過ぎなかったと今では認めている。しかし、目にした物を見て、彼は跳び上がった。

最初に目に飛び込んできたのは、ロン・ショルターがいつも着ている、薄汚くて古い、裏地が毛皮のオーヴァーコートだった。彼の背後に横たわっているかたまりが、かつてはロン・ショルターだったことをジャックに確信させたのは、たぶんそのオーヴァーコートだろう。その時も、それから後になってからも、彼はけっして疑問を抱かなかったが、彼がショルターと認識したのは顔を見たからではない。というのも、後に歯をがちがち鳴らしながら述べたように、顔と呼べるような物は残っていなかったという確かな理由があったからだ。実際、彼が目にした死体は――彼の言い方を借りれば――頭部の大半を吹き飛ばされていた。

彼は死体に手を触れなかったし、触れることもできなかった。その時、悲鳴のようなものを上げたような気がする。それから、脱兎《だっと》の如く駆け出して、森から出るまでは足を止めなかった。彼はとても怯《おび》えていた。

真っ先に彼が望んだことは、他の人間の間に交じることだった。人に話すことだった。レイバーズ・エンド荘にたどり着くと、家政婦の部屋にまだ明かりが灯っているのを見て、はっきりした考えもなく、正面玄関のドアに駆け寄り、電気式の呼び鈴を長いこと鳴らし続けた。待っている間、何者かに追われているのではないかと思って森の小道の方に目を向けていた。

ブラック夫人がドアに出た。

「まあ……リボンじゃないの、いったいどうしたの……」と彼女は話し始めた。

「人が死んでいます」彼は言った。「森の中で人が」

もう一つの窓に明かりが灯り、しばらくして、厚い毛織りの部屋着をまとったチックル氏がドアのところに姿を見せた。

「何ごとかね？」と彼はかなりきびきびした様子で尋ねた。「リボン君、こんな時間に何の用かね？」

「ぼくは……人が死んでいるのを発見したんです、サー。森の中で。あなたがよく行く場所の近くで……」

チックル氏はかっとなったようだった。

「この私がよく行く場所だって？」彼は額に皺《しわ》を寄せて、鸚鵡返《おうむがえ》しに言った。

「ええ、サー。ご存じでしょう、倒木のそばです。死んでいました。頭の半分が吹き飛ばされて。ミス・ショルターのお兄さんだと思います」

チックル氏が怒っている様子だったとしたら、今ではいよいよ腹を立てていた。

「ミス・ショルターのお兄さんだって！　君はどうしてそう思うのかね？」

「死体はあの人のオーヴァーコートを着ていました」ジャック・リボンはかろうじて言った。

チックル氏は冷静さを取り戻したようだった。

「まったく、リボン君、どうして君はこんな時間にうちに来て、私たちをたたき起こしたりしたのか、理由がわからないよ。私は眠っていたし、たぶんミセス・ブラックも床に就くところだったのだろう。君の言うように、何か事故の証拠を見つけたのならば、警察に報告するのが君の務めであるのは確かだ。うちに来てベルを鳴らすんじゃなくてね」

「はい、サー。ぼくはちょっと気が動顛《どうてん》していて……」

するとチックル氏は一層いつもの彼らしさを取り戻した。

「間違いなく君は気が動顛しているな、リボン君。確かにとても痛ましいことだ。君が現にここにいて、ミセス・ブラックはまだ床に入っていないから、警察を見つけに出て行く前に何か飲んでいったらいい。彼にブランディーを少しやってくれませんか、ミセス・ブラック」

「ありがとうございます、サー。本当に、ここでぐずぐずしているべきじゃありませんでした。警察に通報すべきだったんです。恐ろしい光景でした、まったくのところ。頭部と呼ばれるような部分は残っていないも同然で」

ブラック夫人は、お祝いのためではなくて気付けに持って来たことを強調するかのように、ブランディーを薬用グラスに入れて持って来た。ジャックはそれを飲み干した。

チックル氏は〝恐ろしい光景〟には少しも関心がないようだった。彼は何も質問しなかったし、ジャックがブランディーを飲み干すと、村まで急ぐようにと言った。

「たぶんワッツ‐ダントン巡査は床に就いているだろう」と彼は言った。「でも、君が発見したもののことを考えて、起こすまでノックし続けなければならないよ。だが、今夜はもう私を起こさないように伝えてほしい。彼は何をすべきか知っているだろう」

幾らか気分が良くなったジャックは村まで急いで、巡査の家のドアをノックした。中から何らかの反応があるまで十分かかった。やがて、一人の女が二階の窓から首を出した。

「何の用なの?」ワッツ‐ダントン夫人が言った。

「巡査に〈死者の森〉で男が死んでいるって伝えてください」ジャックが息を切らしながら言った。

「伝えておくとも」いきなり巡査の妻が怒鳴った。「そしたらどんな目に遭うかわかっているだろうね、リボン。うちの亭主はあんたのことも、あんたの悪ふざけのこともすっかりお見通しなんだ。いいかい、今度はちょっとやりすぎたね。夜中に人をたたき起こすなんて……」

ジャックは冷静さを失い始めた。

「本当のことなんですよ。この目で見たんです。頭が半分吹き飛ばされていて」

「何だって?」

「巡査を呼んでください。これは冗談じゃないんです。ぼくが見たものを見たら」

窓が閉じたが、十分後にワッツ‐ダントン巡査その人が身支度を済ませてドアに姿を見せた。

「どういうことだね?」まるでジャック・リボンに何らかの理由で非があるに違いないというような様子で、厳しい声で尋ねた。

「ぼくが言った通りのことです。〈死者の森〉で人が死んでいるんです」

ワッツ‐ダントン巡査はやせて、〈シオン山〉という教会堂に列席している非常にもったいぶった男で、人間的な行いの大半に非を唱えていたが、いきなりジャック・リボンの息を嗅《か》ごうとして身を乗り出した。

「飲んでいるのか?」彼はうつろな声で言った。

「チックルさんの家でちょっぴりもらったんです」とジャックは認めた。「気が動顛していたんですよ。誰にでも起きるけっこうなことというわけじゃありませんから」

「何がけっこうなことじゃないって?」ワッツ‐ダントン巡査が尋ねた。

「森の中で頭を吹き飛ばされた死体を発見することです」

「それで、こんな時間に森の中で何をしていたんだ?」巡査が訊いた。

「教会に行く途中でした。コプリングで真夜中のミサに出るために」

「不思議ではないな」とワッツ‐ダントン巡査は陰気に言ったが、謎めいた言葉の先を続けようとはしなかった。

「あれはロン・ショルターだと思います」ジャックは言い添えた。

「ほう、そう思うのか？　では、調べてみなければならないな。君は私に同行して、何であれ君が発見した物のある場所を教えてくれなければ。懐中電灯を取りに行くから少し待ってくれ」

かくして、警察はチックル氏の予想よりもかなり早く捜査を開始したのであった。

第八章　これは殺人だ

ビーフ巡査部長とぼくがバーンフォードに到着したのは大晦日《おおみそか》のことで、〈死者の森〉で発見された死体に関する地元の最初の興奮は収まり始めていた。

ぼくたちは正午頃に駅に降り立ち、ビーフはすぐに周辺での聞き込み捜査に注意を向けた。これまでの事件で、自分で言うところの〝いつもの一杯をやる〟まで、ビーフはかかえている仕事の捜査を始めようとはしないことにぼくは気づいていた。

「町一番のパブはどこだね？」彼は改札係に尋ねた。

「あなたが何を求めるかによります」その男はゆっくりと答えた。「ビールが一番旨いのはフェザーズ亭ですが、クラウン亭は善良な人たちが経営しています。フェザーズ亭のダーツの方が優れていると言うべきでしょうが、バーで心地よい暖炉に当たりたいというのであればクラウン亭こそうってつけです。常連客はというと……」

とうとうビーフが話をさえぎった。

「わしは二、三日泊まりたいんだが」

「それならクラウン亭にしたらいいでしょう。フェザーズ亭では宿泊はやっていませんん」

「そこにはどう行けば着ける?」

「この道に沿って肉屋のポッターの店まで進んで、そこで右に曲がってください。左側にあります」

「ありがとう」とビーフは言うと、自分のスーツケースを持ち上げて歩き出した。

「快適に過ごすのも悪くない」と彼は説明した。「こういう素敵な事件は立派な宿屋に泊まれば愉快なものになる」

森の中の死体と〝愉快さ〟との矛盾を指摘することもできたが、ぼくは何も言わなかった。

クラウン亭を見つけると、ビーフはパブの一般席を目指した。グラスのビールの水位が三、四インチも下がらないうちに、ビーフはぼくたちがたぶんこの旅籠屋《はたごや》に来た目的に取りかかった。

「宿泊もやっているかね?」彼はぼくたちにビールを運んだ、ぽっちゃりした中年女性に尋ねた。

「事と次第によるね」ビーフの赤ら顔を見て彼女は警戒して言った。

「二、三日泊まりたいんだ」とビーフが説明した。

「商売で来たの？」おかみが尋ねた。

「とんでもない。ロナルド・ショルターさんの非業の死について調査しに来たんだ」

ビーフは人に印象を与えるようなアクセントで話した。自分たちの用件をばらしてしまったので、ビーフを蹴《け》りつけてやりたくなった。

「スコットランド・ヤード？」おかみはちょっと元気になった様子で尋ねた。

ビーフは首を振った。

「私立探偵だ」と彼は説明する。「故人の妹の依頼なんだ。こちらの紳士が」――初めてビーフの交渉の中にぼくも含まれた――「ミスター・タウンゼンドだ。わしの手がける事件を小説に仕立ててくれている」

「おやまあ！」おかみは言った。

「部屋が二つあればいい」ビーフが話を続けた。

ぼくはおかみが二の足を踏んだのを責める気にはなれない。ビーフが真面目くさってもったいぶった態度を取るのは面白い見物《みもの》ではない。

「面倒をかけることはないと思います」ぼくは笑みを浮かべながら口を挟んだ。

おかみは依然として疑心暗鬼の様子だった。

「主人に訊いてみます」とうとうそう答えて、カウンター奥のドアの向こうに姿を消した。

しばらくすると、ごま塩頭の雀を思わせるような早口の小男がせかせかと出て来た。

「ブリスリングといいます」と彼は言った。「お会いできて嬉しいですよ。探偵なんですって？」

ビーフはおほんと咳払《せきばら》いをした。

「私立探偵だ」彼は言った。

「〈死者の森〉での事件だそうですな。殺人事件だと思っているのですか？」

「まだ捜査を始めてもいないんだ」ビーフは尊大に言った。

「なるほど。さて、あなた方をお泊めしない理由は見つかりません。長期滞在ですか？」

「何とも言えない」ビーフは言った。「断言がひじょーーーに難しいんだ」

「ま、こちらはできるだけのことをいたしましょう。母さん！　お部屋に案内して差し上げて」

「その前にもう一杯やりたい」とビーフ。「あなたもどうかね？」

再びグラスが満たされ、ブリスリング氏が自分のグラスを手に取ると、ビーフはぎごちなく手がけている事件へと会話を引き寄せた。

「村では事件についてどう考えているかね？」とビーフは尋ねた。

「それが、私はあの人を知っているんですよ。亡くなった人のことですよ。実際、或る夜などは出て行ってくれと言わなければなりませんでした。トラブルの元です」

「どんなトラブルだね？」

「言い争いですよ、最後には脅しにまで発展するんです。あの人は酒好きでしたが、やめ時を知らなかった。酒を何杯かやると始末に負えなくなるんです。時には、とてもひどいことに。事件のあった晩でしたが、コプリングの方から来た若い農夫のジョー・ブリッジと口論していました」

ぼくは即座に興味を惹かれた。運が良ければ、このブリッジは容疑者になるかもしれない。ビーフの捜査が読者にとって面白いものになるために、容疑者は多ければ多いほどいい。

「彼は銃を持っていたんですか？」ぼくが尋ねた。

ぼくが機転を利かせて会話に口を差し挟むと、ビーフが苦い顔をするのがわかった。ブリスリング氏の方はそうではなかったと思う。

「ええ、ジョーは銃を持っていました。持っていない農夫なんていないでしょう？」

「ショルターの話をしていたんでしたな」とビーフが言った。

「ええ、あの男は厄介者でした。あいつが妹の家に泊まりに来た時には、必ずここかフェザーズ亭にやって来て、酒を飲んでは愚かにも言い争いを始めるんです。それに、私には幾らか借りがありますし」

「あの男に恨みを抱いていた人間はいると思うかね？　本当の怨恨《えんこん》ということだが」

「誰もあの男を好きな者などいません。しかし、だからと言って、あの男の脳味噌《のうみそ》を吹っ飛ばす人間がいるとは言えません。もちろん、森に住んでいる人たちとは親しかった——フリップ夫妻です。旦那のフリップも酒好きです。ですが、彼は自宅でたしなんでいます。入手できる時に幾瓶も取り寄せ、ロンドンからも少し手に入れているようです。彼とショルターー兄妹の間の関係はわかりません」

「ほう！」ビーフは言った。

「実はですね」とブリスリング氏が言った。「ミス・ショルターのために働いているジャック・リボンという若者がいます。彼ならもっとよく知っているでしょう。それに、死体を発見したのもあの子ですから」

ビーフは、警察にいた頃の習慣で、ばかでかい手帳を取り出すと、下手くそな字で〝J・リボン〟と書き、その下に〝J・ブリッジ〟と書いた。

「それから、一年くらい前からこちらに引っ越して来た老紳士がいます。あの人も何か聞いたかもしれない。森のはずれに住んでいます。チックルという名前です」

「イニシャルは？」

「Wです」

「ありがとう。何はともあれ、これで捜査が始まったわけだ」

「検屍法廷は明日ありますよ」

「ずっと前に終わったんじゃないのかね？」

「延期されたのだと思います」

「捜査を担当している警察官は誰だね？」

「アシュリーから来た警部です。チャットーという名前です」

「いや、とても助かった」

ブリスリング氏の話はまだ終わっていなかった。

「もちろん、この村にも巡査はいます。あれはあまり役に立ちませんがね。閉店時刻に回って来る以外には。まったく人の興をそぐことしかしないったらない。プロテスタントです」

「名前は？」

「ワッツ・ダントン」

「何だって？」

「ワッツ・ダントンです。間にハイフンが入ります」

「やれやれ！」ビーフは言った。「わしが辞めてから、警察がどうなったのかさっぱりわからん。名前にハイフン付きの巡査か。以前、ゴールズワージーという詩人と同じ名前の若い巡査を部下にしたことがあって、あれだって随分だと思ったものだが

（ビーフの部下としてサッカレーという巡査が登場する作品もある）」

「そういうことです」とブリスリング氏。「それに、陰気な男なんですよ。さて、みなさんに昼食はいかがですか？　残念ながらたいした食材はありません。でも、かみさんが何とかしてくれるでしょう」

　ぼくたちがクラウン亭を出た時には三時近くになっていて、ぼくは気が急《せ》いていた。

「急いだって仕方がない」ビーフは言った。「わしは考えなければならないから」

「最初に誰に会う？」ぼくが訊いた。

「わしらは正しい手順を踏もう。それから地区警察本部に行く」

〝正しい手順〟というのはワッツ‐ダントン巡査の住んでいる二戸建て住宅に行くことだった。青い表札と青い門灯が目印だった。ビーフはドアまでずんずん進んで、大胆にノックした。

　ワッツ‐ダントン巡査に対するぼくの第一印象はブリスリング氏の表現を裏打ちするものだった。長身で血の気がなく、最後の審判の日が近づいているぞという警告の幟《のぼり》をいつも掲げていそうな男だった。

「何のご用ですか？」巡査が訊いた。

「ショルター事件を担当している警部にお会いしたいんだが」とビーフは言った。

「何か情報でも？」陰気さと尊大さの入り混じった態度で巡査は尋ねた。

「まだない。ビーフ巡査部長が会いたいと言っていると伝えてくれ」

ワッツ・ダントンは姿を消したが、戻って来るとチャットー警部は五分間なら都合が付くと伝えた。ぼくたちは赤々と暖炉に火の燃えている小さな部屋に通された。チャットー警部は山と積まれた書類を前にしてテーブルに向かっていた。警部は恰幅《かっぷく》が良く、髭をきれいに剃り、なかなか愉快そうな人物だったが、ぼくは彼がすばしこい目をしているのに気づいた。

「わしの名前はご存じですか？」ビーフがちょっと勢い込んで尋ねた。

「遺憾《いかん》ながら」警部は愛想良く言った。

ビーフはかっとなって、ぼくに食ってかかった。

「これだ！」と彼は言った。「わしの名前を一度も聞いたことがない。わしが言った通りだろ」それから、再び警部の方を向いて「さて、わしがロード・サイモン・プリムゾルかムッシュー・アメール・ピコン、それともアルバート・キャンピオン氏や、そういった連中の一人だったら、警部も即座にわしのことに気づいたのではありませんか？」

「私は読書家ではないので」とチャットー警部は言った。「しかし、そういう人たちのことは存じています。小説に登場する私立探偵ですな？」

「その通りです」とビーフ。「そしてわしもそうなのです。いや、ここにいるタウンゼンド氏がわしと同じくらい自分の仕事に精を出していてくれたら、わしもそうなっていたはずなのです。警部、わしはこれまで五つの事件を手がけ、毎回正解にたどり着きました。もっともスチュート警部があなたにどんな話をしているか……」

「もちろん、スチュート警部のことは知っています」

ぼくは今こそ口を出す潮時だと思った。

「警部」ぼくは毅然《きぜん》として言った。「こちらのぼくの友人は時にいささか感情的になって話をすることがあります。ですが、彼の話は実質的に真実です。彼は実のところ、非常に鋭い名探偵で、スチュート警部だってビーフに一度ならず世話になっていることを認めるでしょう。友人のいささか粗野な風采と物腰に警部は辟易《へきえき》したりなさらないと信じています。必ずやあなたのお力になれると確信しています。彼はこの事件にミス・ショルターの依頼で雇われたのです」

チャットー警部はタバコに火をつけた。彼はなかなか面白がっている様子だった。

「アマチュアをがっかりさせる気など毛頭ありません」と彼は言った。「ビーフ巡査部長がわれわれの力になってくれるかもしれないと信じる心の準備もできています。しかし、彼がミス・ショルターに〝雇われた〟というのは、正確にはどういう意味ですか?」

これはまずいことになった。ビーフは口をつぐんで、ぼくに任せるだけの分別を持っていた。

「それが——ミス・ショルターは警察が兄の死を自殺と信じているという印象を受けています。彼女は自殺なんかじゃないと信じ込んでいます。ビーフ巡査部長にその意味で役に立つ証拠を集めてほしいと望んでいるのです」

チャットー警部は今では満面に笑みを湛《たた》えていた。

「では、もしも警察も同意見だと私が言ったら？」

「というと？」

「殺人だということです」

気まずい沈黙が続いた。

「そうなると、ビーフ巡査部長がなすべき唯一の立派な行いは、警察が殺人と信じている以上、もはや雇われる理由はないとミス・ショルターに話すことです」

チャットー警部はぼくたち二人を見た。

「この事件を題材に本を書こうと期待していたのですか、ミスター、えー——」

「タウンゼンドです。ええ、そういう期待をかなり抱いていましたが——」

「そうでしょう。いや、率直に言って、お二人が立ち去らなければならない理由は何一つ見出せない。なにしろこれは興味深い事件ですからね。それに、目下のところ、せっ腹を割って言えば、手がかりの観点からはたいした物は得られていないのです。せっかくこちらまで出向いてくださったのだから、検屍法廷が開かれるまで待っていたらいい」

「それは実にありがたいお申し出です、警部」

ビーフは山積みされた書類に目をやった。

「これまでに得られた手がかりについて話していただけませんかね？」ビーフは遠慮がなかった。

チャットー警部はくすくすと忍び笑いをした。

「反対しませんよ」と彼は答えた。「私としてはむしろ事件を最初から検討したいくらいだ。自分の考えが少し明確になるかもしれない。ワッツ・ダントン、君の奥さんはわれわれにお茶を出してくれるかな？」

ワッツ・ダントンの顔に陰気な表情の許す限りの笑みが浮かんだ。

「今、お湯を沸かしているところです」

「では、始めようか」とチャットーは言った。

という次第で、実のところぼくが彼に代わってすぐに弁解し、彼の能力について説明してやったおかげで、和やかな雰囲気の中でぼくたちは警察から秘密の話を聞き出したのである。

第九章　警部の話したこと

「もちろん、あなたたちの知りたいのは」とチャットー警部が口を切った。「どうしてわれわれが殺人事件だと考えたかだろう。それは実に単純だ。死体が発見された時、長いテープで銃の引き金と足が繋がっていた。そこから推論されるのは、男が銃を立てかけて、銃にかがみ込むような姿勢で足を使って引き金を引いたということだ。その場合、男の頭部は銃口から十八インチ（約五十センチ）以上は離れていなかったことになる。さて、医学的証拠と弾道学の専門家による報告書を読んでいただければ、発砲された時、実際には銃はショルダーから少なくとも四ヤード離れた地点にあったことがわかる」

ビーフが訳知り顔でうなずいた。

「それで殺人ということになりますな」ビーフは言った。「けっこう。わしは自殺は大嫌いです。胸くその悪い、パニックになって起こすような、けちな事件だ。他に専門家は何と言っていますか？」

「たいしたことは言っていない。医師が死体を検分したのはクリスマスの早朝になってからだ。死後九時間から十六時間経過しているという以上は述べることができなかった。つまり、ショルターが殺されたのはクリスマス・イヴの午後一時から八時までの間ということだ」

「たいして役には立ちませんな」

「弾道係の男はもっとましだ。散弾銃の場合、かなり正確なことが言える。弾丸の広がる範囲とか。彼はショルターが小道を通って、つまりバーンフォードからコプリングに向かって歩いていたと信じている。あの小道がバーンフォードから妹のバンガローに至る最短経路なのだ。彼を射殺した人物は、小道の横にある空き地の森に近い側に身を隠していた。その場所をお見せしよう。倒木があって、それが見事な隠れ場所になっている。ショルターが殺人犯とおよそ同じくらいの目線まで来た時、ショルターは殺人者の方に目を向けたのだろう。なぜならば、二つの銃身からの弾丸を顔に受けているからだ。その場合の距離はほんの四ヤード（四メートル弱）だ。すると、犯人は自殺に見せかけようとして工作したに違いない。ポケットに赤いテープを入れて、銃身に結んで男が足を入れるために輪を作ったのだ。それから死体を空き地まで引きずって、木の後ろに置いた。死体を引きずった証拠が湿って柔らかい地面に残っている」

「ご自身で確かめられたのですか？」とビーフが尋ねた。

「ああ。あの日はクリスマスだったが、ここにいるワッツ - ダントン巡査が賢明にも直ちに私を引っ張り出した。現場を見に来た時には、クリスマス・イヴの十一時三十分に死体を発見したジャック・リボン少年の足跡を除けば、犯行が起きてからは何一つ手を触れていないことを確認した。大助かりだ。死体が森の空き地まで引きずられた点には疑問の余地がないが、明らかに引きずった痕跡を消そうとした形跡があった」

「足跡のことですが」ビーフが話を促した。

「ああ。興味深いものだ。故人の足跡はバーンフォードからやって来て、森の空き地の中途で突然終わっている。ジャック・リボンの足跡はバーンフォードから来て、あの夜、死体を発見する前に一服しようと腰を下ろした木に向かって折れている。そして、それ以外のもう一人の人物の足跡は？　誰のものか当ててみたまえ！」

「ジョー・ブリッジでは」ぼくは機敏にもすでに彼の名前を容疑者に加えていたことを思い出しながら、即座に答えた。

チャットーははっきりと目を丸くしてぼくを見た。

「どうしてそう考えたのですかな？」

「ミスター・タウンゼンドのことは気にしないでください」ビーフは失礼にも言った。

「彼はどんなことでも言いますから」

「興味深い」警部はビーフに言った。「ジョー・ブリッジ青年の噂《うわさ》は聞いている。ショルターと喧嘩《けんか》をしたのだったな。他にご存じのことは？」

現時点ではそれ以上のことは知らないとぼくは認めざるを得なかった。

「さて、確かにブリッジの足跡はあった。しかし、彼はただコプリングから小道に沿って歩いてきただけのようだ。それよりも興味深い点が他にもある。われわれが特に気づいたのは、故人の妹ミス・ショルターの足跡だ。同時にあなたの依頼人でもある」いささか意地悪な笑みを浮かべて警部は言い添えた。

「足跡は新しかったのですか？」ビーフは言った。「最後に雨が降ったのはいつです？」

「二十三日の夜から二十四日にかけてだ」チャットーは答えた。「足跡はすべてクリスマス・イヴにつけられた。もちろん」ここでチャットーは優しいところを見せようとでも思ったのか、こう言った。「もちろん、空き地に足跡をまったく残さずに近づく他の経路があったのかもしれない。木々の間を縫って歩き、慎重にやってぬかるみを避ければ必ずしも跡を残さないだろう」

「なるほど。それでは、このショルターという男についてはいかがです？」

「この男に関する噂話はあらゆる方面から集まっている。ごまんと。良い噂はない。プロの賭屋に加わって、競馬ではかなり後ろ暗いことにかんでいる。初めは薬剤師だった。一時、競馬の呑み屋の下で働いたこともあった。大酒飲みで、たかり屋だ。子供時代は両親に甘やかされて育ち、老親が亡くなるとぐれてしまった。親の遺産を食いつぶすと、妹に遺されたわずかな財産をたかろうと全力を尽くしていた。一方で、或る報告書に、彼には恐喝などできないと書かれている。彼が死んでも困る者はおらず、誰からもカモにされた」

「バーンフォードに来てどれくらいになりますか？」

「あの日の朝にロンドンから二時五十分着の列車で到着した。酒を飲むには遅くなっていたので、フェザーズ亭の裏口に回って、ブラウンという名前の亭主に一杯もらえないかと頼んだ。亭主が断ると、ショルターはすぐに立ち去ったと、ブラウンは証言している。もちろん、そのことについては確証はないが。そのままそこで午後中ずっと酒を飲んでいたのかもしれない。確実にわかっているのは、二時五十分に彼が列車を降りたということだ。ブラウンを除けば、誰一人としてショルターが生きている姿を再び見た者はいない」

「なるほど」とビーフ。「すべてが明快で興味深い」

「話すことはまだまだある」

「ええ。銃についてお訊きしようとしていたところです」

「またしても君の依頼人の登場だ」チャットーは笑みを浮かべながら言った。「彼女は事件が起きる七日前に警察に銃の盗難届を出している。玄関ホールからなくなっていた。いつなくなったのか皆目わからないとのことだ。彼女の知る限りでは最後に目にしたのは、兄が一か月前に来た時のことだという。或る日の午後、ショルターは銃を持ってウサギを仕留めようとした。彼が玄関ホールの元の場所に戻したかどうか自信が持てないそうだ。わかっているのは、クリスマスの一週間ほど前になくなっているのに気づいたことだ。リボン少年に尋ねたところ、ここ数日見ていないと答えた。彼が確かに銃があったことを覚えているのは、十月に一度銃の手入れをするよう言われたのが最後だった。手入れが済むと彼は元の場所に戻した」

「弾薬筒はどうです？」

「銃にはポッターズ・フェザントシュアが込められていた」チャットーは言った。「地元の銃器店、アシュリーのウォーロック商店では、この近辺のライセンスを所持している人の大半に売っていた。顧客の中にはミス・ショルター、森に住んでいるフリップという男、森の小道のバーンフォード側の端にあるレイバーズ・エンド荘に住むチックルという引退した時計屋、アシュリーにオフィスを構えコプリングにバンガローを持っているアストンという事務弁護士、そしてあなたのご存じのジョー・ブリッジもいる」

「興味深い指紋とかは？」

「ない。銃はからぶきしてから死んだ男に握らせてあった。おそらく、死後、何者かが死者の手で銃身を握らせたのだ。他には何一つ指紋は発見されなかった。もちろん、手袋をはめていた」

「発砲された時刻については?」

「矛盾する複数の証言がある。フリップ夫妻と、チックルの家政婦のブラック夫人という女性、ところで、チックルの名前はウェリントンというが——」

「ウェリントンですと?」ビーフが声を上げた。

「ウェリントンだ。鉄人公爵にちなんだ名前だ」

「何てこった。この辺にはおかしな名前の人がいるものですな」そう言って、ビーフはワッツ・ダントンに無遠慮な目を向けた。

「ブラック夫人、フリップ、チックル当人、ミス・ショルターは三時二十分頃に二連発の銃声を聞いたと証言している。ブラック夫人とミス・ショルター、フリップはおよそ一時間後にも同じ銃声を聞いたと言っているが、チックルに言わせればそれは自分がウサギを撃った時のものだそうだ。その後、ミス・ショルターとフリップは聞いていないが、チックルとブラック夫人は六時五分きっかりにもう一発——あるいは二発が同時に発射されたのかもしれないが——銃声を聞いたと述べている。二人が時刻について確かなのは、ちょうどその時にチックルがガーデニング用品を片づけていて、ブラック夫人に誰かが密猟をしていると注意を促したからだ」

「ふうむ。さて、わしの知りたいのはこういうことです。ショルターが自分の持っている銃で撃たれたとすれば、そのことを裏打ちする証拠はあるのですか？　あの男は銃で射殺されたが、別の発砲した銃が死体の傍らに置かれたということは考えられませんか？」

「可能性はある。否定する理由は何一つない。しかし、そう考える理由もない。どうして犯人が二丁の銃を使用しなければならないのかね？」

「もしかするとショルターは前回来た時に妹の銃を借りて、あの日の午後、それを持っていたのではないかと考えたのです。ショルターが前に来た時以来、彼女は銃を見た覚えがないと証言している。殺人はもう一つの銃で実行されたのかもしれない。そうすると、この銃は空中に向けて発砲され、自殺に見せかけるために使われた」

「考えられるな」チャットーがうなずいた。「そのことは前から私も考えていた。その反論となる決定的な証拠はないが、ありそうにないと考える理由が二つある。第一に、改札係はショルターが列車から降りたのを目撃しているが、銃を持っていたことは覚えていない。ショルターはゴルフバッグを持っていたと改札係は証言しているので、その中に入れていた可能性はあるが、もっともらしいとは思えない。とはいえ、私はそれでも偏見なしに物事を見ようと思う。第二の理由は、二連発の銃声は互いに間隔が離れている点だ。つまり、もしも犯人が自殺に見せかけるつもりだったら、男女を問わずその人物は必ずや即座にその場に駆けつけるはずだ。最初の二連発と二回目の二連発の間には一時間近い開きがあり、第二と第三の銃声の間には一時間半の開きがある」

「もちろんですとも」ビーフがゆっくりと言った。「もしも事前に計画を練ったものならば、ショルターがあの列車に乗って帰り、妹の家まで歩いて来ることを知っていて、前日に予行演習としてミス・ショルターの銃を発砲したことが考えられます」

「いかにも——しかし、もしもが多すぎる。それに、どうして犯人はそんなことをするのだろう？　最初に銃を殺人に使用したのなら、どうしてその銃を偽装自殺のために置いていかなかったのか？」

「理由などありません。わしはただ周囲を見回しているようなものです、こう言っておわかりいただければ。アリバイはどうです？」

「まだ容疑者がいないので、それについては充分調べていない。近所に住んでいる人間については、アリバイが何の役に立つかはわからないが、大半の時間についてアリバイのある人物はごくわずかで、あらゆる時間にわたってとなると誰にもアリバイはない。ミス・ショルターは四時頃に自転車に乗って外出し、コプリングに行ったと述べている。彼女の家から道路沿いに行けば到着する。彼女は手紙を投函《とうかん》しに出かけたが、出会った人物がいるとしても、覚えていないそうだ。ジョー・ブリッジは五時頃まで農場主と一緒で、その後、車で出かけた。この辺りでは六時になる開店時間直後にクラウン亭に入った。事務弁護士のアストンは――」

「どうして弁護士なんかのアリバイを？」ビーフが尋ねた。

「彼は銃を所持していて、フェザントシュアの弾薬筒を持っている。それに、何と言っても事務弁護士だ」

「しかし、だからといって、まさか犯人というわけではないでしょう？　もっとも、ばかばかしい仕事を持って来られた時などは、きっと多くの弁護士が依頼人を殺してやりたいと感じていると思いますが」

「そういうことではない。しかし、彼ならポケットに赤いテープを持っているかもしれないということだ」チャットーはそう言うと、その意味が相手の頭に浸透するのを待った。

「なるほど」一呼吸置いてビーフが言った。「他には？」

「小男のチックル氏は自宅を三時三十分に出て、五時十分前に帰宅した。家政婦が時間にうるさい女性で、彼の出入りした時刻をすっかり覚えている。それから、プラック夫人は六時半にアシュリーまで映画を観に出かけ、ジャック・リボン少年は四時に仕事を終えた。フリップには彼の行動の証人となる人間がいない。妻は出かけていて、アシュリー出身の二人姉妹の使用人にはクリスマスに里帰りさせた。二人をあと一、二か月繋ぎ止めておくためにはこうするしかなかったと当人は言っている。フリップは終日家に閉じこもっていたと言っている。家から一歩も外に出ていないとね。もちろん、わかっているだろうが、彼らがわれわれの容疑者というわけではない。ただ現状、彼らだけがわずかなりともその行動が興味を惹きそうな人たちなのだ。君もおいおい、われわれがまだ会っていない人間とも会うだろう」

「警部は誰を疑っているのですか？」ビーフが尋ねた。

チャットーはためらった。

「率直に言って」ようやく彼は口を開いた。「まだ容疑者はいない。もちろん、ミス・ショルターの足跡には何らかの説明が必要だが、彼女はあまり協力的ではない。あの日、彼女は絶対に小道を通らなかったと言っている。唯一外出した時には自転車に乗った。それに関して彼女は頑として譲らない。まったくたいした女だよ。しかし、私は彼女を疑ってはいない。彼女にどんな動機があるのかわからないのだ。ショルターは文無しだった。それに、彼女はそんな浅ましい兄のことがとても好きだったらしい」

「すると警察は」ぼくは人に好感を与えるような笑みを浮かべながら口を挟んだ。「新聞の表現を借りれば、五里霧中というわけですか？」

「そんなところだ」チャットーは無頓着《むとんちゃく》に言った。「しかし、いわば別の方向から攻めて重要な事実を摑《つか》めると私は考えている。被害者について知るべきことをすべて把握すれば、ここで誰が動機を持っていたのかわかるだろう。われわれはそこから出発することになる。動機が重要なのだよ、いつでも。動機さえ判明すれば、間違えることはない」

「警部のおっしゃる通りだと思いますな」ビーフは言った。「ただ、動機が多すぎて、多くの人間に動機がある場合もある」

「そう、まさにそこなんだ」チャットーは認めた。

　ビーフが腰を上げた。

「どうもありがとうございました」彼は言った。「今度はわしが仕事に取りかからなければ。しかし、わしにはたいした考えがあるわけでもないのですよ、警部。実際、今のところ一つしか考えはありません。こういう考えです。この事件は外見以上に、はるかに困難で、はるかに興味深い事件だと思います。いずれにせよ、わしはまた警部に会いに来ることでしょう。そして、もしもわしに何か思いついたことがあったら、警部がわしに情報を与えてくれたことを忘れません」

　チャットー警部はぼくたちに向かってすぐにまた小さな笑みを浮かべて見せた。しかし、ぼくたちが出て行った後で警部がワッツ‐ダントン巡査に何と言うかと思うと、ぼくは赤面した。

ビーフがクラウン亭に向かって引き返したので、ぼくはいよいようんざりした。

「今日のところはこれで充分だ」ビーフは言った。「じっくり考えたい。それに、パブの開店時間だし」

第十章　フリップは自宅にいなかった

　しかしビーフは、いつものいまいましい習慣通り、翌朝早くから起き出して活動を開始した。自分はいまいましいダーツをやり、ビールを飲んで、何もかも一晩放置するというのに、ぼくに対しては少年のような朗らかさと熱心さをもって、その日の仕事を朝一から開始するのを期待するのだ。

「来いよ」ぼくがまだ朝食の席に座っているのに、彼は言った。「ミス・ショルターに会いに行かなければならん」

　ぼくはしぶしぶ腰を上げて〈死者の森〉に向かって出発した。前夜、バーの好意的な情報提供者たちからの聞き込みで、まずは途方もない名前の引退した時計職人の住まいであるレイバーズ・エンド荘を通過して、実際に事件が起きた現場を通り、小道沿いに進めばミス・ショルターのバンガローにたどり着けることを知っていた。その情報提供者というのはビーフが「私立探偵だ」と言って強い印象を与えようとした人たちだった。

村を通り抜ける途中で、ぼくたちはチャットー警部に出会い、警部はなごやかな挨拶をした。

「仕事中というわけですな？」

「ええ」ビーフは答えた。「一つ、警部にお伺いしたいことがありました。あの足跡のことです。警部はミス・ショルターのだとおっしゃいました。どうしてそう確信が持てるのですか？　足跡に彼女の靴に特有な点があったのですか？」

チャットーは開けっぴろげに笑った。

「彼女の足を見ればわかりますよ！」警部は言った。「間違えようがない。あのサイズの靴が合う女性がこの州にもう一人いるかどうか」

「大きいということですか？」

「大きいですと？　これまでの一生で、あのサイズの足は絶対に見たことがないでしょう。だいじょうぶ、あの足跡は彼女のだ。ゴム底で、彼女がいつも履いているものだと理解している。それに特大サイズだ。しかし、セミハイヒールの女性用の靴です」

「わかりました」とビーフは言うと、ぼくたちは歩き続けた。

レイバーズ・エンド荘を通り過ぎる時、老紳士が庭仕事をしているのに気づいた。

「あれがウェリントン・チックルだね」ぼくはささやいた。

「彼には後で会おう」ビーフが約束した。「今はミス・ショルターと話がしたい」

ビーフの言う〝現場〟に着くと、ぼくたちは再び足を止めた。そこは居心地の良い場所だった。残忍な犯罪によってケチが付いたとしたら残念な気がした。幅十二ヤードから十五ヤードの空き地で、そのど真ん中を小道が通っていた。進行方向左側には、小道から六ヤードほど引っ込んだ森の縁に倒木が横たわっていた。死体が発見されたのはこの倒木の後ろだった。

ビーフ当人が認めたように、今はここには見るべき物はなかった。というのも、殺人が起きて一週間近く経過していて、それ以来、何十名もの人間が一帯を踏み荒らしていたからだ。チョークで印の付いた右側の木の、地上およそ六フィートの高さで樹皮に幾つか傷がついていた。これらは元々は発砲によって傷つけられたもので、専門家が調べた後だとビーフは結論した。

「こういったことから距離がわかるんだ」ビーフは言った。そして、周囲の森を長いこと眺めた後で、小道を通らずにこの地点に近づき、足跡を一つも残さずに立ち去ることは、誰にだってできると言い添えた。

ぼくたちは長いこと黙り込んだままその場所に立っていた。ビーフは霊感が閃いて、殺人犯の正体が明らかになるのを期待しているのだろうか。ぼくはそう訊いてみた。

「いいや。ただ考え事をしていたんだ」とだけ言うと、彼は先に進んだ。

ミス・ショルターが彼女特有の響き渡るような声で、犬小屋からぼくたちに向かって挨拶をした。

「ハロー！」彼女は大声で言った。門のところでぼくたちと合流すると、こう付け加えた。「来ていただけて嬉しいわ。ばかな連中は、今では私が殺人犯だと思っているわ」

ビーフは彼女の言葉をとても真剣に受け取った。

「チャットー警部はばかじゃありませんよ」彼は言った。「警部があなたを疑っているだなんて、どうしてそう考えたんですか？」

「すぐに気づくわよ」乗馬ズボンをステッキでぴたぴた叩《たた》きながら、ミス・ショルターは言った。「あの日、森の中で何をしていたのかってことばかり訊くんだから。現場には近寄ってもいないのに」

「もう少し慎重に話ができる場所があると思いませんか？」彼女がぼくのほのめかしをくんで、声を抑えてくれるのを期待して、ぼくは言った。

「ここにはリボンしかいないし、あの子ならだいじょうぶよ。うちの犬小屋付きの男の子なの。教会に行く途中で死体に遭遇したんです」

「ええ。ですが、声の聞こえる範囲に他の人間がいるかもしれない」彼女に模範を示そうとして、ぼくは自分の声を抑えて言った。声の聞こえる範囲というのは、ミス・

ショルターの声量を考えると、広範囲を指す言葉だと内心思っていた。

「それなら中に入って」と彼女は誘った。「家には誰もいません。使用人も置いていないのよ」

「出費がかさみますからな」ビーフが言った。

「それほどでもないわ。ここだけの話、私にはなくても済ませられるものをいろいろ持てる経済的余裕があったのです。問題はあの兄でした。私は破産したふりをしなければならなかった。さもなければ、兄は私からお金を巻き上げたことでしょう。兄はお金をとっておくことができなかったんです、気の毒に……」

「それについてはこれから話をしましょう」とビーフ。「最初に、あなたにお話ししなければならないことがあります。わしの理解するところでは、あなたがわしを雇ったのは、警察がお兄さんの死を自殺と考え、あなたはそれに異を唱えたかったからです。さて、警察が今では事件は自殺ではないと考えていて、今日の検屍法廷において、おそらく単数あるいは複数の未知の人物による殺人という評決が出るだろうと言っても、秘密を漏らしたことにはならないでしょう。だから、たぶんあなたはもうわしを必要としません」

「とんでもない、必要ですわ」ミス・ショルターは言った。「いいこと、ばかな連中は私が犯人だと思っているんですよ。殺人の嫌疑を受けるなんてまっぴらです。このままお仕事を続けて、真犯人を見つけていただきたいわ」

ビーフが咳払いをした。

「その場合、わしが突き止めるのは真実であることを理解していただかなくては。あなたに特別な魂胆《こんたん》があるようなら、わしは事件をお引き受けできません」

ミス・ショルターが声を出して笑った。

「ばかばかしい」とミス・ショルター。「探偵小説の中でそういうのを読んだことがあるわ。私が犯人ではないことくらい、あなたは百も承知のくせに」

「差し出がましいことですが、ぼくたちはその手のことは知らないことになっているんです」ぼくが口を挟んだ。「もちろん、ぼくたちはあなたがやっただなんて思っていませんとも。でも、ビーフ巡査部長が言いたいのは、誰がお兄さんを殺した犯人で、あっても、償いはさせるぞということです」

「それでけっこうよ」とミス・ショルター。「さあ、何でも質問して」

「相当数の質問があるんですよ」ビーフは言った。「まず第一に、足跡について――」

「足跡ですって？」

「たぶん、わしの口からは言うべきではなかったのかもしれません。しかし、警察は死体の発見された現場近くで、あなたの足跡を発見しているんです」

ミス・ショルターは目を剝《む》いた。

「きっと古い足跡だわ」

「前の晩に雨が降っています」

「それなら私の足跡のはずがないわ。とはいえ、私の足がかなり見間違えようがないことは考えておくべきだったわ。靴は特注して作ってもらっているんです」

「そうでしょうね」ぼくはつぶやいた。

「でも、あのいまいましい小道を歩いたりはしなかった。まったくもう、そうしていたら話していたわ」

　ビーフはゆっくりとしゃべった。

「その場合、可能な説明はただ一つで、そうなるとこの犯罪はいよいよ醜悪に見えてきます。今までに靴をなくされたことは？」

「いいえ。そんなことはなかったわ」

「ひょっとして、これから持っている靴をチェックしてみたら」

「簡単なことだわ。靴は三足しか持っていないから」

　彼女は出て行った。

「彼女は嘘《うそ》をついていると思うかい？」

「いや」ビーフは言った。「あの人は本当のことを述べている」

　彼女がすぐに戻って来た。

「何もなくなってないわ」

「さあ、注意して思い返してください。例えば、ここ一年の間では？」

「実を言うと」ようやく彼女が口を切った。「二、三か月前ですが、一足をがらくた市に出しました。かなりすり減っていたものですから。いったいあんなものを誰が欲しがるのだろうと思ったものですわ」

「売れたんですか？」

「そうだと思います。その件についてはエヴァ・パッカムに会ったらいいわ。あの人は古着の屋台を出していましたから。副牧師の妹なのです」

「そうしましょう」とビーフは言うと、手帳に骨を折ってメモをした。

「あの靴を誰かが履いたのだと考えているのですか——私に罪をかぶせるために？」ミス・ショルターが質問した。

「いずれわかりますよ」ビーフはあっさりと言った。「さて、あなたのお兄さんのことですが」

彼女の快活な態度にしばし影が差した。ぼくは彼女をじっと見ていたので、彼女は浅ましいあの男のことをすっかり気に入っていたのだとチャットー警部が言った意味を理解することができた。

「兄はみなさんがろくでなしとおっしゃるような人間でした」と彼女は話し始めた。

「その点については疑問の余地はありません。母も父も子供の頃に兄を甘やかしてしまったのです。それに、私は兄をうまく扱えたことがありません。兄は私より二歳年長で、とても意固地な性格でした。両親の遺したお金を五年ほどで使い切ると、もっとお金を求めて周囲を見回し始めました。お金を稼ぐために働くという考えはまるで思い浮かばなかったようです。私はいつも仕事を見つけるように言っていました。でも、兄はそうしませんでした。残念ながら、兄は若い頃は女たちに頼り切って生活していました。化学を勉強していて、一度は薬局を経営しようとしたこともあります。やがて、競馬で生計を立てました。実際に刑務所に入れられたことはありません。でも、兄はヘンリー・ウッド夫人（三大センセーション・ノヴェルの一つ『イースト・リン』で一世を風靡した女流作家）の小説に出て来るようなタイプです。酒と悪魔ってやつですよ。もちろん、私はあの人の妹でしたから、見捨てるわけにはいきません」

このやかましくて元気な女性が兄のことを語るのを見るのはおかしなものだった。彼女は本当に誠実な女性なのだと、ぼくは納得した。

「私はそれは何度も努力してみました。でも、ここ二、三年間、私は――その、少しでも自分の身を守らなければなりませんでした。私にはお金がないと兄には話していました。兄が来た時には一、二ポンドは用意しておきました。でも、兄は地元のパブに行って、物笑いの種になるんです。喧嘩とかして」

「誰に?」とビーフが訊いた。ぼくは彼の文法を直そうとするのをとうに断念していた。

ミス・ショルターはためらった。

「特に誰と、ということはありませんでした」彼女は言った。「兄は酒を飲むと喧嘩っ早くなるんです。口論になった相手とならば誰とでも」

「何か特別な喧嘩のことをお聞きになったことはありませんか?」

「ええ」

「すると、お兄さんはこちらには敵はいなかったんですな?」

「私の知る限りでは、おりません」

「お兄さんはバーンフォードに知人がいましたか?」

「クラウン亭だかフェザーズ亭だかで出会った男たちだけです。あと、もちろん、フリップ夫妻が」

「どうして〝もちろん〟なんておっしゃったのですか?」

「兄はフリップとロンドンで知り合ったんです。二人の間には一種の仕事上の関係がありました。どんな内容なのかは知りません。戦争が始まった時にフリップ夫妻がこちらに住むようになったのはロンを通じてだったんです。ウッドランズ荘が空き家になっていることを兄がフリップに教えたんです。兄はこちらに立ち寄った時には必ずフリップに会いに行きます」

「二人は親密だったのですか？」

「ええ。私の知る限りでは。ただ、そのことを考えると今では奇妙な気がしますが、二人が一緒にいるところを私は見た覚えがありません」

「お兄さんがクリスマスに来ることを誰か知っていましたか？」

「ほとんど全員が。この前に来た時は三週間しかいませんでした。何人かの人に、クリスマスを私と一緒に過ごすと話していました。それに、私もたぶん人に話したでしょう」

「なるほど。お兄さんが来る時は、いつも駅からどうやって来ましたか？」

「荷物はバスに運ばせて、自分は歩きました。森を抜ける小道を通って」

「いつもですか？」

「はい。一マイル以上近道になるんです」

「すると、この近辺に住んでいる人ならほぼ全員が、ロンドンからの列車が到着した後で、いつかはお兄さんが森の小道を歩いて来るのを知っていたわけですな？」

「ええ。ですが、いつになるかについては知りようがありません。兄はいつも酒を飲みに村に立ち寄り、閉店時間の十時に追い出されるまで長居をしかねませんから」

「ほう！　さて、次は銃の件です」

「それに関しては、残念ながらたいしてお役に立てません。いつ紛失したのかについては見当もつきません。私は持ち物のこととなるとってても不注意ですし、バンガローには犬以外に盗む価値のある物なんてありません。クリスマスの一週間前になるまでなくなっているのに気づきませんでした」

「お兄さんが前回来た時に持って行ったとは考えられませんか?」

「あり得ることです。でも、私はそうは思いません」

「あなたがどの弾薬筒を使っているのか知っていた人間は?」

「ウォーロック商店が知っていると思います。他に知っている人間と言えば」彼女はここで微笑《ほほえ》みながら言った。「小男のチックルさんですわ。レイバーズ・エンド荘に引っ越してきた、愛すべき小柄な男性です。二週間ほど前に弾薬筒をどこで入手できるか私に尋ねたので、頼みの綱はウォーロック商店だけで、あそこは私たち全員に〝フェザントシュア〟を売っているとお答えしました」

「彼のことはよくご存じで?」ビーフは不自然なまでのさりげなさを装って尋ねた。

「小男のチックルさんのこと? あの人は一日中家から出たり入ったりしていますわ」

「彼もちょっと射撃をやるんですか?」

「ええ、やりますとも、でも、あの人が射撃好きだとは、正直思いません。あの人は自分のことを銃を持って歩き回る田舎紳士と見なしているんだと思います。あの方は三十年間、時計屋を営んで、引退したばかりなんです。本当に哀れを誘いますわ。初めてお会いした時は自分は射撃をやらないと言ったんです。生き物に苦痛を与えるのに耐えられないと言って。その後、ウサギを撃ち始めたんです」

「なるほど。さて、銃声の件ですが」

「自分が聞いたことを正確にお話しできますわ。それは何度も警察に繰り返したものだから、今ではすっかり覚えています。三時から三時半までの間に立て続けに二発の銃声を耳にしました。そのおよそ一時間後に、さらに二発同じような銃声を。以上です」

「六時頃はどちらにいましたか?」

「ここです。どうしてですか?」

「その時は何か物音を聞きませんでしたか?」

「いいえ。でも、私はラジオを小さい音でつけていました」

「午後はコプリングにいらしたのですか?」

「手紙を一通投函しに」

「誰宛《あて》の?」

「アシュリーにある私の銀行宛です」

「銀行に封筒を取ってあるか訊いてみてください。紙資源節約の時代ですから取ってあるかもしれない。封筒は便利ですからな」

「訊いてみましょう」

「では、今のところは以上だと思います」

「私から言っておくべきことが一つあります」

「というと?」

「フリップのことです。実に奇妙なんです。四時少し前にコプリングに行く途中、私はフリップを訪ねたんです。何かを借りようと思って。すると、彼は不在でした。彼が警部に自宅から一歩も出なかったと言わなかったら、私はそれについて何とも思わなかったことでしょう。私はフリップが家にいなかったのを知っているんです。私は家に足を踏み入れて、名前を呼び、部屋を覗いたんです。すっかり開けっ放しでした――この辺では、そんな風にして家を留守にするんです。フリップはいませんでしたわ」

「それは興味深い」ビーフは言った。「実に興味深い。さて、それではあなたの犬を世話している少年に会いたいのですが」

「けっこうですわ。犬小屋にいるはずです。お願いですから、誰がやったのか見つけ出してください」ぼくたちを送り出しながら、ミス・ショルターは言った。「この辺で広まっている疑惑には我慢できません」

「そうしますよ」ビーフが約束した。「時間はかかるかもしれないが、やりますとも」

「ありがたいわ！」ミス・ショルターは心の底から言った。

第十一章　ブラック夫人は射撃ができた

乗馬用半ズボンに黄色いロールトップのプルオーヴァーというスマートな服装のジャック・リボンがぼくたちを待っていた。

「ぼくに会いたいだろうと思って」と彼は言った。

「ほう、そうかね？　それで、わしらについてどうやって知ったんだね？」ビーフが尋ねた。

「あなたたちがうろつき回っているという噂を聞きました。おばさんのために仕事をしているんでしょう？」

「雇い主のことをそんな風に言うんじゃないぞ」ビーフがたしなめた。「わしがあの人のために事件の調査をしているなんて、誰が話したんだ？」

「あの人自身があなたを雇ったって言ったんです。でも、あなたが仕事をしていることはこの近辺一帯にすっかり広まっていますよ。クラウン亭にお泊まりだと聞きました」

　ビーフがぼくたちの仕事に関して有象無象《うぞうむぞう》に向かって話したのはいかに軽率だったかと、ぼくは思い出しながらにんまりせざるを得なかった。ぼくは意味ありげにビーフを見たが、彼は気づかないふりをした。

「君は多くのことを伝え聞いているんだな」ビーフは言った。「ことによると、この殺人事件についても君の知っていることもすべて伝聞なんじゃないかな？」

「殺人事件なんですか？」両手を半ズボンのポケットに突っ込みながら、ジャック・リボンは言った。「ま、ぼくは驚きませんけどね。あの男を好きな人間はいなかった。本当のことですよ」

「つまり、君《い》も好きじゃなかったわけだね？」

「ええ、そうです。でも、他の人だってそうです。たかり屋なんです」

「他にあの男を嫌いだった人間は？」

「好きだった人間など一人もいません」

　リボンはこの話題を詳述することで否定形の迷宮に絡め取られるのを拒んだため、ビーフは別の質問をした。

「こっちでは誰と仲が良かった？」

「あの男に酒をおごってやる人なら誰とでも」

「特に仲の良かった人間はいたかね？」

「あの人はこっちに来た時にはいつもフリップさんを訪ねていました」

「いつも？」

「機会を逃したことはありません」

「訪問したのは何時頃かね？」

「たいていは夜になってからでした」

「それなら、どうやって君はそのことを知ったのかね？」

初めてジャック・リボンがためらいを見せた。

「どうなんだ？」

「フリップのために働いている若いレディーが二人いるんです」

「使用人のことかね？　頼むから、婉曲《えんきょく》な言い方はしないではっきり言ってくれ。使用人になることに、何も不名誉なことはないんだ。〝フリップのために働いている若いレディー〟だなんて。君は自分のことをミス・ショルターの犬小屋を管理している若い紳士とでも言うのかね？」

「それなら、使用人でいいです。二人がぼくに話してくれたんです」

「二人とは仲が良いのかね？」

「ダンス・パーティーで会うんです」

「他にはどんなことを話してくれた？」

「きっとあなたが知りたいと思っていることですよ」ジャック・リボンはにやにやしながら言った。

「では、話を続けてくれ」とビーフ。

「警察に話すためにとってあるんです」

ぼくはビーフが癇癪《かんしゃく》を起こすのではないかと思った。しかし、彼は田舎者特有の老練さを見せた。

「それならけっこう」と言って、その件はおしまいにしたというような態度で、彼は手帳のページをめくった。「チャットー警部に君が情報を持っていると伝えよう。わしは警部から聞けばいい」

ジャック・リボンの陽気な顔が曇った。

「ぼくは五シリングのことを考えていただけなんです」少年はおとなしく言った。

ビーフがにやりとした。

「小僧、こういう事件で知っていることから金をせしめようとするなんて恥じ入るべきだぞ。もっとも、わしも君くらいの歳には、五シリングもらえたら喜んだものだが」

そう言って、彼は少年にお金を手渡した。

「実はそんなたいしたことじゃないんです」ジャック・リボンは白状した。「五シリングの価値がないと思ったら、お金は返します。クリスマスに帰郷する娘たちのことなんです。フリップ夫人は家を留守にして、いいですか、娘たちは行きたくなかったんです。二人とも。ふるさとといえるようなものはなくて、娘たちの父親ときたらまったくの――」

「おいおい!」ビーフが脇道にそれないよう注意した。

「でも、そうなんです。だから二人はむしろクリスマスの間ずっとウッドランズ荘にいたかったんです。それに、二人は立派な女の子だから、クリスマスに旦那様がひとりぼっちで誰も面倒を見る人がいなくなるのを見たくなかったんです。でも、旦那様は里帰りするようおっしゃったんです。とても意地悪になって。結局、旦那様が二人のバス代も払ってやりました。二十七日までは戻らないようにと言って」

「ふうむ」

「五シリングの価値はありますか?」ジャック・リボンが尋ねた。

「五シリングは取っておけばいい」ビーフが手短に言った。「さて、他に知っていることは?」

「いろいろ知っていますよ」ジャックは言った。

「それなら、話を続けてくれ」

ジャックは長くてとりとめのない話を始め、ロン・ショルターの訪問や飲酒癖、彼がミス・ショルターを〝動揺させた〟こと、ミス・ショルターが涙に暮れている場面を少年が目撃したことも含めて話をした。彼は十月に掃除をして以来目にしていなかった銃のことに話題を移し、家の中には頻繁には入らなかったし、とにかくなくなったとしてもたぶん気づかなかっただろうと言い添えた。〝売ろうとしたのでもない限り〟ショルターが持って行ったとは少年は考えていなかった。彼はミス・ショルターが銃を使うことは知らず、自分では発砲したことはなかった。ジョー・ブリッジは喧嘩の相手としては臆病《おくびょう》だが、〝だいじょうぶ〟な男であることが少年にはわかっていた。少年はショルター殺しの犯人として特定の誰かを疑ってはいなかった。

彼が死体を発見した顚末についても話した。彼は教会へ向かう途中だった。

「ローマ・カトリック教会なのかね？」ビーフが尋ねた。

「ええ。コプリングで真夜中のミサがあったんです」

それから少年は弁舌滑らかに述べたが、それは死体発見以来すでに何度も同じ話を繰り返してきたことを示していた。しかし、ビーフは死体発見の〝恐怖〟にまつわる側面には関心を示さず、死体がどのように横たわっていたのかを正確に知りたがった。何度も言葉で説明しようとして失敗した後、ジャック・リボンはきれいな半ズボンとプルオーヴァーを汚す危険を冒して、銃の代わりにステッキを横に置き、ショルターが発見された時の姿勢で横たわった。どうやら死者はうつぶせになって、顔を倒木の方に向け、両腕を広げていたらしい。

少年は次に、彼の話では〝立派な老人〟だというウェリントン・チックルの家を真夜中に訪ねたことを話した。

「老人は床に入っていたが、家政婦はまだ起きていたんだね？」

「ええ。彼女はアシュリーに映画を観に行っていたんです」

それから、ワッツ・ダントン巡査宅訪問の話に移り、巡査の妻に悪戯《いたずら》をしていると思われたと話した。

「どうして？」ビーフは厳しく尋ねた。

「そりゃあ、誰かがクリスマスの夜に起こしに来て、〈死者の森〉に死体があるなんて言ったら、あなたはどう思います？」ジャック・リボンがにやにやしながら言った。

「起こしに来た人間が悪戯をするので有名かどうかによるな。警察に対する悪戯という意味だが」

ジャック・リボンはそれを聞いて冷水を浴びせられた気分だったが、再び生真面目なワッツ・ダントンと一緒に犯行現場に向かう道中について愉快そうに述べ、巡査が任務で現場に残っている間に、自分が医師を呼びに出かけ、ワッツ・ダントンの代理でアシュリー警察に電話をかけた顛末を語った。

「その夜はミサには行けませんでした」彼は言い添えた。「それに一睡もできませんでした」

「災難だったな」何の同情も見せずにビーフは言った。リボンに対する尋問はあと少ししかなかった。リボンはミス・ショルターがあの日の午後四時頃に自転車に乗ってコプリングの方に向かっていたのを覚えていたが、彼女が戻るのは見ていなかった。しかし、彼が五時半に〝仕事を終え〟た時には彼女は戻っていた。また、チックルおじいさんがいつもうろついていた倒木のある場所近くで死体が見つかったと言った時にとても腹を立てたようだったこと、死体がミス・ショルターの兄だという知らせに苛立ちを見せたことも少年は自然と思い出した。しかし、ジャックは感謝の気持ちをもってチックルからブランディーをもらったことを思い出した。彼はまた、フリップがミス・ショルターに向かってチックルが倒木のそばの場所によくいると話しているのを聞いたことも思い出した。

最後に一つ、少年はブラック夫人についてかなり不利とも取れる話をしたが、もう一人の容疑者を与えてくれるように思えたので、ビーフ以上にぼくにはありがたかった。チックル老人がロンドンに出かけている日のこと、少年がレイバーズ・エンド荘を通りかかると、ブラック夫人が少年をお茶に呼んだ。少年が彼女と一緒に台所に腰かけていると、彼女は家の中に一人で残されるのは大嫌いだと言った。もちろん、強盗を恐れていたのではなかった。夫人が馬のように強壮で、男のような手をしているのに少年は気づいていた。彼女は老紳士がいないと森のその辺りは人気《ひとけ》がなくてうら寂《さび》しいからと彼女は説明した。それでも、たとえ誰かが何をやろうとしても、自分はどう対処したらいいかは知っていると言って、彼女は元気を出した。手近にはチックルさんの銃があるし、ためらわずに使うだろう。ジャックが笑って、ブラック夫人が銃の撃ち方を知っているとは思わないと言うと、そんなばかなことを言うんじゃないとたしなめた。彼女は農夫の娘で、少年の思いもよらない昔からウサギを撃ってきた。それから彼女は少年と一緒にタバコを吸ったが、その仕草は〝おかしく見えた〟という。

ようやく、ビーフは腰を上げようとした。率直に言って、ぼくはじりじりしていて、リボン少年と別れた後、検屍法廷に間に合うためには急がなければならないと言った。

「そんな風に急ぐ必要はない」ビーフは苛立って言った。「いったい何のために検屍法廷に行きたいんだ?」

ぼくは唖然《あぜん》となった。

「だって、もちろん、検屍法廷に行くのは当然じゃないか」ぼくは言った。「貴重な情報が得られるかもしれない」

「貴重な情報だって、まさか」ビーフが粗野な口調で言った。「君の意図は、それで一章を埋められるぞという期待だろう」

実際のところ、事件全体の記述の中に検屍法廷を入れたら面白いだろうと期待していたので、これはとりわけ苛立たしい物言いだった。

「君たち探偵作家が物語を面白くしたいと思った時には必ず検屍法廷を差し挟むことにわしは気づいていた。何のために？　すでに知っている以上のことは出て来ない。それなのに、君たちは小説を長引かせ、証人全員を描写し検視官を紹介し、その間中ずっと、犯罪に関してさらなる事実がわかるかのように読者をだますんだ」

「ビーフ！」ぼくはかっとなって言った。「小説を書くのは誰なんだ、君なのかぼくなのか？」

「わしは小説作法に興味を持ったんだ。君の作品を読めるものにしたい。捜査活動にきちんと頁《ページ》を割いて、村の公民館での検屍法廷のたわけた話はカットだ。君がまともなやり方で書いていれば、読者の興味を惹くことはたくさんあるからな」

「そんなことをする気はないね」ぼくは言った。「君が検屍法廷に出席しようがしまいが、ぼくは必ず出席するとも」

「わかったよ。まあ落ち着け。わしはちょっくら昼食を摂ってから、午後はたぶん昼寝をする。考えを進めるのに役立つんだ。君は専門家どもが何と言うか聞きに行けばいい」

ぼくはそうした。腹立たしいことに、白状するといつものようにビーフの言う通りだった。検屍法廷の進行は長くて退屈だったが、すでに知っていること以外は何もわからなかった。チャットー警部が専門家の報告書の要約を教えてくれたが、その詳細を聞いても役に立たなかった。ミス・ショルターが身元確認の証言をし、ジャック・リボンは死体発見の顚末を語ってわれわれをぞっとさせようとして検視官から叱責《しっせき》された。ウェリントン・チックル、ブラック夫人、ミス・ショルター、フリップ氏が短時間呼ばれて、銃声を聞いたことについて証言した。検視官は冗長な要約を述べると、ビーフとチャットーが予想したように、陪審員は〝単数あるいは複数の未知の人物による殺人〟という評決を下した。

ぼくが非常に不機嫌な気分でクラウン亭に到着した時、時計が四時半を告げたが、ビーフの部屋に上がって、彼がブーツを脱いだ以外は服を着たままベッドに大の字になって大いびきをかいているのを発見しても、気分は晴れなかった。

第十二章　チックル氏の聞いた銃声

お茶の時間の後で、ビーフはいきなりウェリントン・チックルを訪ねることにし、レイバーズ・エンド荘にきびきびとした足取りで向かっている道中、ぼくは検屍法廷について話をした。チックルの家に着くのに長くはかからず、ぼくたちが戸口に立つと、ブラック夫人がしげしげと見返してきた。

「チックルさんがお会いになるかどうか、私にはわかりませんよ」彼女は言った。「今回の嫌な事件ですっかり動顚されていて。とにかく、今は留守です」

「いつ頃、戻っていらっしゃいますか？」ビーフが尋ねた。

「そうねえ、長くはかからないと思います。いつものように午後の散歩に出かけたのです」

「では、待たせていただきます」

ブラック夫人はどうしたものか決めかねている様子だった。

「チックルさんは誰であれ、私が入っていただくのをお断りすると良い顔をしません」と彼女は言った。「ですが、この事件が起きて以来、あの方はとても動揺されていて、あなた方があの人の心痛の種になってほしくないと思うのです。あんなに優しい心の持ち主の老紳士が、いわば目と鼻の先で起きた出来事によって、骨の髄《ずい》まで痛めつけられてしまったのですわ。私からお話しできることはありませんでしょうか?」

「申し訳ないが、チックルさんに直接お会いしなければならないんだ」とビーフ。

「それでしたら中でお待ちください。あの方ならどうしてお二人を中に入れなかったとおっしゃいますわ。でも、私はあの方が今以上に動揺されると思うと耐えられないのです。こんなことで一人の殿方がすっかり変わってしまったなんて信じられないでしょう。この事件が起きる前までは、あの方は好感の持てる陽気な方でしたが、今では見違えるようです。私はあの方のことが心配です」

彼女はぼくたちを居心地の良い、本の並んだ部屋に案内したが、そこには暖炉の火が赤々と燃えていた。

「では、どうぞおかけください」彼女は言った。「まもなくお戻りになるでしょう」

そう言って、彼女は出て行った。

ぼくの目は部屋の周りをさまよい、或る物を見つけて興奮の叫び声を上げた。

「見ろよ、ビーフ! あれは何だと思う?」ぼくは暖炉のそばの小さなテーブルを指さした。あの上の、およそ半分のところでページの開いている本は『ロープとリングの事件』（原注／ビーフ巡査部長第五の事件。レオ・ブルース著、アイヴァー・ニコルスン＆ワトスン刊）だ」ビーフもぼくと同じくらいびっくりして目を丸くしていた。

「これは興味深い」彼は穏やかに言って、考えに耽《ふけ》った。

「ぼくが君を有名にしなかったなんて、もう二度と言うなよ。バーンフォードにまで名前が轟いているんだ！」

しかし、彼は聞いていなかった。彼は椅子から立ち上がって、チックル氏の書棚にある本を徹底的に調べていた。彼は棚から棚へとゆっくりと体系的に目を走らせ、すっかり調べ終えた。

「ふむ」彼は上の空でつぶやいた。「いやまったく、実に興味深い」

ちょうどその時、正面玄関のドアがバタンと音を立て、まもなく小柄なチックル氏が入って来た。彼がビーフと挨拶を交わしている間に、ぼくは注意して彼を観察した。小柄で、髪はごま塩、額が高く突き出て、こぎれいな田舎風の服装——彼はまさしく引退した時計職人に見えた。彼は今にこやかに笑っていたが、その血色の良い顔を見ながら、ぼくはブラック夫人の指摘した〝心痛〟の兆候を探した。その表情はかなり緊張して皺が刻まれていたが、ぼくの見た限りではそれは元々のものだった。ただ彼がかつてどうだったにせよ、少なくとも今は幸福な男には見えないとぼくは判断した。

「お会いできて嬉しい。実に嬉しいですよ」彼は気取って話していた。「もちろん、あなたのことはすっかり存じていますとも」彼は開いた『ロープとリングの事件』に向かってうなずいて見せた。「イーディス・ショルターから、あなたを雇ったという話を聞きました。いつ私を訪ねてくださるのかと思っていました」

ビーフも問題の小説を見下ろした。

「犯罪事件に興味をお持ちですか？」ビーフは尋ねた。

「一介の素人に過ぎません」チックル氏は顔を輝かせた。「われわれ年寄りの引退した人間には、何か頭をいっぱいにすることが必要なのです。もちろん、私にはガーデニングもありますが」

ぼくの間違いかもしれないが、愛想の良さの陰に、何らかのストレスあるいは苦労のようなものを嗅ぎ取った気がした。しかし、彼の言葉は充分に親しげだった。

「お茶でもいかがですか？」彼が言った。

「いただいたばかりなのです」ビーフが言った。

「本当ですか？　ご遠慮では？　では、おしゃべりの間に私がカップ一杯のお茶をいただいてもよろしいですかな？」

「今日の検屍法廷には出席されましたか？」ビーフが尋ねた。

「ええ。正直言って、あの証拠には驚きました。われわれはみな、自殺だと思っていたのですよ。あの男はかなりのろくでなしのようでしたから。専門家によって殺人だということが決定的に証明されて、私はかなり意表を衝かれました」

「専門家も間違いは犯します」とビーフ。

「そういう見方をされますか？　さて、どうでしょうか？　警察も見解を変えるかもしれませんな」

「故人のことはよくご存じだったのですか、ミスター・チックル？」

「前には会ったこともありません」チックルは軽い調子で言ってから、口をつぐんだ。

「何の前です？」ビーフがすかさず穏やかに尋ねたので、ぼくも驚いた。

「ええと……それは、言葉の綾《あや》ですよ、もちろん」チックルの方もビーフと同じくらい素早く、穏やかに言葉を返した。この質問が彼を動揺させたのだとしても、彼はすぐに立ち直っていた。「遺憾ながら、本当の意味で私は今まで彼とは面識がないのです。気の毒なあの男が、顔を覆われて担架《たんか》に乗せて運ばれるのを見ただけです。それも、せいぜい家の窓から。実に痛ましい光景でした」

「それで、ミス・ショルターは？」

「ああ、よく知っていますよ。私たちは仲の良い隣人同士なのです――頻繁にお互いの家を訪問し合っています。性格の良い、元気な女性です。犬が大好きで」

「あなたも物言わぬ動物に対してとても優しいのでしょう、ミスター・チックル」

「たいていのイギリス人と同程度だと思いますが」

「しかし、あなたはかつてミス・ショルターに、苦痛を与えるのが嫌だから狩猟には賛成しかねるとおっしゃいましたな」

今度は彼も意表を衝かれたのは確かだ。この質問に彼を動揺させるどんなことが含まれていたのかはわからなかったが、初めて彼は混乱した。

「私が彼女に……。ああ、そうでした。まったくその通りですよ。初めてここに来た時のことです。彼女の犬小屋の話を聞いていたので、動物愛好家の一人だと思ったんです。ほら、生体解剖反対論者とかですよ。私は彼女の感情を害したくなかったのです。私は人の感情を傷つけることに関しては病的なまでの嫌悪感を抱いておりましてね。だから私の主義は、私が彼女の主義と想定したものと同じだという考えを吹き込んだのです。ところが、彼女が銃を持っていると言ったので、彼女を動揺させる恐れはないと判断し、狩猟の趣味があることを認めたのです——私が大好きになれた唯一のスポーツですよ」

「ほほう」とビーフ。「必ずしも意味のあるものとは限らない質問をしてもよろしいですか、ミスター・チックル？」

「ああ、ちっとも。どんなことでも訊いてください。白状すると、一年近く前にイーディス・ショルターに向かって言った言葉に、あなたがどうして興味を持たれたのか私にはまったく理解できませんが、きっとあなたにはあなたなりの理由があるはずです。われわれ門外漢には訓練を積んだ頭脳を窺《うかが》い知ることはできませんからな」

ビーフの次の質問はチックル氏にとってもぼくにとっても驚くべきものだった。

「どうしてバーンフォードに来られたのですか?」とビーフ。

「それが、私は小さな田舎の家を探していて、この物件のことを知ったのです」

「どうやって知ったのですか?」

「まったく! いったいそのことと事件にどんな関係が――」

「お答えいただいても、お気に障らないと思いますが」

「ええ、まあ、気にしませんとも。私をからかっているのでない限りはね。実を言うと、私はここまで足を運んで、物件を見つけたのです」

「どうしてここにいらしたのですか? ここにどなたか知人がいるのですか? 以前に来たことがあるのですか? それとも、このバンガローが空き家になっていることを誰かの手紙か人づてに知ったのですか?」

「数年前の徒歩旅行の際に、ここを通り抜けたのです。愉しそうな村だと思いました。ここまで来ると空いたバンガローがあって、それを買い取ったのです」

「なるほど。取引には弁護士を使ったのでしょうね?」

「いいえ。実は、弁護士は使いませんでした」

「ひょっとすると弁護士がお嫌いとか？」

「そんなことではありません。弁護士の必要がなかったのです。不動産屋は前の住人が買い取った時にすべての文書を作成していましたから。実際、私は法律におおいに敬意を払っていますよ」

「地元の弁護士をご存じですか？」ビーフが尋ねた。

「コプリングに住んでアシュリーに事務所を構えているアストン氏を知っています。実際、私のために新しい遺言状を作成してもらったばかりです。しかし、話がいささか本題から逸れていませんか。私にはこういう極めて個人的な事柄が気の毒なショルターの死といかなる関係があるのかわかりません。事件との関連で私が自分に問うているのは、いかなる動機があったのかということです。それが特筆すべき点だと思われます。警察は常に動機から捜査を始めるものと私は理解しています」

「一般的には、警察はそうするとわしも考えています」ビーフが認めた。「すると、あなたは引退の地を求めてここに来られたのですな、ミスター・チックル？」

「まさにそうですよ。職人としての、長くて地味な生涯の後で――」

「地味なのですか？」

「残念ながら。実に地味なものです。まったく、私の店を買い取った人間は……」突然、チックル氏の顔に怒りの表情が浮かんだ。「私の店を買い取った人間は、店の名前まで変えてしまった」

またしてもビーフが「ほほう！」という苛立たしいまでに思いやりのある言葉を発し、しばらくの間沈黙が続いた。

「いやあ」チックル氏が笑みを浮かべながら言った。「私が本で読んだのを覚えている限りでは、今回のが最も奇妙な証人尋問ですよ――あなたの幾つかの事件の中でも！」

「そう思われますか？」とビーフ。「では、ありきたりの尋問に戻りましょう。事件のあった午後のことです。あなたはどうやって過ごされましたか？」

「それなら尋問らしい尋問だ」チックル氏は言った。「そういう質問を待っていたのですよ。それならしっかりとお答えできます。私はちょっと庭いじりをした後で、ここに来て、たぶん半時間ほど読書や書き物をして、それから三時半に――」

「その前にあなたは二発の銃声を聞かれた？」

「ええ。立て続けに。三時十五分頃でした。家政婦のブラック夫人がきっと正確な時間を知っています。実際、彼女は検視官に時刻を教えたんですよ。私にはかっきり何時何分だったか思い出せません。まあ、三時二十分頃でしょうか」

「それで？」

「私はちょうどブラック夫人に、実際ささやかなクリスマス・プレゼントを贈ったところでした。かわいそうに、あの人は寂しい人なのだと思います。彼女はとても感謝していました。私たちがここに立っている時に、ちょうどその銃声を聞いたのです」

「どこから聞こえたかわかりますか？」

「かなり遠くだと思います」

「死体が発見された場所からかもしれないと？」

「だとしてもおかしくありません」

「それから？」

「それから私はさらに十分間、庭で仕事をしてから、散歩に出かけました」

「銃を携えて？」

「ええ。いつものように」

「どの道を通ったのか教えてくださいませんか？」

「もちろんです。森を抜ける代わりに、私は森を迂回《うかい》して、ずっと開けた道を進みました。森の縁を進み、フリップの家に通じる車回しに着くと、そこで戻って来ました。かなりでこぼこした道でした」

「どなたかと出会いましたか？」ビーフが尋ねる。

「ウサギ一羽としか遭遇しませんでした。二本の銃身から弾丸を発射しましたが逃げられました」

「それはあなたが外出されてからおよそ一時間後のことですね？」

「ええ。戻る途中でした」

「どうしてその道を選ばれたのですか、ミスター・チックル？　あなたはいつも、森を抜ける小道を通るものだと理解していました」

「いつも、というわけではありません。私はよくその道を通ってミス・ショルターの家に行きます」

「話によれば、殺人の起きた場所は――」

「私は今でも、事件を殺人と呼ぶのは早計だと思いますが」チックルが口を挟んだ。「あそこはあなたのお気に入りの場所だということですが。何人もの人があなたとあそこで出会っています」

チックル氏が笑みを浮かべた。

「私のバンガローとミス・ショルターの家の間にある、便利な中間休憩地点なものですから」

「ええ。そのようですな。さて、他の単数あるいは複数の銃声、つまり六時五分の銃声のことですが」

「単数あるいは複数の銃声。そこが重要な点です。私には確信が持てません。私は二本の銃身から同時に、あるいはほとんど同時に発射されたと思います。しかし、その点については自信が持てませんし、ブラック夫人も同様です。しかし、銃声が六時五分に聞こえたことは確かです。使っていた園芸道具を運ぼうとして私が庭に入った時に銃声を耳にしたのです。私はまっすぐに家に入って、ブラック夫人に何者かが密猟をしていると言いました」

「その単数あるいは複数の銃声はどこから聞こえたように思えましたか？」

「ああ、森の中からです。どことは言えませんが」

「三時二十分の銃声と同じくらい離れていましたか？」

「およそ。ええ」

ビーフとチックルの二人は、この長くて探り合うような対話によって疲れ切ったように見えた。しかし、ビーフの頭脳の働き方を幾分かでも知っていたぼくは、彼が必要だと考える質問をすっかり終えて求めている材料を集めないうちは、途中でやめないことはわかっていた。ビーフの方法は一見すると行き当たりばったりであったにもかかわらず、彼は不思議と秩序立った頭脳の持ち主だった。

「さて、三人の人物についてあなたにお尋ねしたいと思います」ビーフは言った。

「そしたら終わりです。まず、家政婦のブラック夫人のことです」

「八か月前に見事な推薦状を持参して私のところに来ました」チックルは言った。

「農夫の娘だと思います。ろくでなしと結婚して、そいつが幼い子供を残して出ていったんです。娘さんは今では結婚して、時々、母親に会いに来ます。ブラック夫人はアシュリーの反対側の歴史あるキングミード邸で十年間、家政婦を務めました。サー・ジェラルド・コッカーのお屋敷です。彼女はそこを辞め、静かな勤め口を求めていたので、私は幸運にも彼女を雇うことができました。彼女は仕事を厭《いと》いませんが、心労や責任にうんざりしていたのです。彼女は何から何まで信頼できる女性で、実に正直で満足できる人です。料理はうまいし、もしかするといつも時計に目を向けているほど、いささか過剰に時間にうるさい嫌いはありますが、総じて宝のような女性です」

「彼女はショルターのことを知っていましたか？」

「それはおよそ考えられないと思いますね。あの男の名前を口に出したこともありません」

「なるほど。さて、次はフリップですが？」

「彼についてはあまり知りません。こっちに引っ越す前はショルター兄妹の友人だったと理解しています。週に二度ほどロンドンに出かけます。いささか粗野で下品な男だと思います」

「彼がショルターとよく会っていたことはご存じですか？」

「二人が一緒にいるところを見たこともありません」

「最後に、ブリッジという農夫のことですが」

「実に粗暴な青年ですよ！」温厚なチックル氏が意外にも声を荒らげて強調した。

「実に暴力的だ。一か月ほど前に、彼と実に激しい議論を交えました。彼の土地の一部が私の狩猟地と接していて、彼は私が密猟していると非難したのですよ」

「彼はあなたを脅したのですか？」

チックル氏は笑みを浮かべた。

「脅しと言えるかどうかわかりませんが、彼は地獄で会おうと言っていました」

ビーフがいきなり立ち上がった。彼は家の主人に礼を言おうとも、矢継ぎ早の質問に謝罪しようともしなかった。

「以上です」彼は手帳をぱたんと閉じて言った。

「少しでもお役に立てることを願っています」チックル氏は言った。

「あなたが役に立ったのは確かです」ぼくが慌てて口を挟んだ。というのも、彼に関して何らかの疑惑があったとしても、それを気取《けど》られて良いことはないからだ。

「どうでしょうか」ビーフは言った。「これからわしらがブラック夫人とおしゃべりをするのは時間的に不都合でしょうかね？」

チックル氏は時計を見た。

「五時半か」彼は曖昧《あいまい》に言った。「私は八時に夕食にします。あまり長く引き留めることにならなければ」

「そうなるとは思いません」とビーフ。「たぶん、わしらが台所に移動した方がいいでしょう?」

「ええ。ただ、遅くとも六時半には終えるようお願いします。慌てて料理することほどひどいことはありませんから」

第十三章　ブラック夫人が新事実を披露する

　ブラック夫人を尋問するという明白な目的を持って、ぼくたちがその縄張りに入ると、彼女はあまりいい顔をしなかった。彼女がしぶしぶぼくたちに腰かけるように言った時の顔つきには、険悪とも言えるようなものがあった。

「私からあなたにお話しできるようなことがあるとは思えませんが」彼女は言った。

「銃声については検屍法廷でお話ししましたし、それはお聞きになったでしょう」

「あなたにはいろいろとお訊きしたいことがあるんですよ、ミセス・ブラック」自分の手帳を一瞥《いちべつ》してから、ビーフは朗らかに言った。「何はさておき、あなたご自身のことについてちょっと知りたいことがあります」

「私のことについて？　どういうことでしょうか？」

「例えばですね、どちらからおいでになりましたか？」

「キングミードですわ。チックルさんからお聞きになったと思いました。私は十年間――」

「ええ。ですが、お生まれはどちらですか？」

「それはあなたには関係ないことですし、あなたが突き止めなければならないことは何の関わりもありません」

「しかし、隠さなければならないことではないのでは？」

「私に隠さなければならないことがあろうとなかろうと、どうでもいいことです。生まれた家については何もお答えする気はありません」

「結婚されたのはいつですか？」

「二十三年前です。でも、それが何か――」

「ご主人の名前は？」

「いいですか――言葉に気をつけてください！」

「落ち着いてください、ミセス・ブラック、落ち着いて。あなたに隠すことが何もないなら、簡単な質問に少し答えることくらいできるでしょう」

「ブラックに決まっているでしょう」

「今、ご主人はどちらに？」

「私は知りませんし、知りたいとも思いません。それに、あなたがどうしてそんなことを詮索するのかもわかりません。亭主は結婚二年後に、生後十二か月の赤ん坊を残して出て行ったのです」

「それで、それ以来会っていないんですか？」

「風の便りにさえ聞いたこともありません」

「その赤ん坊はどうなりましたか？」

「赤ん坊がいったいどうなったと思っているのですか？　普通、赤ん坊はどうなります？　もちろん、育ったのです」

「それで、今は？」

「結婚して、フリッティングボーンに落ち着いています――ここから二十マイルのところです」

「最後に会ったのはいつです？」

「およそ一か月前です。私の家族について知りたいことは他にまだありますか？」

「いや。しかし、あの夜、あなたがどちらに出かけたのか知りたいものです」

「どの夜です？」

「殺人の起きた夜です」

「アシュリーですわ。映画を観に」

「何の映画をご覧になりましたか？」

「ターザンです」

「どのターザンですか？」

「どのターザンだったかなんて、私が覚えていると思いますか？　とにかく、ターザン映画でした。オディアス座です」

「どうやってアシュリーに行ったんですか？」

「バスで」

「バスに知り合いは乗っていましたか？」

「いいえ」

「まあ、いずれにせよバスの車掌《しゃしょう》が覚えているでしょう。クリスマス・イヴだったし。小さなバスなんでしょう？」

　ブラック夫人は初めて不安な表情を見せた。

「こっちのバスは運転手が車掌を兼ねているんです。覚えているとは思えません」

「覚えていますよ。さて、先ほどあなたはチックル氏について人が変わったようになったとおっしゃいました。それはいつからですか？　あなたが最初に気づいたのはいつですか？」

「そうですわねえ、あの方はあの日の午後からちょっと変でした。クリスマス・イヴの日、散歩から戻って来てからですよ」

「どういう風に？」

「ちょっとぴりぴりした感じで。あの方はいつも優しい言葉を使う紳士でした。お茶について厳しいことをおっしゃったのです」

「ほう」

「その時以来、あの方は人が変わったみたいです。何と言うか、ふさぎ込んでいて。にこりともしません。夜もお眠りになりません。あの方が動き回るのが聞こえます」

「事件が起きるまではそんなことはなかったんですね?」

「ええ。いろいろな点で不思議です。絶えず時間を、何時に帰ったとか何時に出かけたとか訊いてばかりいて。幸い、私はそういうことに気づくので、何度も教えて差し上げました。それから、庭についてもこだわりがありました」

話題が彼女の個人的な事柄から雇い主へと移ったので、ブラック夫人は冗舌と言っていいほどになった。

「どういう意味で庭にこだわりがあったんです?」

「絶えずあちこち長さを測定しては、小道や苗床を計画するのにいつも使っているロープを移動させるんですが、それを変更するような指示は絶対に出しませんでした。週に二回、ここに仕事に来るハロルド・リッチーは病気だと言っています。そんなに関心があるなら、彼に訊いてみたらいいですわ」

ビーフはすぐに手帳を取り出した。

「どうも」ビーフは言った。「そうしましょう。殺人の起きた日も、彼は庭の測定やら何やらしていたんですか？」

「いいえ、しませんでした。朝一番に、あの方はあちこちの釘《くぎ》を抜いてロープを移動し、退いてどんな風に見えるか点検しました。ちょうど野菜の植えてある一画と何本か蔓《つる》植物が生えている、村寄りの場所です。それから、昼食後はちょっとした芝地のある森寄りに回って、いったい何をしたいんだろうと思うくらい、あちこちロープを引っ張ったりしていました。二時半頃に家に入ってから散歩に出かけるまで、あの方が庭いじりをしたかどうか知りません。私はいつも午後に五分間だけ一人きりになります。私の部屋は家の裏側で――」

「ちょっと。ちょっと待った」ビーフが言った。「あなたは午後に自分の部屋に行ったとおっしゃいましたな。しかし、最初の銃声が鳴った三時二十分には、あなたはチックル氏と一緒だった」

「それはちょっと違います」とブラック夫人。「あの日はクリスマス・イヴで、あの方が私にちょっとしたクリスマスのご祝儀を用意して下さったことを存じていました。私はそれを自分の部屋に運んで、お茶の時間まで出て来ませんでした」

「すると、チックルさんが外出するのは見ていないんですね？」

「ええ。部屋の窓はバーンフォードに面していますから。ですが、彼が出かけてまもなく、私が目撃したことをお話ししましょう」

「ジョー・ブリッジが銃を腕に抱えてバーンフォードの方に向かっていたのです」

「どんなことです？」

「バーンフォードの方ですか？」

「ええ。その時はそうでした。コプリングから森を抜けて来たに違いありません」

「戻るのは見なかったんですか？」

「ええ」

「銃声についてはいかがです？」

「何度も繰り返してうんざりしますわ。三時二十分に二発、四時半頃にもう二発、そして六時五分にチックルさんと一緒にさらに一発聞きました」

「さらに一発ですか？」

「それが、私には一発に聞こえたのです。チックルさんはほとんど同時に二発発射されたって言っていました。そうなのかもしれません」

「銃声はどこから？」

「私の知る限りでは、最初と二回目の銃声はちょっと離れていました。三番目はかなり近かったと思います」

「三番目の銃声はどこで聞いたんですか？」

「チックルさんの居間で暖炉に火を入れていました。あの方は測定用のロープを取りにちょうど庭に出たところでした。誰かがつまずくといけないと言って。あの方はいつも他人のことをお考えになるのです。銃声が聞こえると、あの方はすぐに家に入って来て『誰かが密猟している』とおっしゃいました。『まあいい、ウサギの一羽や二羽くらい』と。あの方は優しいんですよ。私はとても近くから聞こえたと言いましたが、あの方は『違うよ、森のずっと奥だ』とおっしゃいました。私はそのことで言い争いはしませんでしたが、今でもかなり近かったと思っています。それから、あの方は庭仕事の道具などをしまいに外に出ました。私のお話しできることは以上です」

「ふむ。あと一つ二つ、わしからお訊きしなければならないことがあります、ミセス・ブラック」

「あなたが無関係なことを質問し始めない限り、できる範囲でお答えします」

ビーフは相手に強い印象を与えようとして身を乗り出した。

「ショルターのことはご存じですか？」

この女性が動揺したのは疑いなかった。大きな骨張った手が神経質に動いているのが見えた。

「ショルターですか？」時間稼ぎをするかのように、彼女は鸚鵡返しに言った。

「殺された、ロン・ショルターのことです」ビーフが念を押した。

「今まで会ったこともありません。担架に乗せて運ばれるまでは。その時も足しか見えませんでした」

「確かですか？」ビーフは尋ねた。「ご存じだったら、話した方がいいですよ」

「ええ」とブラック夫人。「ショルターという人など知りません」

「では、それはそうとしましょう。あなたは銃を撃てますか？」

「いいえ」

「撃とうとしたことは？」

「ありません」

「おかしいですな」

「私にはどこもおかしいとは思えませんが」

「銃が撃てると言ったことはありませんか？」

「ありません」

「例えば、ジャック・リボン少年に対して、自分は農夫の娘だからあんたの思いも寄らない昔から銃を撃っているとおっしゃったことは絶対にありませんか？」

「あの子がそんなことを言ったのですか？　嫌な子だこと。あの子にもそう言ってやるわ——だってねえ」

「でも、本当なんですか？」

「もちろん、本当じゃありません」

「あなたは農夫の娘ではないのですか?」

「まあ、父はちょっと土地を持っていたかもしれませんけど」

「それで、あなたも銃を撃ったこともあったかもしれないと?」

「だからって害にはならないでしょう? 娘だって男と同じように銃を撃つ権利くらいあります。ただし、猟銃で人殺しがあった時に、あなたがそんな質問をしてきたら、私も発言には慎重になりますわ」

「すると、あなたは銃を撃てるのですな?」

「撃ち方を知らないなどとは言っていません。でも、撃ったことはありません。この近辺では」

「礼を言いますよ、ミセス・ブラック」と言って、ビーフは手帳を閉じた。「おっと、わしとしたことが。七時過ぎになってしまった。チックルさんがかんかんだろうな。あの人はわしがあなたを長く引き留め過ぎたら、夕食の支度を駆け足でしなければならないと心配していたのです。わしらは裏口から帰らなければ」

ぼくたちは裏口から出た。そして、二人で手探りで進むようにバーンフォードに向かう十分間、ビーフはしゃべらなかった。

「さあ、話してくれ」とうとうぼくの方から口を開いた。「あの二人のことをどう思う?」

「どう考えたらいいのかわからん」とビーフは白状した。「奇妙な事件であることは間違いない。わしには知りたいことがたくさんある。例えば、どうしてチックルはミス・ショルターに射撃は嫌いだと言ったのだろうか？　それに、ジョー・ブリッジはあの日の午後、小道で何をやっていたのか？」

「当人に訊いてみたらいい」ぼくが促した。

「いや。それはしない。ジョー・ブリッジは時が来ればすっかり話してくれるだろう」

「君が尋問に行かなければ話さないよ」

「話すと思うな」ビーフは頑固だった。

「どうして？　どうして彼は自分を罪に陥れるようなことを言うんだ？　あの日の午後、小道にいたことを警察にも話していないんだぞ」

「しかし、わしには話してくれるさ」ビーフは意見を変えなかった。「まあ待つんだな」

　ぼくは無言で歩き続けた。

「ああ、あの男は来るとも」ビーフは考え込んだ様子で言った。「マホメットと山の故事（マホメットが山を呼び寄せると人々に宣言し、集まった人々の前で山を呼んだ。山が来ないと見ると、マホメットは自分から山に近づいたという挿話を指す。）を知っているだろう？」

ぼくたちが戻った時にはパブの開店時間になっていたので、その夜、ぼくが彼から聞き出せることはここまでだと思った。

ぼくが早めに床に入って、ちょうど眠り込もうとした矢先に、ビーフがぼくの部屋に入って来た。下のバーで飲んだアルコールの効果で、彼が顔を赤くして冗舌になっていることが一目でわかった。彼が酒に飲まれたことは一度もなかったことは認めるが、今の状態は確かに〝ほろ酔い気分〟と言えるものだった。

「リッチーに会ったよ」彼はベッドの足元の支柱を摑んで支えにしながら言った。

「リッチーだって？」ぼくは眠たげな声で言った。「リッチーって誰？」

「臨時雇いの男だ。チックルのためにちょっとした庭仕事をしている。あの老人はいつもロープと二本の杭を弄《もてあそ》んでばかりいて、何一つ決められないんだそうだ。リッチーは内心、チックルは頭が少し弱いと思っている。ロープを持って庭をうろつき回ってもう二週間になるのに、庭には何の変更も加えていない。ボクシング・デイ（クリスマスの翌日）に行ったら、何一つ計画ができていなかったそうだ。一つもな。このことをどう考える？」

ぼくはビーフに自分の考えていることを正確に話した。

「君は半ば酔った状態でぼくの寝室にずかずか入り込んで――」と言いかけた。

「誰が半ば酔っているって？」

「そして、そんな戯言《たわごと》でぼくをたたき起こしたんだ。ぼくの考えは――」

「それじゃ、重要なことだとは考えないのか？ 今わしの言ったことを」

「そうとも！」ぼくは声を荒らげた。

ビーフは耳障りな笑い声を上げた。

「おやすみ」と言うと、彼は千鳥足で自分のベッドに向かった。

第十四章　副牧師との午前のお茶

「尋問が終わったら嬉しいんだが」翌朝、ビーフが言った。

「ぼくもさ」ぼくは熱心にうなずいた。「ぼくたちに必要なのは、何か行動を起こして、あまり無駄話はしないことだよ」

「ほらな、君はいつだって自分の本のことしか考えていない。わしの望みは誰が殺人犯なのか突き止めることで、貸本屋の会員の一人か二人にお楽しみを提供することじゃない。もっとも、あと二人しか残っていないがな」

「誰のことだい？」

「最初は副牧師の妹、次がフリップだ。その二人から重要な証言が引き出せたとしても驚かんな。手帳に目を通し終えたらすぐ、午前中にミス・パッカムに会おう」

パッカム氏とその妹が暮らしている、村はずれの瀟洒《しょうしゃ》な家に着いた時には十一時を過ぎていた。パッカム氏はバーンフォードの、アシュリー寄りの教区をあずかる副牧師だった。彼は〝口を出さない〟というので、そこではかなり人気があるようだった。

彼は村の公会堂でダンスをやることに賛成で、日曜日にクリケット試合をやっても異議を唱えなかったという。しかし、彼がドアを開けて迎えた時の風采に、ぼくはあまり感銘を受けなかった。彼は大きな白い顔に笑みを浮かべ、ラードのような皮膚と鮮やかな赤い耳をした大柄な青年だった。姿を見せた時には口の中をいっぱいにして、黒いシャツの正面にはケーキくずが付いていた。

「妹ですか？　いますよ。お入りください。十一時のお茶を楽しんでいたんです」

兄が牛のようにがっしりしていたとすれば、妹は豚のように意地汚く、手編みのジャンパーを着た日焼けした娘だった。

「コーヒーをいかがですか？」と彼女が勧めた。「このケーキを召し上がれ。昨日いただいた物です」

彼女は「間食はどうも」などと言って断ったビーフに皿を手渡した。

「それも食事が摂れるとしての話ですわ」と言いながら、彼女はもう一個のロックケーキにかじりついていた。「昨今はそれが難しくて。配給制でエドウィンはすっかり参っていますの」

エドウィン・パッカム師はそろそろ本題に入ろうと思ったらしい。

「この事件を解決なさろうとしているのですね」口からケーキのかけらを落としながら、もぐもぐ聞き取りにくい言葉で言った。「ミス・ショルターに雇われたと理解していますが」

「その通りです」とビーフ。

「どんな調子ですか？　容疑者は大勢出ましたか？」

「残念ながら多すぎるくらいです」ぼくが口を挟んだ。

「でも、最後にはすっかり解決なさるんでしょう？」ミス・パッカムが気楽そうに言った。「さあ、あなたはいったいこの私からどんなことを聞き出したいのですかしら。私はミス・ショルターのお兄さんだって存じ上げないんですよ」

「この前のがらくた市のことを思い出していただきたいのです」ビーフは言った。

「たいした売上でしたよ」パッカム氏が言った。ぼくとしては彼が食べている間はあまり口から食べ物を飛ばさないでほしいと思った。「それに、ぼくはケーキの重量挙げにも優勝したし」

「それはおめでとうございます」ビーフは言った。「わしの理解するところでは、あなたは古着の屋台を出していたのでしょう、ミス・パッカム？」

「ええ。すっかり売り切りました。衣料品配給券とやらのご時世ですから、難しいことではありませんでした」

「わしはあなたに、或る一つの品物のことを思い出していただきたいのです」ビーフが真剣な表情で言った。

「やってみますわ」

「ミス・ショルターの物だった靴なんです」

ぼくたちの真剣な表情にもかかわらず、二人はいきなりわっとばかりに笑い出した。

「イーディス・ショルターの靴ですって！」ミス・パッカムは声を上げた。「いったいどうしたものかと思ったものですわ。あの方の足をご覧になりまして？　大きな足でしょう。サイズが十二もあったと思います。少なくともそんなサイズがあるとしたらですけど。警官は足が大きいそうですね。私はいつも、イーディス・ショルターは女性警官隊に加わるべきだって言っているんですよ！」

「それで、その靴はどうなりました？」副牧師とその妹の二度目の笑いが収まると、ビーフは尋ねた。

「それが、私に何ができたと思いますか？　断るわけにもいかないし。そんなことをしたらあの気の毒な人の気を悪くしてしまいますわ。だから、古靴だけ入れた籠を作って、そこに混ぜたんです。それならまるごと売れますもの」

「誰が買ったのですか？」ビーフが厳めしい顔で尋ねた。

「誰が買ったんだったかしら？　覚えている、エドウィン？」

その瞬間、ビーフが心配のあまり息を詰めているのがわかった。彼がこの質問を重要なものと考えているのは明らかだった。

「覚えていないな」副牧師が言った。「私は果物や野菜ばかりに目がいっていたから」

「フリップ夫人ではなかった、それは確かだわ」とミス・パッカム。

「なんとか思い出していただけることを期待しています」ビーフは言った。「非常に重要なのです」

「でも、どうしてですか？　いったいどうして、イーディス・ショルターの特大サイズの靴が彼女の兄の殺人と関係があるのですか？」ぼくが指摘した。

「こういうことは必ずしもいつも説明できることではないのです」

「ビーフ巡査部長が重要だと言ったら重要だと思って間違いありませんよ」

　パッカム氏が最後に残ったケーキを取った。

「靴を古着の籠に入れてまるごと売ったって言ったね」と彼は言った。

　突然、妹が金切り声を挙げた。

「思い出した！　今はっきり思い出しました。どうして忘れていたのか考えられないわ。まるごと買っていったのは小男のチックルさんよ。あの方は兄の使い古した毛織り地のスリッパを見てほしくなったのよ。あの毛織り地のスリッパを覚えているでしょ、エドウィン？　ホーンジーのミス・サントがあなたのために作ってくれたのに、あなたは一度も履《は》こうとしなかった。兄はそういった品物を教区民から受け取るのが大嫌いで、ミス・サントは肉屋の妹だったから、羊の脚肉だって送りかねなかったんです。スリッパは新品同様で、残りの品と一緒に入れておいたら、チックルさんが気に入ったんです。それに、あの方にぴったりだったし。だから、あの人もかわいそうに、私はちょっと意地悪でしたが、彼に丸ごと買わせたんです」

「すべて引き取って行ったのですか？　それともスリッパだけ？」

「いいえ。すべて引き取りました。それについてかなりうまい冗談を言ったことも覚えていますわ。庭にブーツの木《ブーツ・ツリー》でも植えるつもりなのか訊いたんですよ！　ブーツの木（靴の木型の意味がある）ですよ、おわかり？」

そこでまたしても兄妹が腹の底から笑った。

「実におかしいですな」ビーフが礼を失しないように言った。「彼はまるごと引き取ったのですね？」

「ええ。リッチーが市に来ていて、あの人はチックルさんのために毎週二、三日働いています。あの人にできる唯一の仕事なんです。残りの時間はクラウン亭で管を巻いています。小男のチックルさんは彼を屋台まで呼んで、翌日、この籠を持って来てくれないかと頼みました。七足と籠だと彼は言いました。さあ、これであなたもリッチーと仲良く話さなければなりませんね」

「ありがとう」ビーフは言った。

「チックルさんについては実におかしな話があるんですよ」と副牧師が言う。

実のところぼくはパッカム兄妹のユーモア感覚を充分すぎるほど堪能《たんのう》したので、もう本当に行かなくてはと言った。しかし、ビーフはにやにやして、どういう話ですかと尋ねた。

「今から八か月まえのことです」パッカム氏が言った。「ブルーベルの季節ですよ。〈死者の森〉の中はブルーベルが絨毯を敷いたように咲き誇っていて、実に目を奪うような光景でした。私がコプリングに向かって歩いていると、ちょうどショルターの死体が見つかった地点に着きました。たまたま倒木の向こうに目を凝らすと、いったい何が見えたと思いますか?」

副牧師がぼくたちを笑わせようとしているのは明らかだった。彼は笑いをこらえることができなかった。

「チックルさんがいたんですよ!」彼は大声で言った。「木の後ろでまるでウサギのようにうずくまって、私を覗いていたんです! 私はこの目が信じられませんでした。とってもおかしな顔をしていました。ちょうど、『夏の夜の夢』の登場人物が抜け出てきたみたいで。『ブルーベルの花を摘んでいらっしゃるんですか?』と私が尋ねると、彼はそうだと答えました。スーツには泥や枯れ葉が付いていました」

パッカム氏とその妹は急いでぼくたちを追い出す気はないようで、ビーフは心地よさそうに椅子にふんぞり返った。

「フリップ氏のことはご存じですか？」ビーフは尋ねた。

「フリップ夫人ならよく知っていますわ」副牧師の妹が答えた。「善良な心の持ち主で、村でいろいろ尽くしてくださいます。あの人たちは養鶏場をやっていますからね」

「ニワトリというのは素晴らしい鳥だ」パッカム氏が舌鼓《したつづみ》を打って言った。「素晴らしい卵を産んで、旨いロースト用の肉になる」

「フリップ氏はいかがです？」

「あの人のことはあまり知らないんです」とミス・パッカム。

「まったく知りません」パッカム氏の言い方はぎこちなかった。

「何かまずいことがあったのですか？」ビーフが尋ねた。

「い――いや。本当は何でもないんです。あの人はかなり粗野な人でしてね。言葉遣いとかいろいろ」

「それだけですか？」

「それが、一つ些細《ささい》なことですが、ちょうどクリスマスの時に嫌なことがあったんです」ミス・パッカムが述べた。「残念なことですが、それであの人がまったく信頼できないことがわかります。私たち、苦心してクリスマス・カードを手に入れて、二十三日の晩に投函したんですよ。ボクシング・デイにフリップさんの家を訪ねた時、マントルピースの上にたくさんクリスマス・カードが飾ってありましたが、その中に私たちのはありませんでした。私がそのことを尋ねると、受け取った覚えがないと言うんです。ひどく激しい口調で言ったものだから、あの人は本当のことを話していないと確信しました。そのことで激昂《げきこう》し、郵便制度の効率の悪さを非難し、私たちからのカードを受け取っていないと再び繰り返したんです。今ではそれが嘘だったとわかっています」

「どうしてわかったのですか?」

「そこなんですよ。私は郵便配達に訊いてみたんです。こういう小さなところでは、人通りの少ない道を通った時に他人の葉書を読んだり、手紙を開けたりする以外にも、郵便局の人間は誰でも他人の情報を知る機会があります。郵便配達は私のクリスマス・カードのことをしっかりと覚えていました。彼はクリスマス・イヴに配達したんです——その時の郵便でフリップさんに届いたのはそれだけだったんです。郵便配達は門のところでフリップさんに会って、彼に手渡したと言っています。彼はカードをちらりと見るなり、すぐに防水外套《マッキントッシュ》のポケットに突っ込んで外出したそうです」

「それは何時のことですか?」

「さあて、あの日、ここに来たのは二時半頃だったわ。あれは特別配達だと思うわ。そうじゃない、エドウィン?」

「その通りだよ。ベティー・クラフからのお菓子の小包を届けてくれた」

「郵便配達が〈死者の森〉に行く前にほとんど最後に来るのがうちの家なんです。郵便配達がフリップの家に行ったのは三時前のはずです」

「すると、フリップ氏は家から出て来たところだったと？」

「郵便配達はそう言っています。外出用の服装でした。でも、郵便配達が見たのは、家と森の間に挟まれた鶏の囲い場のそばにある交配小屋の方に向かう姿だけです」

「ふむ、あなた方の協力と情報にはおおいに感謝しますよ」とビーフは言った。

「私の願いは少しでもお役に立つことだけです」副牧師は言った。「遺憾ながら、ゴシップばかり話し過ぎました。妹も私も、物事のおかしな側面を目にせざるを得ないんですよ。小男のチックルさんがあの木の後ろでうずくまっているのを目にしたら、きっとあなたも腹の底から笑ったことでしょう！」

副牧師もその妹も、愉快な出来事を思い出しながらしばらくは大笑いしたが、肉屋が来たので厳しい現実に引き戻された。ぼくたちが辞去する時に、彼らは熱い議論を戦わせ、〝配給〟、〝屑肉《くずにく》〟、〝極上品〟などという言葉が頻繁に使われているようだった。

「満足したかい？」家を出ながら、ぼくはビーフに尋ねた。

「ああ、まったくな」

「まさか本気で小男のチックルを疑っているのではないだろうね?」ぼくは尋ねた。

「あの靴をどうしたのか知りたいものだ」

「たぶん捨てたんだろう」

「それならいいんだが」とビーフ。

「これからどうする?」ぼくは尋ねた。

「昼食前にフリップの家に立ち寄る時間がある。彼が最後だ」

第十五章　ビーフ、レインコートを借りる

見た瞬間からフリップが好きになれなかった。柄の大きな、猛々《たけだけ》しい表情をした男で、高圧的であると同時に狡猾《こうかつ》そうな男だった。ぼくたちに対して徹底的に無礼な態度を取りたいと思いつつも、何らかの理由であえてそうしていないという印象を受けた。ああいう顔をしていたら、ちやほやされたりおだてられたりしたはずだが、いきなり権威を失墜した男が権力と成功を手に入れたとでもいうような、奇妙にも自信を失ったような風情があった。

彼の家は、これまでぼくたちが訪問した大半の家よりも至る所に繁栄の痕跡があり、彼はぼくたちを広い、立派な家具の備わった部屋に通して、シェリー酒を勧めた。

「お二人が来るのをお待ちしていました」彼は言った。「警察も二回来ているので、私立探偵に対しても準備はできています。たぶん、あなた方は警察と同じ質問をするのでしょうな――あの日の午後、どこにいたかとか――」

「どこにいらしたんですか？」ビーフが尋ねた。

「やっぱりね」とフリップ。「私はここにいました。家からは出ておりません」

「家の中にいたということですか？　それとも敷地内にいたと？」

「家の中です。あの日はひどく寒い日でしたから、景気づけに熱湯を入れたケトルと、レモン、ウィスキー一罎《びん》を傍らに、暖炉のそばにいました。自分一人でクリスマスを祝っていたのです」

「なるほど。しかし、郵便配達はあなたがちょうど外出されたのを目撃していますが」

ぼくはフリップ氏が癇癪を破裂させるのではと思った。しかし、しばしの間を置いて、彼はまったく穏やかな口調で言った。

「すでに私の行動をチェックされているということですか、ええ？　郵便配達は完全に正しい。彼は私と門のところで出会った。実は、ちょうど鶏に餌をやろうとした時に郵便配達が来るのが見えて、待っていたのです。それから交配小屋に向かいました。その意味では、私は確かに家を出たことになります」

「郵便配達が何を届けたか覚えていますか？　その時の郵便で何が届いたのですか？」

「お答えできません。重要な物ではなかったと思います。たぶん、広告とか何かでしょう」

「クリスマス・カードではありませんか？」

「かもしれません」

「あなたは殺されたショルターのことをよくご存じだったと思いますが」手帳を一瞥してから、ビーフは言った。

「ロンドンで隣人同士でした」フリップは手短に言った。

ビーフは手帳に書き込んだ。

「場所はどこでしょうか？」ビーフが尋ねた。

一瞬ためらってから、フリップが言った。「私はパディントンのゴードン・ストリートに大がかりな私設馬券屋を持っていましてね。今では有限会社ですが、いまだに私はその会社の株の支配的利権を持っているのです。ショルターは隣の家屋にいました」

「住宅ですか？」

「いや。小さな薬局でした」

「なるほど」ビーフは言った。「それはどれくらい前のことですか？」

「十二年前です。そこには一年ほどしかいなくて、その後は店を売却して、プロの賭屋に転じました。彼は前から馬が好きでした」

「すると、職場が隣り合っていたことが縁で始まった交友関係は今までずっと続いたのですか?」

「ええ、ショルターのことは残念です。それから彼の妹さんも。時々、彼に手を差し伸べようとしたのです。しかし、あの男は自力でなんとかしようという男ではなかった」

「そう聞いています。あなたはチックル氏のこともご存じですね?」

「たいして知りません。うちには一度か二度来ただけで、彼とはイーディス・ショルターの家で会いました。人畜無害な小男だと思いました」

「よそで会ったことはありませんか?」

「覚えている限りでは、ありません」

「あなたはミス・ショルターに、チックル氏が森の或る地点をうろつき回っていると話したと思いますが」

「ああ、あのことですか。私の言葉をあまり真に受けないでくださいよ。一度、倒木のそばで会ったことがあって、それをイーディス・ショルターに言ったのです。まったく偶然の出会いでした」

「ああ。彼はそこで何をしていましたか?」

「何をしていたかですって? 何も。ただそこにいただけです」

「なるほど。あなたは銃をお持ちですね、ミスター・フリップ?」

「持っています」

「どういう銃ですか?」

「十二番径です」

「最後に使ったのはいつですか?」

「およそ三年前です。サセックスの沼沢地でちょっとした鴨猟をやるのが常でしたが、一九四〇年以来断念しています」

「わしにその銃を見せていただくわけにはいきませんか?」

「ちっともかまいませんよ。持って来ましょう」

ビーフは銃を慎重に調べ、軍隊の武器検査係の士官がやるように目を細くして銃身を見た。

「最近、掃除したばかりですな」ビーフが言った。

初めて、フリップが苛立ちを見せた。

「もちろん、そうだとも。銃の手入れの方法くらい知っている」

「ええ。それはわかります」

ビーフは銃を置いて立ち上がった。

「今のところ、これ以上お訊きすることはありません」そう言うと、ビーフは主人が付き添うのも待たずに、いささか礼儀知らずなことに、さっさと玄関ホールに進んだ。

正面ドアのところで、ちょっとした奇妙な場面があった。フリップが追いつくと、ビーフはすでに明るい色のレインコートを着ていたが、それは到着した時には彼が着ていなかったものだった。フリップは一瞬、目を丸くしてビーフを見て言った。

「それは私のレインコートでは？」

ビーフはレインコートを改めると、きまり悪い表情をした。

「確かに、その通りだ！」彼は言った。「失礼しました、ミスター・フリップ。自宅にちょうどこういうのがあるものですから、考えもせずに着てしまった」

彼はレインコートを掛け釘に戻し、ぼくたちは辞去した。

「いったい何のためにあんなことを？」ぼくは尋ねた。

ビーフの声は何か企んでいるように聞こえた。

「わしの期待した通りだ」とビーフ。「片方のポケットの裏張りがはずれている」彼は忍び笑いをした。

その日の午後、ぼくたちはチャットー警部とクラウン亭の小さな個室で会談した。そこはおしゃべりなブリスリングがおおいにおしゃべりを楽しみながらぼくたちのために用意してくれた部屋だった。

「探偵のみなさんには静かに過ごせる場所がほしいでしょう。わかっていますよ」ブリスリングは言う。「さて、お茶がほしかったら大声で呼んでください。今日の午後は誰が犯人なのか決めるんでしょう?」

「まずそんなことにはならないよ」ぼくは言った。「捜査はまだ端緒についたばかりだ」

「ああ、なるほど。では、幸運をお祈りしますよ」得意げな笑みを浮かべた彼は慌てて出て行き、ぼくたち三人はテーブルの周りに腰を下ろして会議に入った。

「聞き込みを行いました」ビーフが言った。「警部にとって新事実かもしれないことが二、三あると考えます。いずれにせよ、全員がすすんで話してくれました」

　手帳を参照しながら、ビーフはこれまで会った人物の一人一人から集めた情報を苦労しながら繰り返した。チャットー警部はと見ると、彼は幾つかメモを取り、主として彼の関心を惹いた点は、彼にとっての新事実か、あるいはもしかするとすでに形を取り始めている自分の仮説に合致するものであると、ぼくは推測した。それらは次のようなものである。
(一)ミス・ショルターの靴。警部は森の中で発見された足跡がミス・ショルターの靴を履いた何者かによるものである可能性があると認めさえしたが、それ以上のことは言おうとしなかった。がらくた市で古靴がウェリントン・チックルに売られたと聞いて、その靴が問題の靴かもしれないとも言った。そうなるとチックルがその靴をどうしたのか知る必要がある。ビーフはその件については当面、自分に一任してくれないかと言った。というのは、その靴について自分は或る仮説を立てていて、現時点でチックルを刺激したくないからだ。チャットーはそれについて同意したが、ビーフに二、三日後には尋問しなければならないかもしれないと釘を刺した。その場合、事前にビーフの耳に入れるつもりだという。

（二）ミス・ショルターの話。ミス・ショルターがフリップの家を訪ねたところ、あの日の午後は不在だったという話はチャットーの興味をおおいに惹いて、そのことを明らかにしたビーフに警部は感謝した。その理由は後で説明するが、これは非常に重要なことなのだと警部は言った。

（三）リボンの話。フリップがあの日、使用人たちを追い払ったリボンの話も、チャットーの興味を圧倒的なまでにかき立てた。「もちろん」と警部は言う。「二人の娘を尋問したら、いずれそのことは判明したはずだが、最初にあなたから知ることができて良かった」

（四）郵便配達の話。あの日の午後、フリップが外出したという郵便配達の話を、チャットーは伝聞情報と見なしたが、それでも手帳には書き留めた。ぼくの見たところ、とりわけフリップが銃を隠していたかもしれない交配小屋に行ったと聞いて以来、彼の関心はフリップに集中していた。

（五）ブラック夫人の射撃能力。この話をした時、チャットー警部はいささか見下すような態度で微笑んだが、彼女を〝調べる必要がある〟点では同意し、クリスマス・イヴのアリバイを可能な限り確認しなければならないと手帳に書き留めた。

（六）チックルとの関連では警部の興味を惹くことは難しそうだった。射撃についてチックルがミス・ショルターに嘘をついたとビーフが述べると、警部は〝あの状況ではごく自然〟であると言った。チックルの庭の測定についてビーフがくどくど述べると、警部はそれがどうしたと言うだけで、チックルが倒木の陰にうずくまっていたという副牧師の話にパッカム兄妹が面白がった時と同じような態度だった。ビーフは警部を説得しようとはしなかった。

（七）あの午後、ジョー・ブリッジが小道を歩いていたのを目撃したというブラック夫人の証言に至ると、ブリッジからまもなく本当の話を聞き出せるとチャットーは言った。ここでもビーフは、できるだけ長く〝手を出さない〟ようにと頼んだ。ビーフは依然として、誰もブリッジを尋問しなければ、ブリッジは自分だけ放置されていることに苛立って、自発的に供述に来ると思っているようだった。それに、「一人の自発的な証人は」とビーフは断言する。「六人の強制された証人に匹敵する」と。五日経ってもブリッジから何の音沙汰もないか、それ以前にチャットー警部が尋問する必要性を感じなければ、その時になって彼を尋問することにした。

最後に、フリップが昔からショルターと知り合いだったという件をビーフが話し始めると、チャットーがさえぎった。

「それについてはすっかり知っている」警部は言った。「それ以上のこともいろいろと。われわれ警察も手をこまねいているわけではないのですよ。私からちょっとした話があります。今度はあなたたちに！」

「素晴らしい」とビーフは答え、ぼくたちは警部の話にしっかり耳を傾けようとした。

第十六章　チャットー警部の仮説

「われわれ警察も怠けていたわけではない」チャットーは言った。「しかし、前に話したように、われわれは別の観点から仕事を進めていた。動機がわれわれの求めていたもので、それを見つけ出した。より正確に言えば、この地域に住む人物で、ショルターを殺害する非常に強力な動機を持つ人物を突き止めたのだ。そして、そこからわれわれの捜査が始まる。

　われわれが行った捜査のすべてを話し、どうやって突き止めたのかまで述べる必要はあるまい。事件の構図はすでにかなり完成していて、今、君から伺った話はその仕上げにおおいに役立つ。おおいに役立ちはするものの、それで決まりというわけではない。われわれはさらに直接的な証拠を入手する必要がある。しかし、それは難しいことだとは思わない。経験上、ひとたび真犯人が特定できれば、証拠はかなり迅速《じんそく》に集まるものだ。だいじょうぶ。こういうシナリオだ。

　すでにご存じの通り、ショルターはあまり善人ではなかった。学校に通っていた少年時代、彼が興味を少しでも感じた唯一の科目は化学で、何につけ彼の好きだったことに関しては甘やかしていたらしい両親は、分析化学の仕事に就くよう彼を励ました。彼はちょっとばかり化学をたしなんだものの、学位は取得しなかった。やがて、父母から小遣いの支給を受けて、二、三年間は定職を持たずにぶらぶらしていた。当時の仲間たちの一覧表があり、いずれもバーンフォードとは何の関係もないが、連中は相当なワルだ。このうちの何人かはその後、懲役刑を受けている。

ショルターは独身を自称していた。しかし、当時の彼を知る人間によれば、彼は結婚していたが妻を捨てたということだ。われわれはまだそれに関する証拠は摑んでいないが、たぶん近いうちに入手できるだろう。掘り出し始めると、人の一生に関してどれほど多くのことが判明するかには驚くべきものがある。

われわれにわかっているのは、ショルターの老父が亡くなる少し前に、息子が腰を落ち着かせるように、パディントンのゴードン・ストリートにささやかな薬剤店を買い与えたことだ。たいした商売ではなく、売上は伸ばしたものの、ショルターは事業を拡大しなかった。やがて彼はかなりいかがわしい本や商品を置くようになり、夜に店を開くようにした。当然、近隣ではあまり評判が良くなかった。分析化学の勉強からパディントンでの小売店経営に移ったのは、もちろん後退だったとはいえ、それまでずっと下り坂だった中で、チャンスが得られたのは幸運だった。しかし、後述するように、それを生かせなかった。

彼の店の隣はマネクウィック有限会社という私営馬券業者だった。そしてこのことを知ったら、たぶん君は驚愕《きょうがく》するだろう。その会社の社長の名前はフィリップスンといい、彼はバーンフォードのウッドランズ荘に住むフリップ氏に他ならない。しかし、さらに興味深い事実がある。

フィリップスンはメイダ・ヴェイルに住み、寝たきりの妻と不幸な結婚生活を送っていた。彼はまた、ミス・マードックという女性と付き合っていたことが判明している。この女性は、われわれの調べたところ、一財産築いた花屋の一人娘で、三つの店舗と、巧みな資金運用の結果としてかなりの資産を相続していた。正確な数字はわからないものの〝かなりの〟と言ったのは、彼女の財産にそれだけの価値がないならば、フィリップスンが彼女に関心を抱くはずがないと断言できるからだ。彼女は個性にも人間的魅力にも乏しい、顔色の悪い内気な女性だ。どうやらフィリップスンは彼女を難なく支配して、何も訊かずに彼の言うことに従うように仕向けたようだ。しかし、一つだけ、彼女にできないことがあった——自分のお金をまとめて彼に譲り渡すことだ。娘の父親は賢明な老人で、元金は可能な限りしっかりと流用を制限し、彼女が使えるのはその配当所得だけにしていた。そこで、仮にフィリップスンが花屋の用心深い貯金と投資を使いたいと思ったら、彼女と結婚するしかなかったわけだ。

計画ははっきりしているし珍しいものではない、と私は思う。この構想は前例にならって進行し、フィリップスン夫人はモルヒネの服《の》み過ぎで急死する。

当然ながら、検屍法廷が開かれ、新聞には相当な中傷が書き立てられた。もちろん、フィリップスンが妻を殺害したことを示唆するようなことは書かれなかった――名誉毀損罪がまだ圧倒的な力を持っていたのだ。しかし、新聞はかなり際どいことを書き、夫婦を知っている人たちはためらうことなくおおっぴらに言い立てた。

私は検屍法廷の議事録にすっかり目を通して、実に興味深いと思った。検死解剖によって、薬物は確定された――分量は致死量のおよそ五倍だった。しかし、フィリップスン夫人の主治医は彼女に処方した錠剤の数、彼がフィリップスンを通じて夫人に与えた錠剤の数、残った錠剤の数について自信を持って断言している。夫の持っていた分量では、夫人が通常の用量以上に服用することは不可能だったと医師は証言した。死の前夜、夫は妻に一錠与え、三錠が残っていた。それで数は合う。

フィリップスンも自信たっぷりだった。医師は彼に、いつ、どうやってモルヒネを妻に与えるのか話し、彼はその指示を忠実に実行した。夫人の亡くなった晩、彼は妻に錠剤を一錠与え、それ以上は与えなかった。彼は妻の急死にとても悲しんだ様子を見せたが、検視官にはフィリップスン夫人の精神状態について話すことができ、それは多少とも使用人や親戚《しんせき》の証言によって裏打ちされた。どうやら何年もの間、このご婦人は鬱《うつ》病の発作に苦しんでいて、病気になる前から薬物を常用する習慣があったことが示唆された。或る使用人は彼女が何かの〝錠剤〟を持っていたのを見たと言い、それがアスピリン以上に有害であることを示す証拠は何もなかったが、彼女が自分でモルヒネを隠し持っていたかもしれないという印象を与えた。とにかく、被告人の有罪無罪の結論の得られない有疑評決が下され、フィリップスンは寡夫《かふ》となり、顔色が悪くて魅力に乏しいミス・マードックと自由に結婚できるようになった。結婚は事件の六か月後に行われ、それ以来、彼は妻の充分な収入で快適な暮らしを続けている。その妻というのは、すでにお気づきでしょうが、現在のフリップ夫人なのです。

一方、ショルターはフィリップスンが社長をしている私設馬券会社マネクウィックの、あまり定期的ではないが熱心な顧客で、時間をどんどん競馬に費やし、店には時間をかけず、とうとう薬局は立ちゆかなくなって、事業を買い取る人間を求めて見回し始めた。彼には一人も見つけられなかった。彼はたぶん、誰にとっても店を再建する見込みがなくなるまで、価値を下落させてしまったのだろう。結局、彼は在庫の残りを売り払って、物件から出て行った。そこはタバコ屋兼新聞雑誌販売店が引き継ぎ、今でもそこで営業が続いている。

さて、以上が数多くの報告書から総合した話で、付け加える点は一つしかない――それが、決定的ではないが、たぶん一番重要な点だ。ところで、ウッドランズ荘に引っ越す時に、名前をフリップに変えたフィリップスンは、過去二年間、銀行から少額を定期的に引き出していたことが判明した。これは必ずと言っていいほど、恐喝を意味するものだ。二、三か月ごとに、一度に一ポンド紙幣で五十ポンドか百ポンドを引き出していたのだよ。それ以外の意味があるわけがない。

しかし、戦争中、フリップがウッドランズ荘に来て以来、この金額は不安を抱かせるほどに増加し、或る時は五百ポンドに及ぶこともあった。そして、われわれが確認できる範囲では、現金を引き出した時期はショルターが妹を訪ねた時期と一致している。覚えているだろうが、ショルターはこちらに来るたびにフリップを訪ねていた。

両者の対応関係は極めて明白で、恐喝の材料となったのはショルターが小さな薬局を営んでいた時につけていた薬物購入台帳と考えてまず間違いないだろう。もしもそれが入手できれば、きっと最初のフィリップスン夫人の死の、そう遠くない前の日付に、フィリップスンが一定量のモルヒネを購入し、署名したのが見つかると確信している。もちろん、それは大まかな概要だ。われわれはまだフィリップスン夫人を診察した医師と面談しなければならないが、運の悪いことに、医師は診療所を売り渡して、大型定期船の医師になり、戦時中はＩＡＭＣ、すなわちインド軍海兵隊に加わって、現在はインドにいる。われわれはまだ、仮にフィリップスンがモルヒネを買う時に署名したにしても本名を使ったのか、署名なしにショルターが売ったのか、それさえも突き止めていない。しかし、こういったことすべてはいずれ解決する。この事件の目的に関する限り、われわれ警察は動機のある人間を発見し、奇矯な老時計職人や喧嘩っ早い農夫はいるにしても、これは今までで一番の成果なのだよ。

この話には他にも幾つか興味深い側面がある。ミス・ショルターはフリップ夫妻と仲が良かった。彼女は兄がやっていることを知っていたのか？ ミス・ショルターは事件と関わりがあるのか？ それとも、彼女も或る程度、別の意味でショルターの犠牲者の一人だったのか？ われわれは彼女が兄に金をやっていたことを知っている。

次に、あの午後、フリップはどこにいたのか？ 彼は使用人をかなり強制的に二日間追い出し、彼の行動については証人はいない。郵便配達は彼の姿を三時頃見かけ、ミス・ショルターは彼が四時には自宅にいなかったと述べているので、彼には説明を要するかなり際どい時間帯があることになる。最近掃除したばかりの銃を彼が持っていたことも知っている。すべての辻褄が見事なまでに合うのだ。

さあ、ビーフ、以上のことすべてをどう考えるか、君の意見を聞こうじゃないか。君は事件に対するフリップの容疑がいよいよ濃厚になっていると認めるかな？ それとも、君たち私立探偵がいつもやりそうなことだが——警察が嫌疑をかけているのとはまったくの別人を引っ張り出してきて、警察がどこで大ポカをしているのか指摘してくれるかな？」

ビーフは口髭を吸っていた。

「いや」とうとう彼が口を切った。「そうする気はありません。なぜなら、わしにはできないからです。とにかく、現時点では。警部が大ポカをしているとは思えません。フリップに対する容疑は真っ黒です。まったくの真っ黒です。そして、警部が薬物販売台帳を発見したら、さらに黒くなるでしょう。ええ、まったく穴が見つかりません」

「ありがとう」チャットーは愉快そうに言った。「われわれがまだ決定的なことは何も入手していないことは認めよう。あっちとこっちの両方から攻めなければならない骨の折れる仕事がかなり残っている。ショルターがフリップを恐喝していたことを証明しなければならない。それはあまり難しくはないと思う。次に、ショルターがフリップに殺害されたことを証明しなければならないが、これは非常に、非常に困難かもしれない。それに、当面の間、たとえまったく新しい方向に向かうものだとしても、他の可能性を考えるのを、もちろん、しりぞけたりはしない」

ぼく個人としては、ビーフはあまりにも簡単に兜《かぶと》を脱いだように思った。彼の捜査の筋道はビーフに全く異なる疑惑を与えたと思うが、ぼくにはあまりにももっともらしく思えるチャットーの論拠の蓋然性《がいぜんせい》に、ビーフが敗北を認めたやり方が気に入らなかった。

「一つ、ぼくから言っておきたいことは」ぼくは挑むように言った。「殺人の起きた場所です。仮に警部がおっしゃるようにフリップがショルターを射殺したとすると、森の中の、チックル氏がしばしば潜んでいる姿を見られていた空き地で起きたのは、あまりにも偶然が過ぎるのではないでしょうか？」

ビーフはこの考えに騒々しい声で笑った。

「潜んでいるとはな！」轟くような声だった。「君は探偵小説ばかり書いているからな！」

ぼくは怒りをこらえた。

「でも、違うかい？」ぼくはなおも言った。

ぼくはビーフの仮説を弁護しているつもりだったが、そのぼくを黙らせたのはビーフだった。

「何の偶然もない。われわれはジャック少年から、老紳士があの辺をうろついていたとフリップが述べていたことを知っている。フリップがあそこを殺しの場所に選んだのは、まさにその理由からだと考える以上にもっともらしいことはあるかね？　彼はチックル氏がその時間に銃を持って外出するかもしれないことを知っていた。容疑を自分から逸らす簡単な方法だ」

「かもしれないね」ぼくは譲歩した。

「他に何かお訊きになりたいことは？」チャットー警部が太っ腹な態度で尋ねた。まるで、自分の背後にはスコットランド・ヤードの総力が控えているという事実を思い出させたいようだった。

「ええ、一つだけあります」ビーフが言った。「警部は、ショルターが一時結婚していて、妻を捨てたと信じられているとおっしゃいましたね。それについて何か証拠はあるのですか？　結婚の日付か、女性の名前か？」

チャットーは首を振った。

「残念ながら、ない」警部は答えた。「われわれが拾い上げたのは二次的情報に過ぎない。しかし、君が真剣に関心があると言うのであれば、きっと突き止められると思うが」

「ええ。真剣に関心があります」

チャットーはビーフをじろりと見た。

「君が何を考えているのかわからないな。とはいえ、今日は幾つか役に立つ情報をくれたことだし、その情報に対しては私からの情報で支払うことにしよう。君のために調べておこう」

「どうも」ビーフはぶっきらぼうに言って、会議はお開きになった。

第十七章　ついにジョー・ブリッジ来訪

ビーフの一日には奇妙な区切りとなる時刻がある。われわれが〝午前〟、〝午後〟、〝昼食時間〟、〝日没〟などと言うところ、ビーフは時計回りに、午前、午後、そして〝開店時間〟、〝閉店時間〟という四つに区切っていた。ぼくはこのことについて彼と時々話すことがある。ぼくたちが持ち込まれた事件を介して、より身分の高い人たちの中にいる時も、ビーフは時計を見て言うのだ。「さてと。もうすぐ〝開店時間〟だぞ。急がなければならんな」あるいは、「さてと、急がないと〝閉店時間〟になってしまうぞ」必ずしも誰もが事前許可制法（酒類販売の時間と場所を規制する法律）によって時間を測るわけではなく、のべつ幕なしにパブに言及するのは良い趣味とは言えないと、ぼくは説明しようとする。しかしもちろん、彼は聞く耳を持たない。

その夜、ビーフ言うところの〝閉店時間〟に、ぼくたち二人が奥の部屋に引っ込むと、ブリスリング氏が顔を出した。彼はちょうど戸締まりをしていたところだった。

「ブリッジの若造が待っていますよ」彼は言った。「あなたとお話がしたいそうです。

二、三杯引っかけましたが、だいじょうぶです。連れて来ていいですか？」
「ほらな」ビーフは勝ち誇ったような笑みを隠そうともせずにぼくに向かって言った。

「言っただろ？　来ると思ったよ」

　ブリッジ青年は身長六フィート四インチ、成人してから酒を飲み過ぎるということがなければ、さぞかし男前だっただろう、とぼくは思った。かつては顔立ちが良かったことが偲《しの》ばれるが、頬の赤い肌は荒れていた。彼は両手をマッキントッシュのポケットに突っ込んだまま入って来たが、ブリッジが〝二、三杯引っかけ〟たとブリスリング氏が述べたのは誇張ではないことがすぐにわかった。

「お晩です」彼は荒々しい声で言った。「あんたがビーフ巡査部長かい？」

「わしだ」ビーフは気取って言った。

「あのな、おれ、あんたに話したいことがあって来た」

「警察に通報した方が賢明ではないかな？」

「いや。おれは警察と係わり合いになるのが嫌なんだ」

　ビーフは咳払いをした。

「もしかして、何か厄介ごとでも起こしたのか？」

「おれが？　あんなダントンなんかと？　言っておくがな、おれはあんな奴とは厄介ごとを起こしたりはしない。ああ、おれが言いたいのは、おれはあんたに話があって、さっさと片をつけたいんだ」

彼は椅子にどしんと腰を下ろした。

「どうしてあんたらはおれのところに話を聞きに来なかったんだ？」

「どうしてわしらがそうしなくちゃならん？」ビーフがすかさず訊き返した。

ブリッジにはこれが気に入らなかった。

「話したいことはたくさんある」彼は下手な返事をした。「おれは血を求めていると思われている、あの野郎の」

「誰の……？」

「ショルターさ」

「そうなのか？」

「あんたはそのことをよく知っているはずだ」

「それで、君は〝血を求めて〟いたのかね？」

「そりゃあ、おれはあいつのことが気に食わなかった。だが、殺してなんかいない」

「口ではそう言う人間は大勢いる」

ブリッジはためらった。

「あの日の午後、おれが小道を進んでいったのを知っているんだろう？」

「ああ」

「見ていた人間がいるのか？」

ビーフがうなずいた。

「あのな、実を言うと、おれはあの道を土曜日になるとほぼ毎週通るんだ。バーンフォードに暮らしている伯父と伯母に会いに。だが、今回は銃を持っていた」

「ほう」

「それなのに、どうしておれは尋問を受けていないんだ？」

「わしが警察の代理で返答してやるわけにはいかない。わし自身は、まだ君を尋問する番になっていなかったからだ」

「おれがやったと思っているのか？」

「誰がやったのか、わしにはまだわからない」

再び短い沈黙が訪れた。

「あの午後、おれはバーンフォードまで歩いて行くことにした」ようやくブリッジが、ちょっとすねたような口調で言った。「そして、銃を手に取った」

「何のために？」

「いけないか？　おれの地所を何か所か通ることになる。もしかすると夕食用の獲物にありつけるかもしれない」

「しかし、獲物には遭遇しなかった？」

「ああ」

「銃は一度も発砲しなかったのか？」

「ああ」

「そのことを言いに、わしのところに来たのか？」

「違う。まだあるんだ。おれはミス・ショルターの犬舎を通り過ぎて、彼女の家のところで森に入ってチックルの家に抜ける小道に入った。死体の発見されたあの小さな空き地にたどり着くまで、誰にも会わなかった」

「それから」

「それが、正確に言うと、おれはそこで誰かに会ったわけじゃない。だが、あの場所に入ると、右手から物音がして、目をそちらに向けると男が木々の間に姿を消すところだった」

「男だったのか？　誰だった？」

　息詰まるような沈黙があってから、ブリッジは誰だかわからなかったと言った。

「かなり素早く逃げ出して、後ろを振り返りもしなかった。まるで猫が歩くようだった――一つには男が人目を避けていたこと、もう一つは音で悟られたくなかった様子で。だが、何よりも重要なのは、木々を縫うようにして逃げたことだ。おれが見たのは、あいつがレインコートを着た大柄な男だったことだけだ」

「ほう」

ブリッジの顔にゆっくりと笑みが広がった。

「面白いか?」彼は尋ねた。

「ああ」

すると、ビーフの仕草の何かがブリッジをかっとさせたようだった。

「本当のことなんだぜ!」すぐに彼は言った。

「本当じゃないなどと言った覚えはないが」

ブリッジはしばらくすねたような顔をしていたが、やがて自分の話を続けた。

「おれは小道をそのまま進んで行き、五十ヤードか百ヤード先でショルターに出会った」

「君は彼に話しかけたのか?」

「いや」

「前にちょっと口論になったことが?」

「ある。だからそれを蒸し返したくなかった。さもなければあの野郎をすっかり打ちのめしてやっただろうさ。おれはさっさと通り過ぎることにした。それに、あいつもおれが通れるようによけたから、面倒なことにならないよう望んでいたようだ」

「彼は銃を持っていたのか?」

「ゴルフのクラブを持っていた。上に蓋《ふた》のついた、長い防水布のバッグに入っていた。もしかすると、あそこに入っていたのかもしれない。さもなければ、あの男が持っていたはずがない」

「それで、彼はすんなり通り過ぎたのかね？」

「ああ」

「時刻はおよそ三時十五分といったところだろう？」

「そんなところだ。彼が通り過ぎた直後に、森から一発の銃声が聞こえた。小男のチックルが〝狩猟権〟なるものを持っていることは知っていたから、迷い出て来た雉でも射撃しているんだろうと思った。だが、そうじゃなかった」

「どうしてそれがわかった？」

「なぜなら、二、三分後に彼のバンガローに来たら、彼が庭に出ているのが見えたからさ」

「本当か。確かに彼だったのか？」

「確かだとも。あいつの顔を見たから」

「向こうは君のことを見たのか？」

「いや。おれは見られないように用心したから。おれは小道を静かに歩いて、物陰から庭を覗き込んだんだ」

「どうして？」

「それが、前にあの男を密猟で捕まえたものだから、同じ罪でこっちが訴えられるのは嫌だったんだ」

「公の小道を銃を持って歩いていただけで？」

「ああ。とにかく、おれは森を抜けたばかりで、二、三分前に銃声がしたばかりだったから」

「なるほど。それで、君は彼の顔を見たんだな？」

「ああ。あの男は庭にいた。おれはしばらく眺めていた。すると、とても奇妙な光景が見えた」

「ほう？」

「とにかく」ブリッジはこれまでよりも一層打ち解けて、信頼するような口調で言った。「あんたには奇妙に思えないかもしれないし、いわば何の意味もないのかもしれない。だけど、おれにはおかしいと思えたんだ。あの男は庭師が通路や花壇を計画する時みたいに手にロープを持っていた。一端を窓のそばの杭に固定して、他端を持ってどこに固定しようか決めかねているかのように、歩き回っていた。それから、小さな芝生を横切って、森のそばまでやって来た。あの男はそこにしばらく立っていたが、やがて周囲を見回した。家の窓のところから、おれがこっそり立って眺めている辺りまで。すると、あの男はしゃがんで、ロープの端をすでにそこにあった、より細い紐みたいな物と結び付けたんだ」

「ほう、そんなことをしたのか？」ビーフは目を丸くして、ぼくの見たところちょっと放心したようにブリッジを見た。

「ああ。何か考えでも？」

ビーフは黙り込んだ。

「確かなことはわからない」ようやく口を衝いて出て来た言葉だった。

「だが、あんたには何か仮説があるんだろう？」

「かもしれんな」とビーフ。

「その仮説に合うのか？」

「そうだ。実にうまく合う。合い過ぎと言っていい。それでは、わしからちょっとした忠告をしよう。君は事件の捜査を担当しているチャットー警部に、わしに話したことを一言一句正確に話しに行くんだ」

「どうしておれがそんなことを？」

「理由なら幾つも言うことができる。まず第一に、それが君の務めだからだ」

「くそっ、おれは嫌いだって言っただろう——警察が」

「それならいい。君にとって何の意味もないのなら、別のことを言わせてくれ。どうして君は自分がこの殺人事件の容疑者になっていないことを知ったんだ？」

「このおれが？　どうしておれがあんなクズを射殺しなければならないんだ？」

「それならどうして他の人間が射殺しなければならない？　君はあの男と喧嘩をしたことが知られているが、それがどれほど深刻な喧嘩だったのか誰も知らない。君は彼に出会って、その数分後に一発の銃声を聞いた。君は銃を携行していた。総合すれば、君を容疑者とする見事な事件の仮説が組み立てられるのだよ」

　農夫は黙り込んだ。

「あんたはおれがやったと思っているのかい？」いきなり、彼がかなり率直な口調で尋ねた。

「わしが言っているのは、あんたがやったと思っているとか思っていないとかじゃない。しかし、言っておくが、君は警察が重要だと考える或る証拠を教えてくれた。君が警察に行かなければならないのは疑問の余地がない」

「そうしなければならないようだな」

「そして、警察に本当のことを話すんだ」意味ありげにうなずきながら、ビーフは言い添えた。

　血気盛んなブリッジ氏がこの言葉をおとなしく聞いたのを見て、ぼくは驚いた。彼は立ち上がると、そっけなくおやすみの挨拶をしておぼつかない足取りで出て行った。

「あれをどう思う？」ぼくはビーフに尋ねた。

彼がいよいよ謎めいた返事をすることはわかっていた。

「興味深いね」と言うだけだった。

「彼は本当のことを話していたと思うのかい？」

「少なくとも、幾分かはね。全部ではないにせよ」

「それなら、レインコートの男というのは誰なんだ？」ぼくは疑わしげに尋ねた。

ビーフは、こいつばかじゃなかろうかと思ったような目でぼくを見た。

「フリップさ、もちろん」

「君が誰なのか知っていて喜ばしいよ」ぼくはきっぱりと言ってやった。「ひょっとすると、犯人もわかっているんじゃないのか？」

「かなりいい考えはある」ビーフは認めた。やがて彼は声を上げてブリスリング氏を呼んだ。彼はまだバーでグラスを磨いていた。よく言っていたように、彼は物事を〝きっちりする〟前に床に就くのが大嫌いなのだ。

「ここにはボーイスカウト団はあるのかね？」というのがパブの亭主に対するビーフのびっくりするような質問だった。

「確かにありますよ。とっても熱心なんです。ミスター・パッカムがご指導しています」

「いったいどうして？」ぼくはビーフに尋ねた。内心ぼくはビーフのことをボーイスカウトの少年が少しばかり成長しただけだと思うことが時々あった。

「役に立つこともあるんだよ、ボーイスカウトというのは」彼は言う。「わしは彼らにちょっとした仕事をやろうと思う。連中は喜ぶし、役にも立つんだ。明日、あの副牧師に会いに行こう。それから、もちろん、事務弁護士のアストンを訪ねなければ」

「ぼくには理由がわからない」

「赤いテープさ」ビーフはそう説明すると、行儀の悪い大あくびを一つして床に入った。

第十八章　弁護士とボーイスカウト

翌朝の朝食の席で、ぼくはビーフに捜査の進展がとてもゆっくりしていると思うと言った。ビーフはより高名な同業者たちのような頭脳の閃きを見せる代わりに、事件のただ中を重い足取りで着実に進んでいくことに喜びを見出しているようだった。こちらで何か行動《アクション》がほしかった。

「今日は行動を起こすことになるぞ」と彼は言った。「バスでアシュリーに行くんだからな」

「本当の意味でのアクションのことを言ったんだがね」

「何だって、第二の殺人か？　それとも、国中を横断して誰かを追跡した挙げ句、そいつが事件とは何の関係もないことが判明するとか？」

「いや、アクションなのさ」ぼくは言い返した。

「まあ、そう急《せ》くなよ」ビーフが忍び笑いをした。「ボーイスカウトに仕事をさせるまで待つんだ。そしたら、お望みのアクションが得られるとも」

ぼくたちは郵便局の外でアシュリー行きの緑色のバスを待った。ビーフは彼のことを私立探偵と知っている小さな男の子たちにじろじろ見られて嬉しそうだった。バスが止まると、彼は切符の販売も行っている運転手の横の座り心地の悪い狭い席に座った。ビーフは運転手と話を始めるつもりだなと思った。しかし、どうせ声をかけるならもう少し斬新《ざんしん》なやり方だってあるだろうに。

「こんにちは」ビーフがどら声で言った。

「寒いですね」と運転手。

「アシュリーまでどのくらいかかる?」

「半時間くらいですね」

「この区間を何人で担当しているんだね?」

運転手はぎごちない会話にも腹を立てそうになかった。

「二人だけですよ。私とジョージ・リヴァーズです」

「クリスマス・イヴにもバスを出したのかね?」

「ええ」

「七時のバスに誰が乗ったか気づいたかね?」

「あまり多くはなかったですね。その頃にはたいていの人が買い物を済ませていたから。三人か四人だと思いますね」

ビーフは運転手の耳に口を寄せて、他の人間に声が聞こえないようにした。

「実はな。わしはこの殺人事件を調べているんだ」

「知っていますよ」

「あなたからちょっと聞きたいことがあるんだ」

「どうぞ」

「森のそばに住んでいる老紳士の家政婦をしているブラック夫人がそのバスに乗っていたか覚えているかね？」

運転手は口笛を吹いた。

「すると、そういうことなんですか？　あの人がやったんですね？　そう言えば、人殺しくらいやりかねないご面相をしていますね」

「おいおい、そんな突拍子もない考えは持たないように」ビーフは毅然として言った。「彼女が誰かを殺《や》ったなんてことは、わしは一言だって言ってないからな。わしはあの人がクリスマス・イヴにバスに乗っていたか知りたいだけなんだ」

「いや、乗っていませんでした」

「確かかね？」

「確かですとも。乗っていたら気づいたはずです。だって、あの人を見逃すはずがないじゃありませんか、そうでしょう？」

ビーフは笑い声を上げた。

「ちょっと怖そうな人だからな。しかし、わしがあの人を疑っているだなんて人に話して回ってもらっては困る。絶対にだめだ。あっと言う間に、わしは中傷罪で訴えられてしまう」

「だいじょうぶですよ」と運転手は答え、二人は話題を変えておしゃべりを始めた。

アシュリーに到着すると、ビーフは事務弁護士アストン氏の事務所までの道順を尋ねた。事務所はマーケット広場の近くだった。アストン氏はまだ来ていないと事務員が言うと、誘われもしないのにビーフは事務室の外に腰かけて待った。事務員はやつれた表情をした地味な中年男で、午前中の郵便物で忙しそうにしていた。

再びビーフは無様なまでの無器用さで会話を試みようとした。しかし、天候や食糧不足、酒類価格についてのビーフのコメントに対して、彼はそっけなくうなずくだけだった。

とはいえ、まもなくビーフはチャンスを摑んだ。事務員は書類を束ねていた。

「それが赤いテープと呼ばれている物なのかね？」ビーフが尋ねた。

まるでビーフが初めて自分に関心のあることに触れたみたいに、事務員は顔を上げた。

「そうです」

「しかし、ちっとも赤くない。ピンク色だ」

事務員の顔に微かな笑みがよぎった。

「二、三週間前にも、ここに座っていた紳士がまさしく同じ感想を述べましたよ。『赤じゃない、ピンクだ』って」

「ほう」とビーフは答える。「偉大なる精神は同じような考えをするものだ。そう言ったのは誰なんです？」

「うちの顧客の一人です。バーンフォードのミスター・チックルとかいう人です。と、ても興味深そうでした。正確に記憶しているとすれば、彼はどういう風に売られているのか尋ね、何巻かまとめて売られていると私は答えました」

「おやおや」ビーフが大声を上げた。「こいつは面白いこった！　だって、わしもちょうど同じ質問をしようとしていたんだ。どういう風になっているのかね？」

事務員が引き出しを開けると、そこにはピンクのテープが何巻もあった。彼が一巻をビーフに渡すと、ビーフは真面目な顔でじっくり調べた。

「これをもらってもいいかね？」ビーフは尋ねた。「ちょっとした冗談のためにほしいんだ。これが赤いテープか！」

「手に入れるのは難しいんですよ」事務員が胡散臭《うさんくさ》そうに言った。

「たくさんあるじゃないか」

「まあ、いいでしょう」事務員はちょっとすねたような顔をしたが、自分の仕事に戻って驚異的な集中力を発揮した。

まもなくブザーが鳴り、ぼくたちはアストン氏の部屋に案内された。

弁護士は角縁眼鏡をかけ、スマートなスーツを着こなした、銀髪の恰幅の良い男だった。彼は実際よりも忙しいふりをしているなと、ぼくは思った。彼はすぐに何の用件でしょうかと尋ねた。

「今回の殺人事件に関して」とビーフは言った。

「ショルターの？」

「ええ」

「それについては何も知りません」

「顧客にウェリントン・チックルという人がいますな？」ビーフが厳かに尋ねる。

「いますよ。少なくとも、ミスター・チックルの仕事を一つ請け負っています」

「どういう性質の仕事ですか？」ビーフが尋ねた。

事務弁護士は目を剝いた。

「いったい何の権利があってそんな質問をなさるのですか？」

「事件の捜査をしているのです。故人の妹さんの依頼で」

「そのことと私の顧客との関係が私にわかるとお思いですか？」

「彼が何のためにあなたに会いに来たのか知りたいだけなのですよ」ビーフはちょっと決まり悪そうに言った。

「それなら、遺憾ながらあなたの好奇心は――私にはそれ以外の名で呼ぶことができませんが――満たされません。ミスター・チックルの用件は内密のものです」

「なるほど。では、あの日の午後、あなたはどこにいましたか?」

弁護士は鋭い目で彼を見た。

「あなたのおっしゃったことが正確に聞き取れたとは思えません」

「聞いた通りですよ。わしは、ショルターが殺された午後、あなたがどこにいたのか尋ねたのです。確か、あなたはあちらの方に自宅がありましたな?」

アストン氏がブザーを押すと、事務員が現れた。

「こちらの方を外にお出しして、二度と入れないように」弁護士が断固たる口調で言った。

ぼくはビーフの大ポカに対して何らかの説明をするべきか、それとも謝罪すべきか迷った。しかし、ドアのところから彼が合図をしたので、ぼくは混乱したまま彼に続いて部屋を出た。苛立たしいことに、ビーフは通りに出た途端に声を出して笑い始めた。

「いったいどうしてあんなばかげた質問をしたんだい?」ぼくは詰問した。

「君のために容疑者を一人増やしてやろうと思ってな」ビーフはにやにやした。ぼくは答えなかった。

バーンフォードに戻って、四時頃になると、パッカム兄妹の家を訪ねた。二人はぼくたちを実に温かく迎えてくれて、ビーフが頼みたいことがあって来ましたと切り出した時でも、愛想の良さは変わらなかった。

「そういうことには慣れていますよ」副牧師は言った。「今度は何ですか？」

「あなたはボーイスカウトを取り仕切っていると理解していますが」

「そうですよ」

「彼らにわしのためにちょっとした仕事をやらせてもらえないでしょうか？　もちろん、善行の一種です」

「どんな仕事ですか？」

「実はですね。わしは或る区域を捜索してもらいたいんです」

「足跡ですか？」

「いや。足跡ではありません。かまわなければ、わしが自分でどういうことをやってもらいたいのか説明します。それでどうでしょう？」

パッカム氏は考え込んだ。

「法に抵触するものではありませんね？」

「ああ、とんでもない。法を助けることです」

「危険はありませんか？　殺人犯がうろつき回っているとか？」

「危険はありません」ビーフは約束した。

「それなら、私には反対する理由はありません。今夜はスカウト・ナイトです。あなたはレディー・フリッチ・ホールに来て、どうしてほしいのか説明してください」

突然、兄と妹の二人は聞き耳を立てるような素振りを見せた。まったく身動きせずに、前方をじっと眺めていた。ぼくが口を開こうとすると、ミス・パッカムから「シッ！」という手厳しい声を浴びた。

「どうしたんです？」ビーフが尋ねた。

「お茶が来ますわ！」副牧師の妹が声を上げた。「カップがかたかた鳴る音が聞こえましたもの！」

「ご一緒にいかがですか？」副牧師がためらいがちに言った。

「わしは宿に戻ろうと思います」ビーフにしては異例なまでの如才なさを発揮して言った。「わしらが戻るのを待っているんです。ホールでお会いしましょう――何時ですか？」

「六時。六時です」パッカム氏の挙動はまるで上の空になっていた。

というわけで、六時にビーフを連れてホールに行ったところ、ホールに入るや、ぼくたちは大勢の少年たち、何人かはスカウトの制服を着ている少年たちに囲まれた。こんな場合、ビーフは半世紀前の少年小説におけるように、心優しい教師か愉快な伯父さんのような態度を取って、少年たちに話しかける傾向があることがわかっていたので、ぼくはとても照れくさくなった。これは一人前の男同士の関係を期待する現代の少年たちにはあまり受けが良くない。

入った時に、パッカム氏はどうしたら彼の歓心を買うことができるのか知っているらしい二、三名の若者を相手に熱心に話し込んでいた。一人はパッカム氏に半ダースの卵を持参し、もう一人は藁をかぶせたロフトに置いてあったために皮に皺の寄った貯蔵リンゴ二個を持って来た。他にも包みが二つあったが、その中身は想像できるものの、正確にはわからなかった。

「素晴らしい。素晴らしい」彼は口走っていた。「良い子だ。実にありがたい。妹が感謝するよ。やあ、ビーフ巡査部長」

少年たちを演壇の前に置かれた椅子に腰かけさせるまでには、相当なざわめきが起きたが、やっとのことで少年たちを席に座らせると、パッカム氏は彼らに話をするために立ち上がった。これから、ロンドンから来た正真正銘の名探偵――ぼくはその呼び方に身震いした――から彼らに話があると、パッカム氏が説明した。実際、この進行のすべてがぼくには愚の骨頂に思われた。ビーフが何を望んでいるにせよ、幼い少年たちが探偵気取りで駆け回っても、たいした助けになるとも思えず、ビーフが少年たちにどんな話をするのかと思うと、ぼくは率直なところ、神経質になった。ぼくの最悪の恐れが実際のものになった。パッカム氏が話を終えると、ビーフは立ち上がってヴェストの袖《そで》ぐりから親指を突き出しながら、少年たちに向き合った。

「君たち」と彼は言った。「君たちはわしが殺人犯を捕まえる手助けをしたいとは思わないか？」

彼は古臭いメロドラマを真似《まね》している喜劇役者のように、一連の母音の第一音節を引き延ばして言葉を発音した。驚いたことに、熱心に同意するつぶやき声が上がった。

「もしも君たちがわしの頼むことをやってくれたら」彼は話を続けた。「君たちは殺人犯を死刑台に引き出す助けになるだろう。今、わしに必要なのは、もう少しの証拠で、君たちはそれを手に入れて、わしを助けることができるんだ」

この不器用な呼びかけは少年たちに受けたようで、彼らは熱心な表情をしていた。

「君たちに〈死者の森〉を徹底的に捜索してもらいたい」ビーフは言った。「一インチ刻みで」

彼は効果を狙って一呼吸置いた。

「何組かに分かれるんだ」彼は言った。「自分たちで組織するんだ。どんなわずかな面積も見逃さないように。見つけた物は何であれ拾う。足跡を探しても無駄だ。今ではすっかり消えてしまっている。しかし、それ以外の物はある。君たちの見つけた物をすべて、明日の夜、このホールに持って来るんだ。わかったかね？」

彼らは理解した。期待に胸を躍らせて、少年たちはざわめいた。

「まだある」ビーフは話を続ける。「わしは君たちに、ミスター・チックルの住むバンガロー周辺の木の樹皮を調べてほしい。バンガローから半径二十ヤードまでとしよう。わずかでも傷ついている物があったら見つけてほしい。見つかるかもしれない。見つかるとは言わない。しかし、もしかすると見つかる。それを見つけた子にはご褒《ほう》美《び》をあげよう。それから、捜査に役立つ物を森で発見した子にもご褒美をあげる。さて、何か訊きたいことはあるかね？」

一人の少年が特にどんな物を探せばいいのか知りたいと言った。

「ああ」ビーフは言った。「わし自身それが何なのかわかっていないので、教えてあげることはできない。君たちはとにかく油断なく目をぱっちり開けていることだ」

「誰が犯人なんですか？」眼鏡をかけたやせた少年が尋ねた。

「それを突き止めるために君たちに手助けしてもらいたいんだ」ビーフは答えた。

「さあ、行って、森を四角に区切り、どうやって取りかかるか計画を立てなさい。明日の夜、ここで落ち合おう。いいね？」

集会が解散する時、一斉に興奮した歓声が上がった。

第十九章〈死者の森〉の一夜

「懐中電灯は持ったか?」その晩、夕食が終わると、ビーフが言った。

「ああ」

「暖かい服を着込んできたか?」

「ぼくには防寒外套《がいとう》がある。どうして?」

「徹夜になるかもしれない」

「いったい何のために?」

「君はアクションがほしいと言っただろう?」

「ああ。だけど、一晩中むだに外をうろつき回るなんていやだな」

「わしはむだになるとは思っていない。なあ、いいか――この事件は君が考えている以上に興味深いものだ。浅ましい事件だが、わしらは真相を突き止めるだろう。君が小説のことしか考えないのはけっこうだ――言っておくが、この事件では実に巧妙で薄汚い企みがなされ、結果として、かなり暴力的な犯罪が実行された。わしの考えた通りに運ぶとすれば、今夜わしらが目にすることは、わしらを真相にかなり近づけてくれるだろう。わしは本気で言っているんだぞ」

「素晴らしい。ところで、君はボーイスカウトと一緒におどけていたけど――」

「あの子たちは役に立ってくれるよ――たとえ何も見つからなくてもな。じきに君にもわかるさ」

「まあ、君が誰を疑っているのかさえぼくに話そうとしない以上、ぼくとしては君の言葉を信じるしかないな」

「単に誰かを疑うことほど簡単ではないんだ。この事件には何人もの人間が巻き込まれている――たぶん、そのうちの何人かは無実だろう。それに、疑うということであれば、君はわしの知っていることはすべて知っているから、君の疑惑はわしのと同じようなものだ。さて、わしが今まで君をがっかりさせたことがあったか？　今夜、わしについて来れば、何か見られるかもしれんぞ」

「わかったよ。どこに行くんだ？」

「ミスター・チックルを訪ねるんだ、もちろん」

　ぼくは〝もちろん〟という言葉を聞かなかったふりをして、暖かい服装と懐中電灯を用意するという彼のアドヴァイスを受け入れ、ビーフについて行く用意をした。ビーフ当人は出発する時には首の周りにウールのマフラーをしていた。低く垂れこめた雲から薄ら寒いこぬか雨の降る、暗い夜だった。チックル氏の家まで続く小道を見つけるのに懐中電灯が必要だった。ぼくはぬかるんだ地面で滑らないように注意しながら、ビーフからはこれ以上何も引き出そうとせずに、苦労して進んだ。経験上、彼に問い質《ただ》してもむだなことがわかっていたからだ。

レイバーズ・エンド荘には明かりが煌々と灯っていて、近づくにつれて、その心地よさそうな外観に心温まる気分になった。しかし、ドアを開けたミセス・プラックのやせた姿には、どことなく不吉な感じがあるとぼくは思った。彼女は無言のままぼくたちを見つめたが、その大きくうつろな目には恐怖があったことは確かだ。彼女はぼくたちの訪問を半ば予期していたものの、歓迎していないという印象をぼくは抱いたが、ビーフがミスター・チックルにお会いしたいと言うと、安堵《あんど》した。

ぼくたちが居心地の良い、本の背がずらりと並んだ部屋に入った時、当の老紳士は大きな暖炉のそばに座っていて、挨拶するために腰を上げた。彼の物腰にも、ぼくは奇妙なものを感じ取ったが、彼の場合にはそれが恐怖ではなかったことは確かだ。

ビーフはぼくの望みうる最大限の敬意と礼儀正しさをもって話をした。チックル氏のことを〝サー〟と呼びかけ、明日になったらボーイスカウトが来て彼の平和がかき乱されるだろうと警告しに来たのだと言った。

チックル氏は顔を輝かせて、少しくらいじゃまされても嬉しいことだと言った。

「歳を取るにしたがって」と彼は言う。「若い人たちが楽しんでいるのを見るのがいよいよ好きになりましたよ。それに、ボーイスカウトが森の中でカウボーイとインディアンごっこをするのはこれが初めてではありません」

「今回はカウボーイとインディアンごっこをしようというのではないのです」ビーフがちょっと無骨に言った。「わしのために、ちょっとした仕事をしてもらうのです」

チックル氏は面白がり、少し興味を惹かれた様子で、〝探偵と犯人〟ごっこだったら新しい変種ということになるのだろうかと言った。

「或る意味では、そう言っていいと思いますな」ビーフは言った。「あの子たちがやろうとしているのは、〈死者の森〉を集団で一インチ刻みで捜索することなのですよ。一インチ刻みですよ。発見した物はすべてわしに持って来るのです」

「それで、何か見つかりそうですか？」チックル氏は穏やかに言った。

「殺人事件解明に役立つ物が見つかったとしても、わしは驚きません」

「ほう。なるほど。要するに、手がかりですな？」

「まあ、手がかりと言っていいでしょう」

「ご親切にもわざわざそのことを知らせに来て下さったとは」チックル氏が笑みを浮かべた。

「なあに、わしらはコプリングから戻る途中だったのですよ、サー。ちょっと立ち寄ってみようと思いまして」

ビーフはさながら村の駐在が迷い犬を飼い主のところに返した時に一杯飲んで行けと誘われるのを期待する時と同じく、文字通り舌なめずりせんばかりだった。チックル氏はビーフの期待をすぐに察知した。

「酒でもいかがですか、巡査部長？」チックル氏が誘った。「嬉しいことに、ささやかですがスコッチがあります」

「お誘いを受けて悪い理由はありませんな」お定まりの返事だった。まもなく、ぼくたちは主人役に向かって「ご健康を祈念して」と言っていた。しかし、酒を手にして必要以上に長居はしなかった。泊まっている旅籠屋でダーツの試合があることをビーフが思い出し、真心のこもったおやすみなさいの挨拶をすると、ぼくたちはバーンフォード目指して出発した。

しかし、十五ヤードも進まないうちに、ビーフが曲がり角の辺りで足を止めた。

「さあ」彼は言った。「逆戻りして待つぞ。あの家のドアから誰か出て来たら、男女を問わず、そいつを尾行するんだ。しかし、わしが言うまでは見られたり物音を立てたりするなよ。わかったな？」

ビーフが最大限の力を発揮するのはこういう時だ。年齢と大柄な体格にもかかわらず――今では五十歳に近く、おまけにがっしりして力強い男だった――ネコ科の猛獣のように、素早く音もなく動くことができた。時にはビーフのことを不格好で、大きくなり過ぎた男の子と思うことがあったが、今やそれはなりを潜めて、正真正銘の行動の男になっている。ビーフの欠点を真っ先に挙げ連ねるのはぼくの常だが、緊急の際の剛胆さと行動の素早さに目覚ましいものがあることは、ぼくもいつも認めていた。

こぬか雨の降る暗い夜、彼は身を隠したままレイバーズ・エンド荘の正面ドアと裏口をともに監視できる場所へ先導した。そして、そこで一時間ほど、ぼくたちは夜の冷たい湿気を避けながら、それでもぬれて身震いし、不愉快な思いをしながら立っていた。ビーフはぼくがささやくのも禁止し、タバコを吸いたいと身振りで示した時にも、激しく首を振った。彼の計算違いで、体をぬらしながらの不寝番もむだになりそうだと思い始めた時、家の中で明かりが消え、まもなくチックル氏の小柄な姿が屋内の唯一の照明を背景にして戸口に現れた。彼は正面のドアを音もなく開けたが、今は静寂の中、それを閉めようとしていた。

「用意はいいな?」ビーフが耳打ちした。

小男がミス・ショルターの家に通じる小道を歩き始めると、ぼくたちは彼を尾行した。姿を見られず、物音も立てないようにし、なおかつチックルの姿を見失わないようにしながら、先に立って木々の後ろを縫うように進むビーフの後にぼくは続いた。神経をすり減らす困難な仕事だったが、少なくともそれはぼくがビーフに求めたもの

──アクションだった。

まもなく、ぼくの前方にいて、尾行の対象を目にしていたビーフが足を止めた。しばらくの間、ぼくはチックル氏の姿の一部しか目にすることができず、観察はビーフに任せて満足し、その間は黙って姿を見られないよう行動することに専念した。どうやら今、ビーフは前方の小道で起きていることに困惑しているらしい。

「彼はあの森に入って行った」ビーフがぼくにささやいた。「あそこで尾行するわけにはいかない。いちかばちか、ここで待つしかない」

「いちかばちかって、どういうことだ？」

「いずれわかるさ」

またしても、不愉快な待ち時間が続いた。ぼくの足はまるで何時間も電気冷蔵庫に突っ込まれたみたいな感じで、タバコが吸いたくてたまらなかった。ところが、ビーフは目を凝らして前方の小道を見ている様子で、ぼくの横から動こうとも、引き返そうともしなかった。十分あるいは十五分が経過したに違いない。

突然、もはや木々の間で身をかわそうともせずにビーフが前に進み始めた。同時に、彼の強力な懐中電灯が小道のはるか前方を照らした。懐中電灯の照明を浴びて、チックル氏がこちらに近づいて来た。ビーフがぼくに向かって声を出して言った。

「急がなければならん」ビーフが言った。「おや、ミスター・チックルじゃありませんか。包みを落としましたよ、サー。あなたの背後の草の中に落ちました」

「そのようだ」チックル氏は言った。

ビーフは足を止めて、落ちた包みを拾い上げた。防水布に包まれていた。ビーフはそれを丁重にミスター・チックルに手渡した。

「これはどうも。実はたいした物じゃないんですよ。とても感謝しています」

ぼくは今までこの小男がこれほど混乱した状態になったのを見たことがなかった。しばらくの間、誰も身動きしなかった。やがて、ミスター・チックルは冷静を取り戻したらしい。

「ダーツの試合は中止になったのですか？」彼が尋ねた。その口調にはあからさまに皮肉な調子は窺えなかったが、まったく自然ではなかった。

「ええ。相手が現れなかったんです」ここにいる理由を説明するのがビーフの方だったのはおかしなものだとぼくは思った。チックルは自分がそこにいる理由を何も述べなかった。

「実を言いますと、サー」ビーフが話を続けた。「ちょっとした情報を警察から聞いたところなのです。ミスター・ブリッジを訪ねる途中なのですよ」

チックル氏が活気を取り戻した。

「ミスター・ブリッジですか？　あの男は狂暴な男だと言ったでしょう」

「ええ」とビーフ。「あなたは散歩の途中なのですか、サー？」

チックル氏は話すべきかどうか決めかねている様子だった。

「ええ、巡査部長。実を言いますと、実におかしな発見をしたのです。警察のために取っておくつもりでしたが、折良くあなたと出会った以上、最初にあなたに話してもかまわないでしょう」

「とても感謝します」

チックル氏は包みの防水布を解き始め、やがて見たことのないような女性の大きな靴が出て来た。

「おやおや、これはまさか！」とビーフ。「ミス・ショルターの靴ですな？」

「かつてはミス・ショルターの靴でした」今ではすっかり冷静さを取り戻していたチックル氏は言った。「彼女のために特別に製作されたのです。特別サイズなのですが、あの時以来、私の所有物になっています。善良な我らが副牧師のオークションで、まとめて買わざるを得なかったのです。私に理解できないのはこういうことです。二か月前、私はこの靴を自分でゴミ箱に入れたのです。言ってみれば、二度とそれを目にすることはないようにと思ってね。ところが今晩、私が健全な睡眠を取るためにささやかな散歩をしていたところ、小道の脇に古い防水布に包まれて置いてあったのです。どういうことだとお考えになりますか？」

「奇妙ですな」というのがビーフの感想だった。

「事件と何か関係があると思いますか?」

「難しいですな」とビーフ。「実に難しい」

数分後、ぼくたちは彼と別れた。今度は宿に戻って眠れると思った。再びチックルに出会うことはないと確信できるまで、さらに半時間、寒くて雨の降る中を待った後で、とうとう旅籠屋に到着すると、ぼくは嬉々《きき》としてベッドに入った。しかし、旅籠屋への道中、ビーフはずっと楽しげにくすくすと笑っていた。

第二十章　ボーイスカウトの活躍

翌日、ビーフのなすべき仕事はボーイスカウトの宝探しを組織して指揮することだった。思い起こせば、あれは土曜日のことで、休日だったおかげで大勢の少年が集まった。ビーフは班のリーダーたちと一緒に木の下に腰かけ、ビーフがすでに何度か使っていた〝一インチ刻みで〟という言葉が何度も繰り返された議論を重ねるうちに、複雑な計画が作成されたようだった。ぼく自身は、ビーフの仕事を記録に留めるのを投げ出して、保険という平凡な仕事に乗り換える決意を翻《ひるがえ》したことを、再び後悔しながら、離れた場所でパイプをくゆらせていた。ボーイスカウトが〝一インチ刻みで〟森を捜索しているとぼくは述べた。ばかばかしい。名探偵ならば、腰を下ろして班のリーダーだか鼻をくすんくすんさせたり咳をしたりしている少年だかを相手に行動計画を論じたりなどせず、少年たちが正確に何を探すべきか、正確にどこを探せばいいかわかっているはずだ。

確かに、昨夜のエピソードは奇異なものと言わざるを得ない。死体のそばで発見されたミス・ショルターの足跡が、彼女の靴を履いた何者かによるものであるというビーフの仮定が正しいならば、いったい小男のチックル氏は夜の十一時に犯行の起きた小道で何をしていたのだろう？　なぜ彼は靴を人目につかないところに捨てようとしたのか？　彼が鬱蒼《うっそう》と繁った森の中に姿を消して、靴を持って戻って来た時、なぜ彼は靴を小道で発見したと述べたのか？　ぼくは人間の正直さについては相当な目利きと自認していて、ぐっすり眠れるように散歩をしたという彼の言葉は作り話だと思っている。おまけに、ビーフは彼が何かああいうことをやりかねないと実際に予想していたのだ。

それでも、ぼくにはチックル氏を疑うことはできなかった。彼には動機がないという事実とは別に、われわれの知る限りショルターには会ったこともないし、彼には明らかに殺しなどできない。たとえ想像をたくましくして彼が人を毒殺するかもしれないと信じることができても、あの心優しい小男の引退した時計職人と暴力を伴う殺人を結び付けて考えるなどばかげている。

さて、ブラック夫人となると事情は異なる。彼女は犯罪の起きた夜のアリバイという最も肝心な点、そしてまた、彼女が銃を発砲できるという実に興味深い点に関して嘘をついたことが証明された。彼女は筋肉質の大柄な女性で、大きくて骨張った手と厳しい顔つきを思い出すと、人殺しなど容易にできそうな人間に思える。彼女の夫については何らかの謎がある。ビーフが彼女に夫の名前を尋ねた時、彼女が人生のその部分についての質問はにべもなくはねつけ、憤慨したことが思い出される。ショルター自身も結婚していて、妻を捨てたという話もあった。その二つの話が同じことを意味しているとしたらどうだろう？　そうすると、ショルターがチックル氏の奇妙な家政婦の逃げた話と、犯行のあった夜の彼女の行動に関するでたらめな話亭主だとしたら？　そうすると、すべて辻褄が合う。確かに、〈死者の森〉の住人が気づいた最後の銃声は六時半のことだった。しかし、それが何だというのだ？　近所で射撃が当たり前のように行われていれば、一発の銃声が気づかれないのはありそうなことだ。それとも、ひょっとするとチックルは真相を知っていて、家政婦を救うためにわざとわれわれに嘘をついていたのだろうか？　それなら彼の言い逃れや奇妙な振る舞いも説明が付く。おそらく彼は、サイズの大きすぎる靴を履いたのはブラック夫人であり、後でどこかに隠したことを知っていたのだろう。ボーイスカウトたちが森を捜索すると聞いて、あの女性を救うために靴を回収することにしたのだ。彼自身が疑惑にさらされているというよりも、その方がぼくの知っているチックル氏の性格とかなり合致する。

しかし、他にも容疑者はいる。ぼくも犯罪を捜査することによって、固定観念に囚《とら》われないことと、絶対的に開いた心を持つことを学んだ。一例はブリッジだ。彼の話をそのまま鵜呑《うの》みにするのはけっこうだ。というのも、彼はビーフの気に入りそうな

——大酒飲みで、貧乏な暮らしをしている、男臭い——人物だからだ。どう見ても、彼は暴力を伴う犯罪を実行しかねない人物だ。しかも、彼が最初の二重の発砲があった少し前に、犯行現場近くにいたというのは、偶然にしては確かにできすぎだが、それを自分で認めているのだ。ぼくはけっして彼の証言を鵜呑みにする気はないし、さらに言えばビーフがそうしたとも信じていない。

もちろん、事件に関与している人物の名前をさらに列挙することはできるし、警察が容疑者と見なしているフリップに対して容疑はかなり濃厚と認めざるを得ない。われわれの知る限り、ミス・ショルターも動機のある人物だし、アストン氏はコプリングに住んでいて、あの日、〈死者の森〉に来ることもできたので、そしてとりわけ自殺を偽装するために用いられたのが赤いテープ——すでにビーフが確認したように、彼のオフィスにあるのと同種のもの——だったため、彼も〝犯人候補者〟なのだ。

「容疑者を一人一人検討しているのか?」ビーフが唐突に尋ねた。

ぼくはぎょっとした。彼が近づいて来るのに気づいていなかった。

「とんでもない」ぼくはかなり腹を立てて言った。「ぼくには犯人が誰なのかわかっているから」

ビーフはがさつな声で笑った。

「ほう、犯人がわかったのかい?」

ぼくはしらを切ることにした。

「そうとも。君が仕事に取りかかるのにどれくらい時間がかかるのか興味津々だよ」

「警察も犯人を知っている」ビーフは思案げに言った。

「ああ、警察ね」とぼくは言ったが、いささか見下したような言い方だったかもしれない。

「警察を甘く見ない方がいいぞ。チャットーは非常に切れる男だ」

「ああ」ぼくは言った。「だけど、この犯罪を解決するには単なる頭の切れ以上のものが必要だよ」ひとたびこのかなり有望な筋を掴むと、ぼくは自信を持った話し方をすることにした。「君にも警察にも充分あるとは思えない資質——すなわち、想像力が必要なんだ」

ビーフがまたしても声を上げて笑った。

「ま、わしに言えるのは、君に誰が犯人なのかわかったとしたら、君には素晴らしい想像力があるってことだけだな。素晴らしい」

「君の捜索隊の方はどうなっている?」話題を変えるためにぼくは尋ねた。

「今、仕事に取りかかっているところだ。彼らは一インチ刻みで……」

「まさにそれだ。森を一インチ刻みで。それまでの間、ぼくたちはどうする?」

「気楽にやって」ビーフは言った。「成果を待とうや」

その時、散髪とポケットにハンカチが必要な、だらしない格好の少年がおずおずと近づいて来た。彼は興奮に顔を火照《ほて》らせていたが、ぼくの前では話しにくそうだった。

「どうした、ライオネル？」とビーフが尋ねた。ビーフはすでに少年たち全員の名前を把握していた。「ライオネルはヤマアラシ班のリーダーなんだ」

「カバ班です」とライオネルが訂正した。

「それで、どうした？」

少年は居心地悪そうにぼくの方をちらりと見た。

「だいじょうぶだ」ビーフがもったいぶって言った。「こちらの紳士は或る程度はわしが信頼している人だ。この人の前なら話してもだいじょうぶだ」

ぼくはこのばかばかしい猿芝居を無視した。

「何か見つかりました」ライオネルと呼ばれた少年が言った。

「何が見つかったんだね？」

とうとう少年は口を開くと、一気にまくし立てた。

「あの老紳士が家政婦のおばさんと住んでいるバンガローの周りからバーンフォードに至る小道の間にある木すべての樹皮を調べろとおっしゃいましたね？　ええ、ぼくたちはやってみました」

「何を？」

「調べたんです。そして、ちょうど森に入ったところ、クリケット・ピッチ（クリケットで2つのウィケット間の平面）の長さ（約二十メートル）より少し短いくらい奥に入ったところに、木が一本あって、その木の皮が、バンガローに向かってまっすぐに伸びている枝のすぐ下で、言ってみれば、こっぴどく剝けていました。今はけがをして仕事を休んでいますが、父さんがホウィットンで猟場番人をしているアルバート・ストウクに言わせると、あの木に向かって至近距離から発砲されているから、来て見ていただいた方がいいと思います」

ビーフはうなずいた。

「ああ、そう思ったよ」

「何を思ったって?」ぼくはビーフの言葉遣いの不適切さに憤慨して言った。

「ちょっと見に行った方がいいと思ったんだ。行こうか」

問題の木の周囲には熱心な少年たちが集まっていた。チックル氏がぼくたちのいる辺りを見渡せる書斎の窓からひょいと目を向けたら、いったいどう思うだろう。ぼくは自分がひどくばかなことをしているような気分になったが、ビーフが巻尺を使って人を煙に巻くようなことをしている間、ボーイスカウトの少年たちはじっとかたずを呑んで見守っていた。少年が述べたように、枝は幹からほぼ直角に伸びて、まるで自然の道しるべのように、まっすぐチックル氏の家を指していた。そして、その木からチックル氏の家の芝生までの狭い空間をさえぎる物は何もなかった。

ビーフは枝の突き出ているすぐ下の幹を調べ、ライオネルの述べた通り、そこが傷んでいて焦げ跡がついているのを見つけた。それが発砲の結果だとしたら、銃器はごく近くで発砲されたに違いない。実際、その枝の下側であってもおかしくない。同じ考えはビーフにも浮かんだようで、彼は枝をじっくりと調べていた。突然、ぼくがうんざりしたことに、彼は本当にポケットから拡大鏡を取り出したので、少年たちから一斉に「わーい！」という歓声が上がった。

「ビーフ！」ぼくは彼をいさめた。

「まあ、来てこれを見たらいい」というのが彼の返答だった。彼は枝の欠損部分と傷跡を示した。「わかるか？」そして、カバ班の班員の方を向くと、熱弁を振るった。

「諸君、君たちはやったぞ。実に大きな助けになる。わしは君たちのことを思うと鼻が高い。さあ、君たちの担当している森の区画に行こう。金網のフェンスからネルスン・グロウヴァーがカケスの巣を見つけたところまでだね？」

「そうです」少年たちは一斉に答えると、目を地面に向けたまま目的地に急いだ。

ありがたいことに、ぼくたちは村に戻ったが、その前にビーフは協力者の少年に今夜ホールに集合することと、発見物をすべて持参するよう念を押した。

その日の午後は平穏に過ぎていった。少なくともぼくは平穏だったが、通常なら日中と正午過ぎはビールのグラスを鳴らす音が轟いているところ、ビーフは一眠りしていた。お茶の時間になると、ミス・ショルターがぼくたちの捜査の進展やいかにとやって来た。彼女はビーフに対して子供のように信頼を寄せているようで、捜査に当たっては時間と費用を惜しむなと言った。

レディー・フリッチ・ホールに出かける時間になると、ぼくはビーフに同行したが、いささかの懸念《けねん》がないわけでもなかった。二十名以上の熱心な少年に、森の中で見つけた物をすべて持ってくるように言うのは、ぼくには無謀な行為に思えたが、ホールに入ると恐れていた最悪の事態になっていた。集まった物の中で一番不快な、腐敗しかけている猫の死体については、即座に処分するようビーフが指示したことは確かに認めよう。しかし、急いで窓を開けたにもかかわらず、その影響がなくなるまでには時間がかかった。少しくらいなら密猟をやっていることが知られているフレッチャー爺さんの持ち物とされた四個の罠《わな》は、当然ながら警察に引き渡されなかったが、白骨化した羊の頭蓋骨は記念品としてマングース班に贈呈された。はるかヴィクトリア女王時代に放浪者が捨てたような三足の長靴はゴミ箱行き、傘の残骸《ざんがい》も同様だった。数多くの錆《さび》の浮いた金属は、いささか楽観的だが、廃品業者に引き取ってもらうことにした。割れた陶器は捨てることにした。空き瓶もビーフから何の重要性もないと宣告されたが、水牛班の中から異議が出た。

「中に毒薬が入っていたかもしれませんよ?」と一人が言ったが、ショルターは射殺されたことをガラガラヘビ班の少年が即座に指摘して却下された。

最後に、一山に集められた紙くずのところにビーフが来た。一瞬後、彼は一番新しそうな紙を取り上げると、ぼくを呼んで見せた。確かに感銘を受けたと言わざるを得ない。ビーフもボーイスカウトの少年と同じくらい興奮しているのがわかった、というのも、それはフリップ夫妻宛の封筒で、中にクリスマス・カードが入っていたからだ。ぼくは上の空で、まだ色鮮やかなデザインを見た——ほかほかのフットボール形のクリスマス・プディングに柊《ひいらぎ》の枝が挿してある。内側には〝お元気で！〟と印刷されていた。その下に副牧師と妹の名前が走り書きされていた。

「誰が見つけた？」ビーフが尋ねた。

細い脚をした眼鏡をかけた少年が前に押し出された。

「どこにあったのかね？」

「その場所に印を付けておきました、巡査部長《サージ》」と少年は生意気に答えた。「明日ご案内します。死体の発見された空き地から森の方へ十歩入ったところです」

ビーフは黙って少年にご褒美を渡した。

第二十一章　素敵な若夫婦

またしてもビーフは情報をチャットーに持って行った。刑事部の男の態度には今回はいささか相手を下に見るようなところがあったと思う。いや、下に見るとは言わないまでも、ビーフのことを若輩者で経験不足と見なし、温かい心で見守ってやらなければならないとでも思っているような、励ますようなところがあった。何の感想も交えずに、ビーフはチックル氏の家の近くにある木に刻まれた跡のことを述べ、警部がいかようにも結論を引き出すに任せた。チャットーはメモを取るだけで、何も言わなかった。ビーフが大きすぎる靴を持ったチックル氏を目撃した夜のことに言及すると、チャットーは苛立ちを見せてうなずいた。

「ああ」彼は言った。「チックルはそのことについて報告に来て、発見物を持って来た」

「そうですか」

チャットーはブリッジの話にいささか関心を示し、とりわけレインコートを着た男、の話に興味を惹かれた。その男はフリップであるという点で、ぼくたち三人の意見は一致したが、その事実から引き出した結論は三者三様だったかもしれない。赤いテープについてはチャットーはうなずいただけだった。チャットーが本当に活気を帯びてきたのは、ビーフがクリスマス・カードを取り出して、それがどこで発見されたのか述べた時だった。

「それで決まりだな」と警部は言った。「これでフリップを逮捕できると思う」

「そう思いますか?」ビーフが言った。「もちろん、警部はご自分の仕事をよくご存じのはずですが、わしにはいささか状況証拠的に思えます。陪審を本当に説得できるようなものではありません。それに、フリップは自分の罪を認めるような男ではありません」

チャットーは謎めいた顔をして見せた。

「証拠は他にもあるんだ」警部は穏やかに言った。「毒薬の購入台帳だ。ショルターの部屋の床下に隠してあった。確かにフリップはモルヒネを買っていた。彼の妻が死亡する二週間前にフェルプスの名で署名している。うちの筆跡鑑定の専門家が疑問の余地はないと断言している」

「では、どうして彼を妻殺しの罪で逮捕しないのです? 今回の事件よりもずっと立証の易しい事件に見えますが」

チャットーはかぶりを振った。

「事件は二つとも必要だ」と警部は言う。「ずっと説得力が増す。だが、どうして君は私に待ってほしいのかね？　まだ他に取り組んでいることがあるのかね？」

「警部がおっしゃるようなことはありません。しかし、もう少しブラック夫人について知っておく必要があります。あのクリスマス・イヴの日に、彼女はバスに乗らなかったのです」

「ああ、ブラック夫人ね」と言ったチャットーの声から、その女性には何の関心もないという様子が窺われた。

「ブラック夫人についてはかなり奇妙なことが幾つかあります」ビーフが弁解した。

「すっかり片づけるのにどれくらいかかるかね？」

「三日ください」

チャットーはしばらく考え込んだ。

「フリップを逮捕する前に、私ももう少し具体的なものがほしいのは事実だ。われわれは、動機、機会、そして犯行現場の近くにいたことは押さえている。しかし、それだけでは決定的な証拠にはならない。今度の週末以前に逮捕することはないと思う」

「それでけっこうです」ビーフは言った。「わしの気にかかっている点を解決する時間ができます。チックルは明日から二、三日、家を空けます」

「ああ」チックルの行動についてはビーフと同程度あるいはそれ以上に知っていることを示そうとしてチャットーは言った。「ロンドン南部のフラスティングという友人の家に滞在するんだったな。二十年間、店が隣同士だったと理解している」

「自宅はロッジです」ビーフが言った。「おかげで明日はブラック夫人と素敵な静かな会話をする機会ができます」

「好きにしたまえ」チャットーは言った。

しかし、ビーフが〝素敵な静かな会話〟と呼んだものは、この騒々しい事件の数多い会話の中でも最も興味津々の内容となった。

「どうぞ」遅かれ早かれ、ぼくたちが彼女を尋問するために戸口に姿を見せることを予期していたかのように、ブラック夫人はうんざりした様子で言った。「今度はいったい何ごとですか?」

ビーフはゆっくりと椅子に腰を下ろした。

「ミスター・チックルの様子はいかがですか?」

彼女は疑わしげな表情で顔を上げた。

「どうしてです?」

ビーフは大儀そうに肩をすくめた。

「ただどんな様子かと思って」

「それが、知りたいならお教えしますが、可笑《おか》しいんです。とっても可笑しいんです」

ありがちではあるけれども、奇妙と言うべきところを可笑しいと言った、この言葉の不思議な誤用がビーフを動揺させた様子は少しもなかった。

「どういう意味で？」ビーフは尋ねた。

「事件が起きて以来、ほとんど口を利かなくなりました。たぶんあなたを相手にする時は問題ないでしょうけど、それはあの方が演技しているのだと思います。以前は親切でおしゃべりで、私に会った時はいつも礼儀正しい言葉遣いをしていました。今ではたいていはまるで幽霊でも見たような顔をしています。不幸のどん底にいるみたいです。食欲もありません」

「心配事でも？」

「それが、心配事があるというよりは、気がふさいでいるというか。人が見たら、全財産を失ったのではないかと思うでしょう。私には少しも理解できません。殺人事件と関係があります。だって、あの日の午後まで、あの方は健康そのものだったんですから。よく一人で笑っていました。自分のことを一廉《ひとかど》の人物とも思っていましたよ。ご存じですか、いつだったか、あの方はこの部屋で書き物をした後で、私の方を振り返って言うんです――『私は驚くべき人間ですよ、ミセス・ブラック』『そうなんですか、旦那様?』と私は答えました。だって、私に何と答えられたでしょう? 『そうなんです』とあの方はおっしゃいました。『そのうえ、誰もがそのことを認める日がいずれ来るのです』『本当ですか、旦那様?』『ええ、もちろん、私が死んでずっと経ってからのことですがね』そして、まるで人形芝居に出て来るパンチみたいに得意げに笑っていました。ところが、殺人事件以来、そんなことはなくなりました、ええ」

「ほう」とビーフは先を促すように相づちを打った。やがて、プラック夫人がもうこれ以上進んで話そうとしないのを見て、彼はさらに言った。「あの大きな婦人用の靴を今までに見たことがありますか?」

彼女は大声で笑い出した。

「当たり前でしょう? がらくた市で買った多くの古靴と一緒に持ち帰ったんです。あの方が気に入った室内用のスリッパの他には良い品はありませんでした。初めて見た時、私はいったいどんな象のために作られた靴なのかって訊いたんですけど、あの方は答えませんでした。それはたぶん、その靴がミス・ショルターの靴だったからでしょう。あの方はいつもミス・ショルターにちょっぴり優しいと思っていました。その靴は何週間かそのまま置きっぱなしになっていました。その後、見かけなくなったと思ったら、二、三日前の晩に私が床に入ってから、あの方は古い防水布に包んで持ち帰ったんです。そう、あれはあなたがこの前最後にあの方に会いにいらっしゃった夜でした。翌朝、私が包みをしげしげと見ていると、鋭い声で『触るんじゃない！』と言われました。『警察に持って行くんだ』と。以上です」

ビーフの声はきっとチックルと同じくらい鋭い声だっただろう。

「その靴を履いたことがありますか？」

「履いたかって？　この私が？　履いたらぶかぶかですわ」

「履いてみようともしなかった？」

「ええ。しませんでした」

「なるほど。さて、これから単刀直入な質問をしますから、単刀直入に答えてください。クリスマス・イヴの日にあなたは何をしましたか？」

「前にもお話ししましたが――」

「あなたはアシュリー行きのバスに乗ったとおっしゃいましたが、あなたはバスに乗っていません。あなたがどこにいたのか知りたいのです」

プラック夫人の幅のある唇はしっかりと閉じたままだった。

「さあさあ。すっかり話した方がいいですよ。遅かれ早かれわかることです」

「特別なことは何もありません。どうしても知りたいのであれば、私は娘に会っていました」

「どこで？」

「それが、私たちには話をしに行くような場所はありません。私はバス停留所で会おうと娘に手紙を書きました。それから、私の友人のご婦人の家に行ったんです。その人が誰なのか知りたいでしょうから、話してもいいですわ。ウィルクス夫人という方で、一時間ほど奥の部屋で待っていました」

「きっと娘さんと一刻も早く会いたかったのですな？」ビーフが言った。

「そんなことはありません。ただ、クリスマス・イヴだったから、誰だってそんな日には自分の娘に会いたいと思うのではありませんか？」

「どんなことを話されたのですか？」

「家族の話です」

「ウィルクス夫人は同席していましたか？」

「いいえ。あの人は私たちを二人きりにしてくれました。まあ、親子水入らずというわけです」

「そこには何時までいましたか？」

「アシュリー行きの最終バスの時刻まで」

「その家からバス停留所まで寄り道せずに行ったのですか？」

「ええ」

「そして、まっすぐ帰宅したと？」

「はい」

「あの小道を歩いたりはしなかった？」

「もちろん、しません。それに、死体がずっとあそこに横たわっていたことを思うと、そうしなくて良かったですわ」

「ご主人について、娘さんに何か伝えることがあったのですか？」

「主人のことですか？　前にも言いましたが、主人は二十年近く前に出て行きました」

「あなたはいろいろお話ししてくれたが、その中には嘘もありました」

「娘は父親は死んだと思っています」

「本当に死んでいるんですか？」

「知りませんし、私には関心もありません」

　ブラック夫人の息遣いが荒くなった。ぼくは自分の仮説が立証されたように思った。

「どこで結婚したとおっしゃいましたか？」

「それは言いませんでしたし、言うつもりもありません。私の個人的なことで、他人の関与することでもありません。あなたとは無関係な事柄について、どうして私につきまとうのか理由がわかりません。あなたはショルター殺しの犯人を突き止めることになっているのでしょう？」

「まさにそれを」ビーフが勝ち誇ったように言った。「わしはやっているところなんです」

「私に質問しても無駄ですわ。私は事件とは一切関わりがありません」

「娘さんの住所は？」

「おかまいなく」

「それは愚かなことですよ、ミセス・ブラック。容易に突き止められることです」

「それならやってご覧なさい。ただ、娘を事件に巻き込まないでください。さもないと、コマンド部隊で特務曹長をしていた娘の旦那がただじゃおきませんよ」

「一か八かやってみましょう」ビーフは言った。「すると、あなたはわしに率直に話す代わりに、娘さんの家の周辺で警察が捜査する方がいいとおっしゃるのですな？」

「警察はそんなことはしません。それに、チックルさんのおっしゃるには、警察はフリップを疑っていて、いつ逮捕されてもおかしくないそうです。警察ならば、私や娘にばかげた質問をたくさんして困らせるようなことはしません」

ビーフが立ち上がった。

「ま、話さないというのであれば仕方がありません。しかし、すぐに突き止めて見せますよ」

宿に戻る途中で、あれはくだらない自慢ではないかとぼくは言い、実際にどうやって突き止めるつもりなのか教えるようにと迫った。

「簡単さ。これからウィルクス夫人に会いに行く。十中八九、ブラック夫人は彼女に口止めしていないと思う」

バーンフォードに戻ってから、どれがウィルクス夫人のコテイジなのか見つけるのに少し時間がかかったが、ビーフがドアをノックすると、小柄でこざっぱりした笑顔の婦人がドアを開けた。ぼくは心の中で上品な老婦人だなと思った。

「失礼ですが」ビーフがにこやかに話しかけた。「ブラック夫人の娘さんはいらしていますか？」

「マクロイド夫人ですか？　今夜は来ません。一日二日したら来ると思います。母親に会いに来る時はいつもここに立ち寄るんです。緊急の用事ですか？」

「そういうわけではありません。明日あっちに行くので、その時に会えばいいんです。バスで行けますよね？」

ウィルクス夫人がにこやかに微笑んだので、彼女の善意を利用していることでぼくは恥ずかしい気持ちになった。

「ええ。アシュリーで乗り換えます。ピトリー村に入ってすぐのところに家があります。郵便局のところで降りるんです。何か悪いことではないんでしょうね？」

「そんなことではありません。わしはブラック夫人の友人なのですよ。彼女とは長い知り合いなのですか？」

「あの人がこっちに来てからです。八、九か月といったところです」

「いや、どうもありがとうございました。おやすみなさい」

クラウン亭に戻ると、ビーフはくすくす笑った。

「ざっとこんなものだ。簡単だと言っただろう。さて、ちょっぴりビールで喉《のど》を潤す潮時だ」

「時なんか選ばない癖に」ぼくは苦言を呈した。

「その点では君の言う通りだな」ビーフはうそぶいた。

第二十二章　ブラック夫人の過去

「誰もがぼくたちのことを、巡回セールスマンか世論調査のために人々の意見を集めるのに雇われている人間だと思うだろうな」翌日、ピトリー村に到着すると、ぼくは言った。「ぼくたちは他人の家のドアをノックして質問をする以外、何もしないみたいだ」

「わしらは真実を突き止めなければならんのだ」ビーフは言った。「質問しなければ、人は何も語ってくれない。それに、君は今回のことを喜んでいいんだぞ。この事件で初めて若い女性が登場するのだから」

「若い既婚の女性がね」ぼくは指摘してやった。

「既婚だから、魅力がなくなっているというわけかね？」

しかし、ぼくとしてはそんなことはなかったと言わざるを得ない。マクロイド夫人がドアを開けると、ぼくは息を呑んで、いったい彼女が厳めしいブラック夫人の娘だなんてことがあろうかと思った。彼女はほんの十九歳にしかなっていないように見え、実際、こんな言い方ができるならば、可愛さの極みだった。弱い冬の陽射しが彼女の金髪に当たり、青い眼は楽しげだった。彼女は微笑みを浮かべていて、もしもビーフがドアの間に足を挟んで、粗野でがさつな言い方で〝殺人事件のことで来ました〟と告げなかったら、ぼくは親密で愉快な気分になったことだろう。

彼女の顔が一瞬で変化した。彼女はびっくりした様子だったが、それも当然だろう。

「何ですって?」と声を上げた。

「バーンフォードで起きた殺人事件です」

今度の彼女の反応は素早かった。

「ジム!」彼女が呼んだ。

奥の部屋から出て来たジム・マクロイドは身長六フィート四インチの、がっしりしたヨークシャー州出身の男だった。彼がコマンド部隊の元特務曹長だったという言葉は容易に納得できた。

「どうした?」彼が尋ねた。

「この人たちが……あなたから主人に話して……」彼女は息を切らしながらビーフに言った。

ビーフは自分の立場を堅持した。

「おはようございます、特務曹長」彼は言った。「わしはバーンフォードで起きたシヨルターという男の死について捜査していまして、マクロイド夫人が事件解決に役立つ情報を持っていると考えています」

この時、左側の庭の塀越しに人が顔を出し、右側のドアが胡散臭そうに開いたことに、われわれ全員が気づいた。

「中に入った方がいい」とジム・マクロイドが言い、ぼくたちはぞろぞろと暖かい小さな台所に入った。テーブルには若夫婦の昼食の残りがあった。ぼくたち一人一人のための椅子があった。ビーフが話し始めた。

「わしらの知りたいことを単刀直入に話した方がいいでしょう。何か品物を売りつけに来たようなふりをして、会話を始めたって仕方がありません。こういうわけなんですよ。わしは警察の人間ではありません。警察から退職しました。私立探偵なんです。ミス・ショルターに雇われて活動しています。誰が彼女の兄を殺したのか突き止めるために」

「ぼくらに何が話せるんですか？」ジム・マクロイドが尋ねた。「ぼくは現場にだっていなかったんです。三日前に除隊したばかりですから」

「ああ。でも、マクロイド夫人はあの夜、あちらにいらしたんです。母親に会いに」

「その通りですわ」マクロイド夫人が言った。すでに落ち着きを取り戻しているようだった。「母から出て来るよう手紙が届いたんです。是非ともわたしと会いたいということでした」

「お母様と会ったのは何時ですか？」

「七時頃です」

「ちょっと待った」マクロイドが言った。「話をはっきりさせましょう。家内の母親はこの殺人事件と何か関係があると疑われているのですか？」

ビーフがおほんと咳払いをした。

「それが、実はこういうことなのです」彼は言った。「ブラック夫人は率直に話す決心がつかないでいます。彼女が疑われているとは言いませんが、疑われていないとも言えません。しかし、誰も率直に話をしなかったり、後で嘘と判明する話をされたりすると、証言を確認して真実を見つけ出さなければなりません。彼女のためにあなたたちができる最善のことは真実を話すことです」

ジム・マクロイドとビーフはしばしにらみ合ったが、やがてヨークシャー出身の男はビーフを信用することに決めたらしい。

「きみの知っていることを話してやれよ」彼は妻に向かって手短に言った。

「でも、わたしは何も知らないのよ！　それに、わたしの母について悪く思っているとしたら恥じ入るべきだわ。母は一番の善人よ。わたしのために母がしてくれたことをあなたは信じないでしょう――わたしを育てたりあれやこれやしてくれたり。母はとても優しい心の持ち主でハエ一匹傷つけることもできません。母が殺人事件とは何の関係もないことは、わたしにはわかっているんです」

「それなら、あなたがすっかり話してくれればすぐにはっきりしますよ。さあ、クリスマス・イヴにお母さんが至急会いたくなった用件は何です？」

娘の声が低かったので、ぼくには微かにしか聞き取れなかった。

「お金のことでした」彼女は言った。「母は幾らかお金が必要だったんです」

「ああ。あなたは驚きましたか？　それとも、前にもお金が入り用になったことがあったのですか？」

「今までなかったことです。わたしはとっても驚きました。ママはお酒を飲んだり、無駄遣いをしたりするような人ではありません。それに、立派な仕事をしています。それに、ママは何のために必要なのか言おうとしませんでした。ママがとっても心配しているのがわかりました。賭け事でもやっているのかと訊いたら、もちろんそうじゃないと言われました。わたしはママから本当の話を聞き出すことができませんでした。わたしに知られたくないことだったんです。ママが口にしたのは、すべてはわたしの幸福のためだということと、すぐに十ポンド必要だということでした」

「それで、あなたはお母さんにお金を渡したのですか？」

「すぐにではありません。ジムがまだ戻っていなかったんです。わたしは郵便局でお金をおろしましたが、送ったのは二、三日してからでした。そしたらおかしなことが起きました。お金が郵便で戻って来たんです。もう必要がなくなったということでした。事態が変わったんです」

「その夜、お母さんは心配そうな様子でしたか？」

「今までにないほど。いつものママじゃないみたいでした。何かまずいことが起きたということがわかりました」

「どんなことです？」

「何か大きなことです。ママはそうそう心配するような人じゃありません。あんな風なママを見たのは初めてでした」

「仕事と関係のあることでしょうか？」

「わたしはそうは思いません。仕事はすっかり気に入っているようでした。雇い主の老人について少し笑っていました。ですけど、雇い主はママを公正に扱って、ママの方もその人のことを一言だって悪く言うことはありませんでした。ええ、他のことだと思います。ママは苦しい人生を送ってきたんですよ。わたしが赤ん坊の頃に父が死んだりとか」

「ひょっとしてご存じありませんか、ミセス・マクロイド、お母さんがどこでお父さんと出会い、どこで結婚したのか？」

マクロイド夫人は驚いた様子だった。

「それは、母の実家のあるピッテンデンでだと思いますわ。ママの父親はそこで農業をやっていたんです。ママがまだ家にいる時に結婚したんだと、ずっと思っていました。どうしてですか？」

「というのも、お母さんが何を考えていたのか、突き止められると思っているからです。さて、あなたはお母さんと七時に会ったとおっしゃいましたね？」

「はい。バスが到着した時、ママは郵便局の外に立って待っていました。わたしたちはウィルクス夫人の家に寄って、そこでおしゃべりをしました。それから、ママが十時の最終バスに間に合うように、わたしはママと別れました」

「その後、最近お母さんに会った時は普段の状態に戻っていましたか？」

「ええ……まあ。でも、ママがチックルさんのために働き始めた直後に、ママを動揺させることがありました。その後は、そのことを克服したようでした。それが何なのか、あなたに突き止めることができればいいんですが」

ぼくは口には出さなかったが、そうかと思った。ブラック夫人がレイバーズ・エンド荘での職に就いた時、彼女はチックル氏の隣人の一人がショルターという名前であると聞き、その後、ミス・ショルターにろくでなしの兄がいることを知り、それが何年も前に自分を捨てて逃げた夫に他ならないことを知ったのだ。しかし、クリスマス・イヴにおける彼女の精神状態は、ショルターに居場所を見つけられ、金をせびられ、要求通りブラック夫人が金を渡さなかったら、娘に会いに行って自分が何者なのか話すぞと脅されていたことによるものだった。彼女は明らかに娘を愛していて、娘を守るためなら何でもやっただろう。問題は、殺人を犯すに至ったかということだ。ブラック夫人を知る者は誰もが夫人に可能なことは疑いようもなかった。ぼくは顔立ちの良い、深く悩んでいる様子の娘を見て、そんなことはないようにと願わずにはいられなかった。

ぼくたちがそこに座っていると、いきなり正面のドアが開く音がして、すぐに台所のドアも開いた。ブラック夫人がその場に立ち尽くし、やつれた顔にはまぎれもなく恐怖の表情を浮かべていた。

「まあ！　ここにまでやって来たのね！　何も言わなかったでしょうね、マップズ？」

「あら、ママじゃない。いったいどうしたの？」マクロイド夫人が声を上げて母親に駆け寄った。

ブラック夫人はすすり泣いていた。

「連中があなたに質問をしに来ることはわかっていた。来ることはわかっていた。何をしゃべったの？」

「あら、何もしゃべらないわ、ママ。話すようなことなんて何もないもの。ただ、あの夜、ママに会って、最近ママが心配していたことだけ」

ジム・マクロイドがかけるように勧めた。

「すっかり話すのが一番ですよ」と彼は言った。「何も隠すことなどないのですから」

「あなたは知らないから。わかっていないのよ」夫人はビーフの方を向いて言った。「私は殺人事件とは何の関わりもないと言ったじゃありませんか。あの事件は私にとっても他の人と同じくらい衝撃だったんです。どうして放っておいてくれないのです?」

「あなたがわれわれを厄介な立場に追い込んでいるのですよ、ミセス・ブラック」ぼくが口を出した。というのも、状況が如才なさを必要としていたからだ。「これについて包み隠さぬ真実を見つけるのがわれわれの務めなのです。あなたは最初、われわれを誤った方向に導こうとした」

「あの夜、私がメイベルに会ったことを話さなかっただけじゃありませんか。私は娘を巻き込みたくなかったんです」

「そうは言っても、捜査を誤った方向に導きかねない証言であることはお認めになるでしょう。ビーフ巡査部長とぼくは、真相を突き止めるために多大の労力を払わなければならなかったのです。今になっても、あなたは何のことを心配していたのか話そうとしない」

「何か心配事があるなんて、私が言いましたか？」

「心配事があるのは自分でもわかっているくせに」娘が口を挟んだ。

プラック夫人はハンカチをしまうと、怒ったような顔をビーフに向けた。

「何を心配しているのかお話しします」夫人は言った。「当事者を除けば何の関係もないことについて、他人の個人的な事情を嗅ぎ回ったり詮索したりしてばかりいる人がいることにですよ。自分のことを刑事だと称して、気の毒なエマ・ウィルクスに自分は私の友人だと言い、メイベルの住所を聞き出すと、この子が何も知らない人殺しについて、この子の寿命が縮むような話をして。本当に卑劣で狡猾で、私があなたを法の名のもとに訴える方法があるなら、訴えてやります」

ビーフはかなりしょぼくれた顔をしていたが、意外なところから救いの手が差し伸べられた。ジム・マクロイドは男性が女性から攻撃されている時は、男性たるもの団結しなければならないという古風な考えの持ち主のようで、ビーフは彼にも妻にも悪意はないことを感じ取っていた。彼は穏やかな口調で冷や水を浴びせた。

「落ち着いてよ、義母《かあ》さん」彼は言った。「他の人と同じように、この人たちにも仕事があって、義母さんはだましたことになるんだ。さあ、あなたは義母さんから何を聞き出したいんですか？」

重い沈黙が続いた。

「彼女の最初の夫の名前が知りたいのです」ビーフが厳かに言った。

ジム・マクロイドは目をぱちくりさせた。

「義母の最初の夫の名前が、殺人事件の犯人を突き止めることと関係があるとまでおっしゃるのですね？」

「ビーフ巡査部長は興味本位で尋問したりはしません」ぼくはビーフを弁護するために口を出した。

「関係がある可能性があるとまで言っておきましょう」ビーフが言った。

「そういうことならけっこうです。どうなんです、義母さん？」

「前に言ったことです」ブラック夫人は無愛想に言い返した。「私が結婚したのは一度きり。主人の名前はブラックです」

ビーフが立ち上がり、ぼくも彼にならった。ジム・マクロイドはぼくたちと一緒に部屋を出ると、台所のドアを閉めた。道まで出ると、彼はおもむろに微笑んだ。

「義母なら心配ありません」彼は言った。「あの人のことはわかっています。妻のことが可愛くて仕方がないんです」

「わかりますよ」ビーフが言った。それから、一層人間らしいところを見せて付け加えた。「誰もあの人を責めることはできません。あなたは幸運な人ですね、特務曹長」

「そうなのだろうと思います。しかし、事件がすっかり解決してほしいものです。義理の母が殺人事件について尋問を受けるだなんて、いいことじゃありませんから。いつになったら真相がわかると思いますか?」

「お気に召さない真相かもしれませんよ」とビーフ。

「まさかあの人がやったとお考えではないでしょう?」

「わしがそんなことを言いましたか? 誰がやったのか見つけ出すまでに、やらなければならないことがたくさんあるのです。夫人の言う〝嗅ぎ回ったり詮索したり〟するのを始めたら、忘れるのが一番いいことまで見つけてしまうこともあるのです。おわかりですか? それでも、あなたたちご夫婦にとって聞くのも不愉快なことが出来たとしても、あなたと奥さんにとってはたいした違いはないのではありませんか?」

ジム・マクロイドは笑みを浮かべた。

「ええ」彼は言った。「ぼくたちに影響を与えるようなことは何もありません。それでも、あの人が事件と無関係なことを知りたいんです。あの人はいい人ですから」

ぼくたちは全員で握手をし、ジム・マクロイドが家に戻るのを見て、ビーフは安堵した。

「素敵な若夫婦だな、あの二人は」彼は断言した。「捜査をしていて、時にはああいう人たちに出会うのはいいものだ。そうじゃない人間には大勢出会うからな」

ぼくは心から同意した。

第二十三章　結婚登録

ビーフに今回の会見で何が得られたと思うかと尋ねたところ、必要な情報の一つが得られたとにこやかに答えた。

「明日」彼はさらに言った。「ピッテンデンに行く」

それだったのか。ビーフはぼくと同じ考えに至り、ショルターがブラック夫人の最初の夫であることを確認しに行こうというのだ。ぼくは自分がビーフの考えに先んじていたことににんまりしたが、ぼくも同行するとしか言わなかった。

ぼくたちは各駅停車の鈍行列車に乗らなければならず、小さな田舎町のピッテンデンに着いたのは正午になろうという時刻だった。到着するや、ビーフは馬車と馬亭《コーチアンドホーシズ》に行こうと宣言した。

「一度でいいから、パブに近づかないでいられないのか？」ぼくは冷たく言った。

「際限なくビールをがぶ飲みするのに、ぼくはいい加減うんざりしてきたよ」

「それならリンゴ酒でも飲めばいい」ビーフは言った。「パブ以外のどこで、わしらに必要な情報が得られるって言うんだ？　ゴシップを交わす場所は二つしかない——パブと教会だ。それに、この事件で牧師はもうたくさんだよ」

ぼくたちはパブに入ると、こちらを好奇心丸出しで見ている年輩の男の隣の、樅板《もみいた》のテーブルの前に静かに腰を下ろした。ビーフは時間を無駄にしなかった。彼が専門とする分野が一つあるとすれば、それは酒場で自分が一番関心のある話題に会話を持っていくことだった。

「よく冷えているな」というのが開口一番のせりふだった。

「身を切るよう《ビター》だ」と老人は返答したが、これはビールではなくて天候のことを言ったのだ。

「厳しい冬ですな」短気を起こしてはだめだと知っているビーフは話を続けた。

「そうだな。遠くから来たのかね？」

「ロンドンから」とビーフ。

「仕事で？」

「まあね」

「どんな仕事だね？」

「旅をしているわけじゃない」ビーフは答えた。「家族の用件でね」

男が好奇心をかき立てられたのは明らかだった。

「ピッテンデンにいる家族なのか？」間を置いてから、男は尋ねた。

「そうなんだ」とビーフ。「たぶん、あんたの前の時代だよ」

それを聞いて男はにやりとした。

「わしの前の時代だって？　へえ。そりゃあ、随分と大昔なんだな。わしはここで生まれて、親父も爺さんもそうだ。それ以上昔のことは知らない」

「ほう」とビーフは言うと、この初対面の男に対する次なる発言を控えて、ビールを飲んだ。

「あんた、ピッテンデン生まれかね？」男が尋ねた。

「いや。ロンドン生まれだ」

「もしかして、こっちに親戚がいるのかね？」

「そういうことになっている。だが、わしは名前を正確に知らないんだ。もう死に絶えたと聞いている。農業をやっていた」

「百姓だったのかい？」

「そう聞いている。わしくらいの年齢の娘がいた」

ビーフはあらゆる情報を聞き出されて不本意な様子だったが、この単純な策略が初対面の男から集中力と記憶力を引き出すのに効果的だったようだ。

「その夫婦について何か知っていることは？」

「今話した娘はこっちで結婚した。およそ二十年前のことだ。幼い娘も生まれた。しかし、亭主はあまり良い人間ではなくて、妻を捨てた」

「二十年前か？」

「だいたいその頃だ」

「心当たりがないなあ」

「農夫だ」ビーフが繰り返した。「この前の戦争が終わってから、遠いことじゃない」

「一人娘だったのかい？」

「それはわからない」とビーフは言うと、そのことを頭から振り払うように、立ち上がってビールを三杯注文した。

「誰も思いつかないのは不思議だ」男は言った。

「あんたよりも前の時代かもしれないと思うよ」ビーフはほとんど失礼なまでの言い方でぼそぼそ言った。それからぼくの方を向くと、壁にかかっている油絵についてばかげた話を始めたが、彼がとりわけ何の知識もない話題だった。

突然、男から声が上がった。

「わかったぞ」彼は言った。「ウィル・サラグッド爺さんの娘だ。ロンドンの男と結婚したが、そいつは妻を捨てて逃げたんだ」

「サラグッドだって？」

「ああ。かつてはロスバック農場を持っていた。それに、娘はそこの一人娘だったよ。その男は薬の巡回セールスマンで、ここに来たんだと思う。名前は覚えていない。サラグッドの娘と出会って、一か月後には結婚した。その当時はみんなが驚いたものだよ。だって、美人ではなかったし、もう若くもなかったから」

「どんな顔だった？」ビーフが尋ねた。

相手の男は笑い出した。

「女というよりは男みたいだったな。まあ、子供の頃から農場で働いていた。男だったら誰とでもやらせてくれるという噂だったが、本当かどうかは知らない。しかし、これだけは言っておくが――爺さんにとっては素晴らしい家政婦だった。母親のように世話をしていたよ。だから、娘がロンドンの男と結婚した時には、爺さんはいい顔をしなかった。

だが、それも長続きはしなかった。赤ん坊が生まれるとすぐに、亭主は妻を置いて逃げ、彼女は父親の家に戻った。父親の暮らし向きはあまり良くなかった――零細農家にとっては悪い時期だったから――彼女が戻って喜んだ。二年後に父親が亡くなり、ロスバック農場を売らなければならなかった。話題にしている娘の手元にはたいした金は残らなかった。娘は赤ん坊を連れてどこかに奉公しに行った。その後の消息は知らない」

「それじゃ、彼女の母親は誰なんだね？」ビーフが無関心そうに尋ねた。

「サラグッド爺さんが結婚したのはレクリーの方にいたブラック家の一人だ。奥さんはこういうことが起きる以前に亡くなっていたがね」

ぼくたちは二人とも、出て来たばかりの名前を聞いても平然としていた。ぼくは自分のささやかな仮説があらゆる点で確認されたのを見届けた。ショルターがブラック夫人を捨てて逃げ、実の父親が亡くなると、彼女は母方の姓を名乗って、新たな人生のスタートを切ったのだ。

「二人はどこで結婚したのか知っているかね？」なおもビーフが尋ねた。「つまり、このロンドンから来た男とミス・サラグッドのことだが」

「ああ。地元の教会さ。結婚式のことを覚えているよ。まあ、覚えている人間は多いだろうな。結婚衣装に身を包んで、あの娘はちょっと場違いだった。根っからの百姓娘だったんだ」

会話を巧みにこの方向に向けたビーフは、同様な手腕を発揮して今度は別の話題に転じた。数分後、ぼくたちはドアに〝セールスマン専用室あります〟とある陰気な建物に入り、そこで昼食にした。

「結局はまた牧師に会う羽目になったな」ビーフが言った。「教会に行って結婚登録簿を見てみよう」

ぼくはため息をついた。しかし、ピッテンデンの教区牧師プリベンダリー・ボックスに会うと、喜劇的だろうがなかろうが、ほんのわずかな個性の片鱗も提供してくれないことがすぐに判明した。彼は抜け目なさそうな顔をした実業家といった人物で、何のご用でしょうかと尋ねたが、その口調から用件が何であろうとそんな暇はないと仄めかしていることが窺われた。ビーフがたどたどしい口調で結婚登録簿を拝見できないかと尋ねると、ほとんど言い終わらないうちに牧師はうなずいた。

「うちの庭師がご案内します。聖堂番も兼ねていて、鍵を持っているのです。その手数に報いるために、教会経費基金に些少の金額を支払うことができます。献金箱は南側の翼廊に置いてあります。ごきげんよう」

必要な物を見つけるのに半時間かかった。前の大戦以来、ピッテンデンにおける結婚とその届け出はかなりの数に上ったからだ。とうとう探している記載を発見すると、ぼくは勝利の叫び声を抑えきれなかった。というのも、ヘスター・サラグッドと結婚した男はロナルド・ショルターに他ならなかったからだ。

聖堂番兼庭師が登録簿を戸棚に入れて施錠すると、彼はビーフに牧師が教会経費の献金箱に寄付金を入れるよう言わなかったかと尋ねた。

「私に渡してくださってもいいですよ」彼は言った。「私が入れておきます。手間が省けます」

ビーフは彼の申し出に応じ、施錠する彼を残して立ち去った。

駅に戻ると、ぼくはビーフに、これが最初からぼくの考えていた仮説だったと言ってやった。ブラック夫人が夫に捨てられたという話を聞いた最初の瞬間から、真相はこうなんじゃないかと思っていた。

「本当かい?」とビーフは最大限の皮肉を込めて切り返した。名声を独り占めできなくなることについてビーフが面白く思わないことくらい予想して然るべきだった。

その後、晩になって、ブラック夫人に面会するためにぼくたちが再びチックル氏の家を訪ねた時、ビーフはいささか厳しい態度を取った。老紳士はまだ不在だったが、翌朝には戻ることになっていた。ブラック夫人はしぶしぶながらぼくたちを中に入れた。

「ピッテンデンに行ってきました」ビーフが言った。

依然として彼女はぞんざいな対応と無関心を装って、防御の姿勢を崩さなかった。

ピッテンデンという地名を聞いても彼女の顔は変わらなかった。

「あなたがどこに行こうと、私の知ったことではありません」夫人は言った。

「地元教会の結婚登録簿を見ました」

すると彼女が目を剝いた。

「では、知っているのね?」彼女はあえぎながら言った。

「ショルターがあなたのご主人だったことなら知っています」

すでに知っていたように、夫人の不機嫌な態度の奥には溢《あふ》れ出さんばかりの多弁が隠されていて、いつしかぼくたちは夫人の長い話をぽつりぽつりと耳にしていた。

「ええ、そうですとも。私は彼と結婚しました。でも、彼が殺されたことと私は何の関係もないとはいえ、彼が何者なのかあなたが嗅ぎ回り始めて突き止めたりしなければ、悲しいとも思わなかったでしょう。こうなった以上、娘がこのことを知ることになってとても残念です。というのも、あの子は父親は死んだとしか知らされていないからです。亭主はいつも薄汚いろくでなしで、自分がどうしてあんな男と結婚したのかわかりません。あの男が私と結婚した理由は簡単です――彼にとっては住み心地の良さそうな農場が手に入ると思ったからです。やがて、あそこが抵当に入っていて、父の仕事がうまくいかず、娘が生まれるとわかると、亭主は出て行きました。離婚するために亭主を追い、居場所を見つけるために新聞に彼の写真を載せるべきだと人から言われましたが、私はそうしませんでした。亭主がいなくなったのはいい厄介払いだと言い、あの邪悪な顔を二度と見ないで済むなら、私はなんとかやっていけると思ったんです。ここに仕事に来て、ショルターという名前さえ聞かなかったら、彼の顔を見ないで済んだことでしょう。すると、或る日のこと、私はバーンフォードで亭主とばったり出くわし、亭主の方も私にすぐに気づいて、それからは心の平和はなくなりました。亭主はメイベルが結婚したことなどすべて突き止めると、私にお金をせびり始め、くれなければ娘の家に乗り込んで自分が誰なのか話すと言いました。そんなことになったら何もかも台無しです。私は持っているお金を亭主にやりましたが、もちろん彼はもっと多く要求してきました。それがクリスマス・イヴにメイベルと会った理由です。リボンが来て、あの人が森の中で死んでいると言われた時のことは絶対に忘れないでしょう。悲しかったなどと言うつもりはありません。悲しくなかったのですから。私の心から重荷が取れたのです。誰にもあの男が自分の亭主だったなんて言いませんでしたし、あなたがやって来て突き止め、私が彼を殺したと考えるなんて思いもしませんでした」

「あなたが殺さなかったのなら」ビーフが言った。「誰が殺したのです？」

「あれが殺人で自殺ではないと聞いてから、それこそずっと私が自分に問いかけていたことです。本当の話、私は自殺だなんて思ったことはありません。彼は自殺するような人間ではありませんでした。自分のことを過大評価していました」

「誰か他の人間からお金を手に入れていたとは思いませんか？」

「とにかくこっちで、どうやってそんなことができたのかわかりません。たぶんそうじゃないかと思いますが。気の毒な妹さんがいつもお金をやっていない限り」

「ご主人はミスター・チックルと何か関係がありますか？」

「私の知る限り、二人は会ったこともありません」

ビーフは考え込んでいる様子だった。とうとう彼は口を開いた。

「わしにはどうしてあなたが包み隠さず、事情を娘さんと義理の息子さんに打ち明けないのかわかりません」というのがビーフの言葉だった。「素敵な若夫婦です。だいじょうぶ、義理の息子さんはわかってくれますよ。娘さんもです」

ブラック夫人はそれには答えなかったが、ぼくたちが辞去する前に、彼女は〝あなたたちにも仕事があるでしょうから〟と容認する発言をし、自分の結婚の話を打ち明けて胸のつかえを下ろし、前よりも気分が楽になった様子だった。だからといって、彼女の無実が証明されたわけではないと、ぼくは思った。

第二十四章　お約束の第二の死体

翌日はぼくにとっては活動の乏しい日になった。この日、ビーフは〝手帳を研究する〟と称する仕事に取り組んだ。ぼくはその種のことを自分でやるのを断念して久しかった。というのは、経験を積んだ記録者の目で他の探偵小説を読んだ結果、容疑者の一覧表、時刻表、入念な手がかり目録、等々は、本当の推理からは何も出て来ない時に、一章を満たす必要があると感じた作者の常套手段であるという認めたくない結論に達したからだ。それに、ぼくは自分の仕事はビーフの行動を、他の作家が〝ケイティーがやったこと〟（スーザン・クーリッジ作の童話）と述べたのと同様に忠実に記述することだと認めて、この規則からはずれることはしないと決めたのだ。ぼくの行動がわずかでも意味を持つのなら、ぼくはバーンフォード勤労者クラブでスヌーカー（玉突きの一種）のゲームをやっていて、ビーフによって成し遂げられるはずの、疑いなく記念碑的な熟考の結果を待っていたと述べておこう。

「事件は解決したのかい？」その晩、ぼくは朗らかに尋ねた。

「完全にではない。合理的な動機がわからないんだ」

彼が謎めいた態度を取っていると知ると、ぼくは彼をほったらかしにした。

「今日、チックルが戻って来た」ビーフが言った。

「ほう?」

「そうなんだ。あの日、ショルターが乗ったのと同じ列車で」

「ああ」ぼくは彼の口癖になっている相づちを真似して言った。

「明朝、彼に会いに行こう」

「彼は君の訪問に飽き飽きしているとは思わないか?」

「そう願っている」ビーフの返答は謎めいていた。

しかし、ぼくたちは朝になる前にチックルに会う定めだった。しかも、意外なことに対して長い経験のあるぼくにとっても、驚くべき状況で。

その夜、十時十分前頃、ビーフがパブでやっていたダーツの点数を嫌々ながら書き留めていると、ブリスリング氏が入って来て、ブラック夫人がビールの量り売り場《ボトル・アンド・ジャグ》にやって来て、ビーフと個人的に会いたいと言っているとぼくの耳にささやいた。フィニッシュを決めるためにダブル・エイティーンを投げると、ビーフはぼくを連れて、ジョー・ブリッジが話をした奥の小さな部屋で家政婦と面会した。彼女が恐慌状態にあることは一目でわかった。

「どうしたんです？」パブの閉店時間間際の訪問を迷惑に思っていたビーフが尋ねた。

「ミスター・チックルのことです」ブラック夫人が口走った。「今日の午後、戻って来られると、顔色がとても悪くて、気分が悪そうでした。私には一言も口を利かず、お茶に口もつけませんでした。それから、暗くなるとすぐに上着を着て帽子をかぶると、『ミセス・ブラック、私はこれからミスター・フリップを訪ねるつもりだ、いいね。私がどこに行ったか誰かに訊かれたら、ミスター・フリップを訪ねに行ったと伝えてください。どうか、忘れないでくださいよ』とおっしゃったんです。そして、あの方は外出しましたが、それ以来戻っていません。出かけてからもう五時間近くになりますって、私は心配で気が気じゃありません。森の中の殺人とかいろいろありましたし」

「彼は銃を持って行きましたか？」ビーフが尋ねた。

「銃ですか？　もちろん、持って行きません。何のために？　あの方が出かけた時は暗くなっていました」

「ふむ、やることは一つしかありません。わしらはこれからチャットー警部に報告に行き、彼がどうするか聞きます。警部がフリップの家に行くと決断しても、わしは驚きませんな。さあ、行きましょう」

　チャットー警部もワッツ‐ダントン巡査も、ぼくたちの顔を見てあまり嬉しそうではなかったが、ブラック夫人の話を聞くと、ビーフの予想通り、警部は直ちにウッドランズ荘行きを決めた。二人の警察官が慌ただしく防寒上衣を着るのを待ちかねて、ぼくたち四人は出発した。ブラック夫人は今夜はもう何と言われてもレイバーズ・エンド荘に戻る気にはなれないと言って、友人のウィルクス夫人の家に向かった。

風の強い一月の暗く寒い夜を長時間歩いたことは容易には忘れないだろう。二人の警察官が前を歩き、二人だけで何か話していたが、ぼくたちがいることは大目に見てやっているのだぞとばかりに、こちらには何も話しかけなかった。ビーフも黙りこくっていて、ぼくは自分だけの考えに耽ることができてありがたかったが、その考えは決して穏当なものではなかった。ブラック夫人に関するビーフの捜査にもかかわらず、事件の中心はウッドランズ荘にいるはずの二人の対照的な人物のように見えた。すなわち、大柄で威張り屋のフリップと小柄で話し好きなチックルだ。ぼくには自分の考えていることが起きたという明確な考えができていたわけではないが、長時間経ってもチックルが戻って来ないことについて、警察の取っている深刻な見方に同感だった。

風を顔に受けながら進んで行くと、前方の道に何者かの姿が浮かび上がり、チャットー警部は近づいて来る人物に懐中電灯を向けた。ジョー・ブリッジだった。

「どこから来た?」チャットーが尋ねた。

「自宅ですよ。バーンフォードに行くんです」

「途中で誰かに出会わなかったかね?」

「一人も」

この道はブリッジの通る最短経路ではないことを知っていたが、ぼくは何も言わなかった。再びぼくたちは進み続けた。短時間、雲が半ば晴れて月が鈍く輝く時もあったが、すぐにまた暗くなった。とうとう、森を抜けてフリップの家に向かい、敷地に入る長い車回しの入口にぼくたちはたどり着いた。すでに風が当たることはなくなり、頭上の剝き出しの枝が立てる音を除けば、夜は静かになっていた。

ウッドランズ荘が見えてくると、チャットーは立ち止まり、ぼくたち四人は薄闇《うすやみ》の中に目を凝らした。

「明かり一つついていないな」チャットーが言った。

「眠ったのかもしれません。もう十一時近くです」

「では、われわれは彼らを起こさなければならない。行くぞ」

暗闇の中で何か動くものが現れるのを予期するかのように、周囲を見回しながら、ぼくたちはゆっくりと正面ドアに近づいた。窓は生乾きのインクを塗ったように黒光りしていた。犬一匹吠えない。

すると、驚いたことに、正面ドアが大きく開いていて、奥の暗いホールを一瞥することができた。ぼくたちはしばし耳を澄ましたが、人が身動きするような音は聞こえなかった。

「誰かいますか?」チャットーが声をかけた。さらに声を大きくして呼びかける。「誰かいますか?」

暗い家の中で何者かが聞き耳を立てて待ち構えている——もしかしたら恐怖に駆られて身を潜めているか、寝室の鍵をかけたドアの背後に立っている——という不気味な気分になった。

「照明のスイッチはどこだ?」チャットーが尋ねた。

「電灯はありません」ワッツ-ダントンが答えた。

チャットーが懐中電灯でホールをなめるように照らした。見えたのはありふれた物ばかりだ——ホール用テーブル、かけてある上着、二、三本の傘。場違いに見える物は何もない。チャットーは左側のドアに向かってホールを突っ切り、ドアをさっと開けて、再び懐中電灯で内部を照らした。小さなダイニング・ルームだなとぼくは思った。消えかかった暖炉の赤い燃えがらの前の敷物に人が横たわっていた。

「驚いたな!」ぼくはビーフにささやいた。「あれはフリップらしいぞ!」

確かにフリップだった。彼はうつ伏せに倒れて、両腕の間に顔を埋め、上から下まで身支度を整えていた。チャットーが彼にかがみ込んだ。

「死んでいるんですか?」ぼくは尋ねた。

「泥酔している」警部はざっと調べてから、手短に答えた。「匂わないかね?」

確かに匂った。気の抜けたアルコールの嫌な匂いだ。

ワッツ・ダントンがマッチを擦《す》って、テーブル・ランプを灯した。黄色い明かりが、不似合いではあったが、床に横たわっている姿を細部まで照らし出した。すでにチャットーが彼の体をひっくり返して、警察の容疑者の紫色に近い顔色を見ることができた。

無造作にチャットーは男の頭部にガラス瓶の水をぶっかけると、フリップは最初は落ち着かなさそうに身動きしたが、突然がばと起き上がった。

「いったいこれは……」

しかし、彼が質問する前に、チャットーが機先を制した。「奥さんはどこです？」

「出て行った」とフリップは言うと、再び横になった。

「では、使用人たちは？」

「出て行った。全員出て行った。私を一人残して。いったいお前は何者だ？」

「警察だ」チャットーが言った。

今度はフリップは身を起こして、立ち上がろうとしたができなかった。

「何の用だ？」彼が尋ねた。

「私はミスター・チックルを捜している」

フリップは興味を失ったようだった。彼は「ああ」と言って、目を閉じた。

「彼に最後に会ったのはいつだね？」

「誰に？　チックルか？　何日も前だ」

「今日は会っていないのかね？」

「今日だって？　ああ。一日中外出しなかった。誰もが出て行って、私一人が残った。食料もない——何も。家内は私を見捨てた。使用人もいなくなった。さあ、眠らせてくれ」

　チャットーは彼を揺さぶった。

「ミスター・チックルが今晩、あなたに会いに来たことをわれわれは知っている」

「本当の話だ。彼は来なかった」

「あなたに会うために家を出たんだぞ」

「絶対に——そう——来ていない。本当だ。チックルなら知っている。ここに来たのなら、会っているはずだ」

「いつから酒を飲み始めた？」

「三十年前だ」

「いい加減にしろ、ミスター・フリップ。今日の何時に酒を飲み始めたのかということだ」

「一日中、飲んだり飲まなかったりだ。家内に見捨てられたんだ。しかし、チックルに会ってもわからないほど酔っ払ってなどいない」

「どれくらい眠っていた？」

「数分だ。八時頃にうとうとした」

チャットーはワッツ・ダントンにうなずいて、フリップと一緒にいるよう指示した。残った三人は家の中を捜索し始めた。妻と使用人たちが出て行ったという彼の話が真実であったことはすぐに明らかになった。彼らの部屋にある戸棚も引き出しも中身が空になっていて、不要になった衣類が乱雑に放り出され、梱包《こんぽう》用の紙が床や家具に残っていた。しかし、誰も屋内にはいなかった。ぼくたちは人間が隠れることのできるあらゆるスペースを念入りに調べた。

一つの寝室に大きなブリキ製のトランクがあり、ぼくがそれをこじ開けようとしていると、ビーフが中に何が入っていると思うんだと尋ねた。

「中にチックルが入っているとでも？」にやにやしながらビーフが言う。

たとえあの時計職人のように小柄な人物でも、一人の人間が入るほどの大きさはなかったので、ぼくはビーフに死体をバラバラにした話を聞いたことがあるかと訊いた。これを聞いてビーフもぎょっとなったに違いない。彼は笑いながら近づいて来た。中には空の瓶が詰まっていた。

とうとう、チックルを見つけるにはよその場所を捜さなければならないことが明らかになり、ぼくたちはホールに集まった。

「君は今夜はここにいてくれ」チャットーがワッツ - ダントンに言った。「私は明朝一番にフリップの逮捕状を取る」

ワッツ - ダントンは自分の持ち場に戻り、ぼくたち三人は再び寒くて暗い夜の中に出た。外に立つと風は少し凪《な》いできたようだった。さもなければ、木々に守られて少し静かになったのかもしれない。いずれにせよ、夜に響く音を意識するようになった――ホーホーという梟《ふくろう》の鳴き声や、ぼくたちのいる場所から近い小屋の仕切り板を馬が蹴る音。

チャットーはチックルが通った経路を通ってレイバーズ・エンド荘に行こうとしていたが、いきなりビーフが静かにという合図をして「シッ！」と言った。

ビーフはいったい何の物音を聞いたのだろうと思いながら、ぼくたちは彼の顔を見て立ち尽くした。

「フリップは馬を飼っていなかったのでは？」

「だと思うが。なぜかね？」

「とにかく、あの音は馬じゃない」彼は興奮して言うと、ぼくたちの立っていた場所に近い小屋のドアに向かって駆け出した。ドアはビーフの手でこじ開けられ、チャットーの懐中電灯の強力な明かりでぼくたちは内部を覗き込んだ。

読者には予想できただろうか？　だとしたら、読者はぼくよりも先見の明があるというものだ。ぼくの目にした光景は完全に意表を衝くものだった。小屋には地上ほんの八フィートのところに丈夫な梁《はり》が何本も通っていた。壁に一番近いそのうちの一本からウェリントン・チックルの死体がぶら下がっていて、ドアの外から聞いた恐ろしいリズムを爪先《つまさき》が刻んでいた。フリップと同様に、彼は上から下まで身支度をして、防寒上衣を着、目を覆うようにかぶったフェルト帽が滑稽《こっけい》だった。足元には古い木製椅子が、まるで彼が蹴り倒したように倒れていた。

すぐにチャットーが折りたたみナイフを取り出してロープを切り、同時にビーフは小男を地面に下ろした。ぼくが息もできないで立ち尽くしていると、ビーフがチックルにかがみ込んだ。

「完全におっちんでやがるな」というのが調べ終わった時に彼が述べた、下品で死者に対する敬意を欠く見立てだった。

第二十五章　チャットー逮捕状を取る

しばらくの間、ぼくたちはグロテスクで小柄な死体を見下ろしていた。やがて、チャットーは懐中電灯の明かりを上着の左の下襟にぞんざいにピン留めされた四角い紙片に当てた。そこには大きな子供っぽい字で次のような言葉が書かれていた。〝私は失敗した〟。これが自殺だとしたら、死者は異様なまでに簡潔なメッセージを残したものだ。ぼくはすぐに、普通の書き方でも用を足せるのに、どうして大きく角張った文字で書かれているのだろうと思った。

きちんとした黒い服に身を包んで、力なくだらんと横たわった死体は悲哀を感じずには見ることができないと思ったが、飛び出した目とぞっとするほど引きつった唇は、哀れというよりも気味が悪かった。そして、ぼくたちが捜査をしている犯罪と不思議な関係を持ち、家政婦によれば殺人のあった午後以来、まるで人が変わったようになった、この礼儀正しい老人について、ごくわずかしか知らないことに気づいた。

「これで解決だな」チャットーが手短に言った。「フリップ逮捕についてわずかでも疑念があったにしても、これで充分だ。私が大きな間違いを犯していなければ、これはフリップの三番目の殺人だ」

「そうでしょうか?」ビーフが言った。「どうしてこれが殺人だと考えたのですか?」

「自殺に見せかけた殺人以外の何だと言うのかね?」

「殺人に見せかけた自殺の可能性もありますよ」ビーフがきっぱりと言った。

チャットーは通常、小説家が「ふふん!」と表現するような、あの興味深い声を発した。

ビーフは死体にかがみ込んだ。「警部はこのラベルが彼にピンで留められたものだと思いますか?」

「思う」チャットーが言った。

「では、手がかりがあります。これが他人の手でピンで留められたとすれば、そいつは左利きです」

「どうしてわかる?」

「わずかに左の胸に近くて、チックルを正面から見た時に、ピンは左から右に向かっています。つまり、自分でやったとすれば右から左に。自分でピンを使ってみてから、他人に対してやってみれば、直感的にどっち向きにピンを刺すかわかりますよ」

思うに、真夜中が近づいて疲れ、暖かいベッドに入りたくなって、ぼくたち全員の気分はいささか苛立っていた。

「下襟のピンがその向きに刺さっていることから、君は大真面目で私にチックル氏は自殺したのだと判断しろと言うのかね？」苛立ちでチャットーの声は大きくなった。

「わしは警部にどうしろと頼んでなどはいません。実のところ、わしが提案しているのは、まだ結論を出すべきではないということです。警部はこれが殺人だと、ほとんど結論を出されていました」

「その通りだ。そして、今でもそう考えている。さもなければ、彼はここで何をやっていたのかね？　われわれは彼がフリップに会いに出かけたことを知っている。彼が出かけている間に、フリップに関する事実を何か摑んだのかもしれない。あるいは、事情をすっかり知って、突然それをフリップに話す気になったのかもしれない。いずれにせよ、彼はここに来て、フリップが一人だけなのを知った。何が起きたのかは想像できる。あの大柄な男にとって、気の毒な小男を絞め殺し、小屋の中で吊《つ》り下げて、あのラベルをピンで留めるのは難しくはなかっただろう。それから立ち去って、酒を飲んだんだ」

「そのすべてが実際に起きた可能性はあります」ビーフは認めた。「しかし、わしはそうは思いません。あの紙片に書かれた言葉——私は失敗した——には興味深いものがあります。わしには殺人犯が自殺に見せかけたいと思ったら、被害者のために選ぶようなメッセージには必ずしも思えないのですよ。このメッセージには真に迫ったものがあります」

チャットーはビーフの言葉を無視して、かなり苛立たしげに死者のポケットを探り始めた。何もなかった。ハンカチ一枚さえない。

「どちらとも取れますな」ビーフが言った。

「この小屋を封鎖して、朝になるまで現状を保存する。次に、医者を呼んで、しっかり調べさせよう。もう真夜中過ぎだから、今夜は医師をここまで引っ張り出すまでもあるまい」

鍵は外の鍵穴に差してあったので、ことは実に簡単だった。しかし、ウッドランズ荘から立ち去る前に、ぼくたちが再び母屋《おもや》に戻ると、ワッツ・ダントン巡査がオイルランプの明かりで読書しながら、心穏やかに腰かけていた。フリップは依然として床に伸びて、高いびきで眠っていた。チャットーは巡査を部屋から呼び出して、外で発見したことについて慌ただしく小声で言った。聞いている間も、ワッツ・ダントン巡査の生真面目な長い顔の表情は変わらなかった。

「朝になってみなさんが来るまで、私が小屋を見張っています」とだけ彼は言った。

「この事件の関係者で誰か左利きの人間を知っているかね?」チャットーが尋ねた。

ビーフのささやかな言葉に、その時認めた以上に警部が強い印象を受けたことを知って、ぼくは微笑んだ。

「誰とは思い当たりません。あの人ではありません」横たわっているフリップの方を見下すように顎で示しながら彼は言った。「私が知っているのは、以前クリケット・チームに出たことがあるからです。ブリッジも違います。彼は毎週プレイしています。ブラック夫人がどうかはわかりませんよ、当然ですが」

「あの男をたたき起こした方がいいな。直ちに聞いておきたいことがある」

予想以上に簡単ではなかったが、ワッツ‐ダントンから執拗《しつよう》に揺すぶられて、とうとうフリップは目を開けた。

「何だ？」フリップは眠そうに尋ねた。

「今晩、交配小屋に行ったかね？」

「ああ。もちろんだ。鶏に餌をやった。家内が出て行ったからな」

「時間は？」

「四時頃かな。どうして？」

「どうしてなのかは気にするな。もういいぞ、巡査。われわれは出かける」

フリップの頭がだらんと垂れて、ぼくたちが部屋を出る前に、すでに両目は反射的に閉じていたことに気づいた。

ぼくたちは風を背中に受けて歩き始め、まもなく道路に出た。ところが、半マイルも進まないうちに、前方で誰かが口笛を吹いているのが聞こえ、ジョー・ブリッジの姿が見えた。チャットーが彼に止まるように言った。

「疑いなく後で知ることになるだろうが、今夜起きた或る出来事に関して」とチャットーは切り出した。「君がどこにいたのか尋ねなければならないんだ、ミスター・ブリッジ」

「いいですよ。おれはバーンフォードにいる伯父に会いに行っていたんです」

「人を訪問するには変わった時間だな」

「ああ。まあな。さようなら」ブリッジは朗らかに返事をすると、口笛を再開して、ずんずん歩き出した。

翌朝、目覚めたと思う間もなく、ビーフがぼくの部屋に入って来て、やるべき仕事がある、すぐに服を着込むようにと言った。髭剃りはあきらめなかったが、ぼくはできるだけ彼の要望を受け入れた。ビーフはぼくを急き立てて、彼がウィルクス夫人の家のドアをノックした時にはまだ七時になったばかりだった。ドアを開けたのがプラック夫人だったので、ぼくはほっとした。

「あなたに話しておくことがあります」ビーフがはっきりしない言葉で言った。

「今度は何です?」

「ミスター・チックルが亡くなりました。すぐにお知らせした方がいいと思って」

「まあ、大変。どうして？」

「首を吊ったんです」

「自分で首を吊ったってことですか？」

「そうなのか、あるいは——まあ、警察は殺人だと考えていますが」

「いったいいつになったら終わるのかしら？」ブラック夫人が叫ぶように言った。

「二人死んで、また一人」

「ショルターの殺人犯が捕まれば終わります。さて、わしはあなたにチックルの家まで来てもらいたいのです。中をしっかり調べたいのです。彼が何か興味深い物を残しているかもしれない」

「わかりました。ここで待っていてください。一分とかかりません」

彼女の予告は正確と言って良かった。ごく短時間で彼女は昨夜ぼくたちの泊まっている旅籠屋に来た時に——その出来事はぼくにはもうかなり前のことに思えた——着用していた使い古した黒い帽子と上着を着て、ぼくたちに加わった。彼女は確かにぼくたちの知る通り農夫の娘であることを立証した。レイバーズ・エンド荘に向かうのに彼女は先頭を切ってずんずん進み、ぼくは追いつこうとしてすぐに息を切らしてしまった。

バンガローの中に入ると、彼女は有能な家政婦に変身した。

「お二人ともお茶の一杯も召し上がっていないでしょう？　お湯を沸かす間、腰かけて待っていてください。あの方もお気の毒に――でも、驚いてはいません。前にお話ししましたが、最近は可笑しかったし、昨日入って来た時も見るからに奇妙でした」

「では、殺人だとは思わないのですね？」

「いったいあの方を殺そうなんて思う人がいますか？　もう片方の男なら私も理解できます。ですが、ミスター・チックルはお優しい方でした。誰にでも親しげな言葉をかけていました。あの方に敵などいなかったことは確かです」

まもなくぼくたちは熱いお茶を飲み、バター付きのパンにかじりついていた。プラック夫人は物思いに沈んでいる様子だったが、特に心を悩ませている風ではなかった。

それからビーフは引き出しや戸棚の中身を空け、書類を調べて、チックルの部屋を系統立てて調べ始めた。彼は急がなかったが、自分の興味を惹く物は見つからなかったようだ。書類は秩序正しく整理されていたが、いずれにせよ多い量ではなかったので、部屋の探索はぼくが予期していたよりも短時間で終わった。それから、チックルの部屋以外の場所に探索を広げたが、成果はわずかだった。

「彼が手紙でも残したと思ったのかい？　そういうことをやりそうな男だったからな」

ぼくたちがバーンフォードに戻った時には、村は騒然となっていて、警察署の外にバイクが止まっていた。

「どうやらチャットーが逮捕状を取ったようだ」ビーフが言った。

二人で朝食を終えるところで、ぼくはビーフから彼の仮説と結論を引き出すという、通常は無駄な仕事を試みることにした。彼はいつものようにぼくも彼と同程度に知っているから、ぼくの推測も彼のと同じようなものだと応酬した。

「君の読者が学んだのと同じことをやればいい」と彼は提案した。「登場人物の中で一番怪しくない人物を選び、それでどうなるか見るんだ」

「一番怪しくないのはアストンだな」ぼくがおずおず言った。

「ロビンはどうだ？」ビーフはにやにやしていた。

「彼のことは考えてもいなかったよ」

「それからブラック夫人と二人の使用人にメイベル・マクロイド……」

「ぼくは彼女を疑いたくない」

「どうして？　今までにも犯人があいう素晴らしい若夫婦だったことはある」

「君は誰がショルターを殺したのか知っていると思っているのか？」ぼくは尋ねた。

「ああ。知っていると思う」

「それならどうしてチャットーのところに行って、自分の仮説を披露しないんだ？」

「なぜなら、まだ完全ではないからだ。一つ言っておこう。わしの見るところ、事件全体に対する鍵の一つは、〝私は失敗した〟という短いメッセージだ。もう一つはサイズの大きすぎる靴。そしてさらに、ミス・パッカムがフリップに送ったクリスマス・カードだ」

「君の言うことを聞いているといよいよ難しくなるだけだ」

「まあ、難しいさ。争う余地のないまで事件を立証することができるか、わしには疑問だ。君にもわかっているだろうが、これは尋常ならざる事件なんだ」

「ふむ。君はチャットーが過ちを犯していると考えているんだね？」

当の警察官がとがめられるのを聞いて、ビーフは硬い表情を崩した。

「彼はあまりにも多くの証拠を無視している」ビーフは言った。「自分の考えに合致する証拠だけを選び、合わない証拠は捨てているんだ」

噂をすれば影だなと思った。その時、チャットー警部が部屋に入って来たからだ。前夜以来、彼はまるで人が変わっていた――潑剌《はつらつ》として血色が良く、髭をきれいに剃っていて、愛想良く微笑んでいた。

「私が犯人を逮捕する現場にお二人とも居合わせたいだろうと思ったのでね」と警部は言った。「一、二の証拠に関して助けていただいたから。逮捕状を取ったので、これからすぐに出かけるところです」

「いいですな」ビーフは警部の提案を受けた。「人が殺人罪で告発された時、どのように振る舞うかはいつでも興味深いものです」

チャットーはにやにやした。

「とりわけ、その告発が間違っている場合はだろう？　さて、お二人とも一緒に来ていただければ、ご自分の目で確かめることができますよ。今朝はパトカーを使います」

それ以上誘われるまでもなかった。その朝は厳しい寒さだったので、ぼくたちは防寒上衣を着てから、警部の後に続いて外に出た。

第二十六章　フラスティング氏の話

フリップはすっかり酔いを醒《さ》まして、ぼくたちがウッドランズ荘に到着した時には、入浴と髭剃りを済ませていた。実際、彼はワッツ‐ダントン巡査よりもよっぽど潑剌としていたくらいだ。チャットーがお決まりの言葉を持ち出して、いかなる発言も彼に不利な証拠として用いられることがあるという警告で結んだ時も、フリップはいささかの驚きや感情も見せなかった。

「あんたに疑われているとは思っていたよ」と彼は面倒臭そうに言った。

チャットーがフリップの使ってきた三つの名前すべてを読み上げると、フィリップスンとフリップについては何の注意も払わなかったのに、どうしてチャットーはフェルプスと呼んだのかと、ぼくの印象ではかなり不安げにフリップが尋ねた。

「もしかしたら忘れているのかもしれないが」とチャットーは穏やかに言った。「シヨルターの薬局で君が毒薬購入簿に署名するのに使った名前だ」

ぼくがこの浅ましい男をじっと見ていると、警部の静かな発言が効果を現した。

ことに気づいた。
「弁護士に会いたい――ミスター・アストンだ」と言ったその声が微かに震えている

「署から電話をかければいい」チャットーが要求を認めた。「君をアシュリーに連行する」

ワッツ・ダントンが彼の上着を持って来ると、フリップは家をしっかり戸締まりするよう強調した。フリップが内側から窓の戸締まりを入念に行うと、その後はドアからドアまで人が張り付いた。しかし、ウッドランズ荘を出発してからは何の会話もなかった。

その日の午後、ビーフからの電報に応じて、この事件でぼくたちが会う必要のあった大勢の人々のうちで最後の人物がバーンフォードに到着した。今になって思い起こせば、捜査中に一度ならず話に出た、チックルの友人フラスティング氏を呼び出した意味が、ぼくにはまるでわかっていなかったことを認めなければならない。彼は小男の時計職人の生涯の友と呼ばれ、チックルが店を盛り立てる間、何年にもわたって隣人だった。しかし、ぼくにはどうして彼がショルター殺し、あるいはチックル自身の死に関して何らかの光明を投げかけることができるのか、理解できなかった。ところがビーフは、フラスティング氏との話を重視して、〝鎖を繋ぐ最後の輪〟とまで言い切った。

彼はバーンフォードに、今となっては運命の列車で到着し、ビーフは彼を出迎えに駅に行った。長身痩軀《そうく》のごま塩頭の男で、時代遅れの縁なし鼻眼鏡をかけ、黒いオーヴァーコートに、細い首には大き過ぎる糊《のり》の利いたカラーをしていた。青い目は潤んでいて、故人のことを話すのに厳粛な調子を出そうとして甲高《かんだか》い声になった。

「すぐにお知らせすべきだと思いまして」駅からの道すがらビーフが言った。

フラスティング氏の次の言葉にぼくはびっくりした。

「自殺なんでしょう?」彼は言った。明らかに彼は自殺と考えて何ら不自然とは思っていなかった。

「わしはそう考えたのですが」ビーフが言った。「警察には別の考えがあります」

「いやいや。残念ながら自殺ですよ。実際、私はこんなことになるのではないかと思っていたと言ってもいいくらいです」

「本当ですか?」

「ええ。ご存じのように、彼は私に会いに来たばかりです。二、三日滞在しました。彼の様子はいつもとはまったく違っていました、巡査部長。まったくね」

ぼくの印象では、ビーフはフラスティング氏を急かせて不充分な話をさせるよりも、彼から一部始終を詳細に聞き取る決意をしていた。

「お茶でも一杯いかがですか?」とビーフが誘った。「お茶を飲みながら、お話を聞かせていただけませんか？　ねえ、ミスター・フラスティング、故人に関するあなたの知識が、この二つの死にまつわる謎を解明するために大きな助けになるというのが、わしの意見です。その点に関する警察の意見は知りませんが、わしには自分の意見はわかっています。過去から最近に至るまでのミスター・チックルに関してあなたが知っていることを話していただけるなら、非常に貴重な情報になることでしょう」

「もちろん、私にわかっていることなら何でもお話ししましょう」フラスティング氏が答えた。「しかし、最近になって、自分は本当にチックルのことをわかっていたのだろうかと疑問に思うようになりました。あの男には底の知れないところがあって……」

「話はお茶を飲んでからにしましょう」クラウン亭に到着すると、ビーフがしっかりした声で言った。

やがて、フラスティングが話をする時間になった。彼はパイプに火をつけると、ぼくたち二人をおどおどした目で見ながら口を開いた。

「ウェリントン・チックルのことは彼が若い頃に」と彼は言った。「時計職人に弟子入りした時から知っています。それに、彼のことを知る人間が他にいるとは思えません。いいですか、彼には二つの側面がありました。面白みのないありきたりの店主と、そのうわべの奥に、世間に自分の生きた証《あかし》を残してやると決意した、激しく野心的な心が隠れているのです。彼について知っておくべきことはそれです——あの男の性格を理解する鍵です——彼は自分の足跡を世間に刻もうと決めていました。たぶんあなたもご存じの、話し好きな小男しか思い浮かばなかったら、奇妙に思えるかもしれませんが、私は彼の奥底にあるすべてを知っているのですよ。私は彼の秘密を打ち明けられたのです。最初の最初からそれが彼の決心でした」

「どうやって彼は自分の決意を実現しようとしたのですか？」

「おかしなことに、何年にもわたって、ごく普通のやり方で。彼は事業を大きくして、金を稼ぎ、私の思うに、ごく普通の方法で成功を成し遂げるつもりでした。ひょっとすると彼は自分のことを治安判事か、市長、国会議員にでもなったと思い、その執務室で歴史に名を残すことをしていると空想したのかもしれません。とにかく、彼と交友関係のあった長年のほぼ全期間にわたって、彼は事業を拡張し、財産を築くことに専念し、たぶんご存じでしょうが、その二つにおいて成功を収めました。大きな成功を収めたので、事業を売却して引退する時が来ると、彼は裕福になっていました。非常に裕福な人間と言っていいでしょう。その時、彼は私を初めて驚かせました」

「とおっしゃると？」ビーフが尋ねた。

「それなんですが、私は彼がこれから何をするのだろうと思って待っていました。彼が何かをするはずなのはわかっていました。彼は年寄りではありません。活発な精神と肉体の持ち主でした。彼にとっては心の奥で温めていた野心を実行に移す時が来たのです。私は彼が新聞社を買うか、爵位を買うかするのではないかと思っていました。

彼は以前、私に大真面目で打ち明けたことがあるのですよ。学校で教師に、お前はテムズ川に火を放つことなどできないだろうと言われたので、教師をびっくりさせるようなことをやってみせるつもりだと。今やその時が来たのです。それはいったいどんなことだろう?」

彼がこの修辞的疑問文を口にすると、ぼくたちはフラスティング氏の顔をまじまじと見つめた。

「驚いたことに」チックル氏の旧友は話を続けた。「彼は何もしなかった。事業を売り払うと、ロンドンに部屋を借りて引っ越し、見たところ漫然と満足して、そこに滞在していたのです。私には理解できませんでした。私は敢えてこれについて問い質してみましたが、彼は何かを密かに準備しているとでも言いたげに、謎めいたうなずきとウィンクをして、仄めかすだけでした。しかし、私にはそれが何なのか、首をひねらざるを得ませんでした。そして、時が経ち、彼が何の動きも見せず、余生を人知れず引退した時計職人として過ごして満足している様子なのを見ると、私はいよいよ困惑しました。

やがて、彼は私を最も驚かせることをやりました。彼は田舎にバンガローを買って、そこで静かに薔薇を栽培して暮らすつもりだと言うのです。私には信じられませんでした。理解していただかなければなりませんが、これは他の人間にとっては別に不思議ではありませんが、ウェリントン・チックルの内なる秘密を知る、この私にとっては信じがたいことでした。率直に私は彼に意見してやりました。お前の野心はどうなったのだ、ずっと長いこと世間に刻印を記してやると語ってきた決心はどうなったのだと、私は訊いてやりました。彼はただ微笑むだけでした。『それにはいろいろな方法がある』と言いました。まあ、いずれわかるのでしょう。

私はどう考えたらいいのか？　映画『ミニヴァー夫人』に登場するアメリカの駅長のように彼は不朽の薔薇を栽培しようというのだろうか？　それとも、そんなことが可能だとして、本を書いているのだろうか？　『セルボーンの博物誌』を書いたギルバート・ホワイトのように、不滅の名声を得る何かの計画があるのだろうか？　なかなか信じられないことでした。というのも、彼は何よりも文才に乏しかったからです。私は彼から無理矢理情報を引き出そうとはせずに、ひたすら待って、この友人である奇妙な小男がどうするのか見守ることにしました。

ここでの一年目、彼は陽気で忙しそうでしたが、彼の事業を買った男が店の名前を変更すると聞いた時は別でした。そのことで彼は気が動顛していました。何と言っても、彼がこれから何をしようとしていたにしても、彼がすでに成し遂げたことの証は繁盛している店にかかっている大きさ二フィートの金文字で書かれた彼の名前だけでした。見知らぬ名前に道を譲るために、それがかくも早くに消されてしまうことが、彼を心から苦しめたのです。

　しかし、そのことで彼は前よりも頻繁に仄めかしをするようになりました。彼が自分のことを述べる話し方には後ろ暗いとまで言えるようなところがありました。率直に言って、私は初めて友人のことを本当に正気と言えるだろうかと疑い始めました。私はこれまで、彼が世間を驚かせてやろうという密かな意図は、そうですね、固定観念《イデー・フィクス》のようなもので、それが危険なまでに偏執狂すれすれのところに至ったものだと思っていましたが、今や事態はもっと深刻だと思いました。

　やがて、ここで殺人事件が起きると、そのことで彼はすっかり気が動顛したようでした。ここまで深く心を動かされるほど彼が人間的だとはよもや信じていませんでした。私の知る限り、被害者とは口も利いたことがなかったのに。ところが、事件の起きたまさにその日以後、彼は人が変わり、先週私の家に泊まりに来た時、なぜなのか私には理解できませんでしたが、彼が失意の状態にあることを知りました。彼は言葉を尽くして、自分は失敗したのだと語りました」

「どういう意味で?」ビーフが尋ねた。

「それを彼は説明しませんでした。私は彼が人生において、すべてにおいて失敗し、そのことを彼に悟らせる事件が起きたのだと勝手に推測しました」

「しかし、何か特別なことがあったのでしょうか？」ビーフが問い質した。

「かもしれませんが、それが何なのかは私にはわかりません。彼が実際に本を書いていて、それを書き上げることができないか、出版社が見つからないことがわかったのでない限り。しかし、彼が私と一緒にいた時の鬱状態については何とも表現しようがありません。彼のことはよく知っていますが、彼が陽気でない時を見たことがありませんでした。満悦という方が適当かもしれません。あるいは、自己満足とか。しかし、彼はもう人が変わってしまいました。計画はすべて失敗したと、彼は何度となく苦々しげに繰り返しました。今朝、あなたから電報を受け取った時、私は少しも驚きませんでした。実際、彼はもう生きていくのは嫌だとさえ仄めかしたのです」

「何かを恐れているような印象を受けましたか？」ビーフが訊いた。

「いいえ。そんなことはなかったと思います。恐怖ではありません。心の挫折です。怒りと言ってもいいかもしれません。失望とか。しかし、恐怖だとは思いません。どうしてですか？　彼の死に方に恐怖を示唆するようなものがあったのですか？　それとも、そういう書き置きでも残したのですか？」

ビーフはチックルの上着に留められていた簡潔な言葉について話した。

「ああ、なるほど」フラスティング氏は言った。「いかにも彼らしい。彼はまさに同じ言葉を私に十回以上話しましたよ。それが彼の気持ちだったのでしょう——自分は失敗したと。きっと、それがどういう意味なのかすぐに知ることになりますよ」

「きっとそうでしょう」ビーフは言った。

「警察は殺人事件と見なしているとおっしゃいましたね？」

「私はそう確信しています。警察はショルター殺しの容疑者を逮捕し、その男が二つの事件で有罪だと信じているようです。しかし、警察はまだミスター・チックルの死については捜査を始めたばかりだと言っておくのが公正というものでしょう。警察は完全に意見を変えるかもしれません」

「自殺ですよ、私は確信しています」フラスティング氏はのど仏を活発に動かしながら熱を込めて言った。「彼はいつもの彼ではなかったのです、ビーフ巡査部長。少しもね。私としては狂気という言葉さえ使いたいくらいです」

初めてビーフがにやりとした。

「今でもそうですか？　それは興味深い」

「ええ」フラスティング氏は言った。「そうですよ。あるいは、仮に実際に気がおかしくなっていたわけではないにせよ、常軌を逸していたことは確かです。こんなことになるのではないかと危惧《きぐ》していました。はやり立つ野心というものですよ。われわれ凡人は幸運だと考えることがよくあります。そんな高望みはしません。われわれはもっと単純に作られています。あの小男の友人は苛《さいな》まれた魂の持ち主でした」

ぼくは後でその言葉を思い出した。〝苛まれた魂〟。

「なるほど」とビーフは言うと、訪問者の心を現実に引き戻した。「たぶん、あなたは検屍法廷に召喚されることになるでしょう」

フラスティング氏はため息をついて言った。

「でしょうな」

第二十七章　チャットー警部の説明

その晩、ぼくたちは新聞が〝〈死者の森〉殺人事件〟と呼んだ事件に関する最後の会議を開いた。

チャットーは大変なご満悦で、上機嫌で目を輝かせ、一つ以上の貴重な情報を提供してくれたビーフには、フリップを犯人として告発する警察の考えたシナリオを話してやろうと言った。ぼくたちが捜査を進めている間に多くのことが明るみに出たクラウン亭の奥の小さな談話室で、警部が概要を述べていくうちに、ぼくはその説の説得力を感じざるを得なかった。ビーフがどんな奥の手を持っているにせよ、フリップが絞首刑になるのはほとんど疑問の余地がなかった。

「私は彼の妻の殺害について検討するつもりはないし、検察側がどんな見方をするかはわからない」とチャットーは言った。「また、まだ充分な証拠がないという単純な理由から、チックル殺しについてフリップの有罪を立証するつもりもない――もっとも、個人的には彼が犯人だと思っているがね。私はショルター殺しに焦点を絞るつもりで、それに関してはいささかの疑問の余地もないと思う。そのことが証明されれば、私の見るところでは妻殺しも自然と解決し、そうなればチックル殺しも十中八九うまくいくだろう。

まず第一に、どうしてフリップはバーンフォードに住むことにしたのか？　ショルター兄妹だ。その頃、彼はショルターと親しかったか、あるいはわれわれが主張するようにショルターに恐喝されていた。事実上、後者であることはまず確実だし、フリップ当人がそのことを否定するとは思わない。しかしおそらく彼は、自分は妻に毒を盛ってはいないが、ショルターに恐喝されたのは、その当時、彼からモルヒネを購入していて、そのことが露見したら事件が彼に不利になることを恐れたからだと主張するだろう。いずれにせよ、ショルターの部屋からフリップの署名のある毒薬購入簿が発見され、フリップの口座から少額で何度も金が引き出され、その直後にショルターがバーンフォードに行って、フリップを暗くなってから訪問していた。恐喝に関しては、よもや疑問の余地はないだろう？」

「ほとんどありません」ビーフが認めた。

「よろしい。次に、この気性が荒くて力強い男フリップは、われわれの考えるところでは、自分の行く手をふさいでいる人間をすでに一人排除し、酔っ払いのろくでなしによって金《かね》を搾《しぼ》り取られていた。しかもこのろくでなしはフリップが恐喝されるネタについて知っている、十中八九唯一の人間だ。お膳立てはかなり単純だろう？　そのうえ、フリップは銃と、近隣で半ダースの人間が使っているのと同型の弾薬筒を持っている。フリップはショルターがクリスマスに戻って来て、〈死者の森〉を歩いて通り抜けるのを知っていた。これ以上、明らかなことはあるだろうか？

さらにフリップは、バーンフォードには嫌疑が降りかかるような人間が少なくとも二人いて、あの日の午後、そのうちの少なくとも一人にはアリバイがない可能性が高いことを知っていた。引退した時計職人のチックルと血の気の多い若い農夫ジョー・ブリッジだ。さて、彼自身は小男のチックルが、ショルターが通るはずの森を抜ける小道の特定の地点を気に入っていることに気づいて、そのことに注意を引いた。それなら、フリップはショルターが通るのを待ち伏せたらいいではないか。もしもショルターがチックルの——ミスター・タウンゼンドの言葉を借りれば——出没した地点で射殺されたら、チックルはショルターが撃たれたのと同じ銃を持ち運ぶことが知られている以上、たとえチックルの行動がそうは見えないとしても、チックルが疑われる可能性はかなりあった。さらに、彼はジョー・ブリッジが伯父と伯母に会いに土曜日の午後にコプリングからバーンフォードに徒歩で行く習慣があることを知っていた。運が良ければ農夫は犯行現場を通るかもしれない。フリップがやるべきことは、自宅から森を通る小道を通って現場に近づき、ショルターが現れるのを待ち、彼を射殺して、人に見られずに自宅に戻ることだった。

だが、殺人犯の通例として、彼は計画に凝りすぎた。妻がクリスマスに家を空けると知った彼は、自分の行動をあまり目撃されないように、何としてもウッドランズ荘から使用人を追い出すことを急遽《きゅうきょ》決めたのだ。彼が初めてミスを犯したのはここだった。あいにく、使用人の娘たちは屋敷を出たがらなかったが、彼は断固とした態度に出た。さて、いったいどうして？　彼が人に見られないことを望んだ以外に、いったいどんな理由があって使用人に出て行くよう言ったのか？　私の考えでは、それだけで彼を絞首刑にするにはほとんど充分だ。

しかし、彼はさらに証拠を残していた。疑問の余地なく、われわれはフリップが――それは君の情報に負っているんだ、ビーフ――あの日の午後、森の中にいたことを知っている。そして、そこから何ヤードと離れていない地点が犯行現場となった。ミス・パッカムはフリップにクリスマス・カードを送っていたが、それは三時直後に配達された。彼はすでに外出用の着替えをしていた――これもまたビーフから知ったことだが、ポケットに穴の開いた古い防水外套《マッキントッシュ》を着ていた。カードが彼に手渡され、時間的余裕がなかったので、彼は慌ててそれをポケットに突っ込んだが。空き地に行く途中で落としてしまった。それを発見したのはボーイスカウトだった。

さらに、自宅から一歩も出なかったというフリップの証言にもかかわらず、実際にはミス・ショルターが三時四十五分に訪問した時、彼は家にいなかったことを彼女から聞いている。実際のところ、彼はショルターを殺したばかりの空き地から自宅に戻る途中だった。

そして最後に、ジョー・ブリッジが空き地に近づくと、レインコートを着た男が木々の間をこっそり逃げていったという彼の証言がある。その男がフリップではないとしたら、いったい他に誰だというのか？　ブリッジが大柄な男と言ったので、チックルではない。あの日、森の中でショルターを待ち伏せしていたのが、われわれが聞いたこともない見知らぬ人物とでも仮定しない限り、他には誰一人として可能性のある人物はいない。この地域にいて、森の中に入ったことがわかっている他の二人の人物は、密猟人フレッチャーと副牧師のパッカムだ。両人ともレインコートは所持していない。そう、フリップがバーンフォードの方からショルターが来るのを待って木々の間に立っていると、誰かが来る物音がして、それがコプリングの方から来るブリッジだったと考えていいと思う。目撃されるのを望まなかったので、ブリッジが通り過ぎると、彼は木々の間を縫って急いで自宅に戻った。いいかな？」

「けっこうですとも！」強調するようにうなずいてビーフは言った。

「それから、ブリッジの証言にあったように、ショルターは小道を歩いてくる。なぜなら、ブリッジは半マイル離れたチックルのバンガローに到着する前にショルターに会ったからだ。そして、彼はゴルフ・クラブを運んでいた。私が是非とも知りたいのは、彼がその中に何を入れていたのかということだ。私の仮説では、入っていたのは数週間前に妹から無断で借用した銃だ。恐喝者を殺害すると、フリップはこのことに気づいて、まったく新しいアイディアが閃いたのかもしれない。自殺に見せかければいいのではないか？ そうしたら、彼自身の身を守るさらなる防御線にもなる。

　殺人犯としてのフリップの失敗はやり過ぎたことだ。もしも彼がチックルあるいはブリッジに嫌疑がかかるようにするだけで満足していれば、事件は彼にとってもっと好都合になっただろう。だが、だめだった——彼は新しいアイディアに抗しきれなかった。彼は死体を空き地の端に引きずって、小道から見えないようにし、手近にあった唯一のひも状材料——片方のポケットにあったか、ショルターが持っていた赤いテープ——を用いて、あたかもショルターが自殺したかのように工作した。不器用な工作だった。あの現場は弾道学の専門家を呼ぶまでもなく、男が小道に立っている時に数ヤード離れた地点から発砲されたと断言できる。フリップの知性を弁護するために忘れてならないのは、直線弾道距離範囲以内から十二番径の銃で発砲された場合、男の顔はほとんど吹っ飛ばされるので、弾道学の専門家が被害者の頭部から銃身までの正確な距離を判断するのはほとんど期待できないと彼が犯行時に考えたことだ。彼の準備がすっかり整うと、四時を過ぎた頃に、彼は重大なミスを犯していることに気づく。死体の握っていた銃は発砲されていなかったのだ。まだ手袋をはめていたので、彼は手持ちの弾薬筒二発を用いて、これを是正する。次に、こっそりとウッドランズ荘に戻るが、ミス・ショルターに目撃されていたことにも、パッカムからのクリスマス・カードを犯行現場近くに落としたことにもまったく気づかなかった。実際、フリップは自分がかなり巧妙に殺人をやってのけたと信じた。

さて、残りは推測であることを認めなければならないし、目下のところ事件を構成する要素にはなっていないが、いずれそうなることを期待している。私はフリップがチックルを殺害したと信じているからだ。どうしてか？ それにまた、チックルの家政婦の証言によれば、どうして彼はあの日の午後以来、人が変わってしまったのだろう？ 私に理解できる答えは一つしかない——チックルは事件の秘密を知り過ぎたのだ。彼は部分的に成り行きを見て、おそらく最も恐ろしい部分を目にした。そして、そのことが彼を苦しめた。規則正しい生活習慣を持つ、心優しい小男である彼は、かくも暴力的な事件と遭遇して苦悩し、事件から距離を置くことにした。彼がわれわれに嘘をついたのは、被告席からではなくて証言台に立つことから自分の身を守るためだった——君たちが想像する以上によくある嘘だ。しかし、それが彼の精神の重荷となった。彼は、ブラック夫人が述べたように、悩んで不幸になった。もしも彼が自分の務めを果たして、われわれ警察に知っていることを話してくれてさえいたら、命は助かったはずだ。しかし、彼は秘密を自分の胸の内にしまうことを選んだ。さて、その結果はご覧の通りだ。フリップは彼に知られていることを知っていた。二人は空き地で死体を前にして、一緒に話し合いさえしたかもしれない。それはけっしてわからないだろう。いずれにせよ、フリップは危険を冒すようなことはしなかった。彼は自宅に誰もいない時を選んでチックルを自宅に誘い、彼の口を永久に封じた」

「それはいささか具合が悪いのでは？」ビーフが言った。「自宅の厩舎で首を吊らせることを指しているのですが」

チャットーは肩をすくめた。

「これをフリップは自殺のように見せかけていた。もちろん、殺人と取ることだってできる。チックルが自殺したのだとしたら、実際には彼が犯人だったように見える。われわれはフリップが賭博者《とばく》だということを知っている。彼は二つに一つの可能性に賭けていた。これによって彼は自分にかかる二件の殺人の嫌疑を晴らすか、二件の殺人で絞首刑になるかだ。犯人の考えの通例として、悪い考えではなかった。

さて、以上が、安全装置《ロック》、銃床《ストック》、そして銃身《バレル》――この事件では実にぴったりだが――と決まり文句に言うように、事件の一切合切だ。私は君が先例に倣《なら》って、何もかも粉砕して、まったく異なる人物を殺人犯として指摘するのを待っているのだよ、ビーフ。そうなれば、ミスター・タウンゼンドは大満足で、警察は愚か者に見え、ミスター・タウンゼンドの読者は自分たちが期待していたもの——最終章での意外な結末——を得るというわけだ。さあ、どうなのかね？」

　ビーフはかぶりを振った。

「それはできません」彼は言った。「何もかも粉砕するだなんて。警部のおっしゃったことの中には多数の真実があって、わしには警部の仮説を一組のトランプのように切ることなどできません」

　チャットーとぼくは二人ともびっくりしたが、その理由は異なっていた。

「これは驚いた！」チャットーが声を上げた。「まさか警察の言い分が正しいと認めるつもりではないだろうな？」

「ビーフ」ぼくも声を上げた。「この事件の捜査と執筆にこれだけの時間を費やした挙げ句、ぼくをがっくりさせることになるのなら、許し難いことだと考えるね。君はそこに腰かけて、警察の容疑者が有罪で、結局のところ君自身の仮説は何もないと言うつもりなのか？」

　ビーフは実に癪《しゃく》に障る含み笑いをした。

「お二人とも、わしがこれから話さなければならないことを聞くまで待った方がいいんじゃありませんか？　わしはただ、これまで聞いた話の中に真実があったと述べたに過ぎません。実際、その通りです。何らかの真実はありました。しかし、わしの気に入らない点は、説明の付かない点が数多く残っているということです。わしがこう申し上げてもお気を悪くなさらなければ、警部、警部はご自分の仮説に合致する証拠を選び出したのです。わしはそれはやってはいけないことだと信じています。わしは、証拠をあちこち拾い上げたのではなくて、証拠をすべて網羅する一つの仮説が好きです。警部がおっしゃったことのほとんどが間違っているなどと申し上げているのではありません。しかし、ミス・ショルターの古靴はどうなったでしょう？　また、六時五分の銃声は？　さらに、ブリッジの目撃した、チックルが庭でやっていたことは？　そして、ボーイスカウトが木の幹で発見した印は？　警部が説明していない事柄がたくさんあります」

「それはいずれわかると思ったのだ」チャットーは言った。「話を続けたまえ。話してくれた方がいい。君は誰を犯人と疑っているのかね？」

ビーフは口髭を吸った。

「わしなりのやり方で一部始終をお話ししましょう」ビーフは言った。

チャットーは椅子に背を預けた。

「さあ、話したまえ」警部が促した。

第二十八章　ビーフが一切を打ち明ける

「わしが初めてミスター・ウェリントン・チックルに興味を抱き始めたのは」ビーフがもったいぶって言った。「彼がタウンゼンドの著書の一冊を読んでいるのを見つけた時でした。娯楽のためにそんなことをする人間にはどこかおかしな点があるに違いないとわしは思いました。そして、彼の書斎を調べて、そこにある本がすべて犯罪に関するものであることを発見すると、これは臭いぞと確信を持ちました。いいですか、犯罪小説ばかりでなく、そこには探偵や刑事弁護士、あるいは殺人者しか興味を抱きそうもないと誰もが考えるような、法律関係の本や専門書があったのです」

ビーフは一呼吸置いて、まるで自分の言葉の効果を確認するかのように、ぼくたちの顔を順番に眺めた。チャットーには事実上何の効果も見られなかった。ぼくはいささか苛立ちを感じたが、大目に見ることはできた。

「それから、彼の名前の件があります。わしは随分と独特な名前だと思いました。どういうことかと言うと、ああいう名前を付けられて生涯を送ることを考えればいい。

学校の同級生のことを考えればいい。それに、後で出会う人たちのことを。子供が笑いものになるような名前を付けて人生に送り出すなんて、残酷以外の何物でもありません。どんな影響を受けるかわかったものじゃない。わしは心理学とかに深入りするつもりはありませんが、わしの読んだことの半分でも正しければ、ウェリントン・チックルという名前は彼をノイローゼにし、二、三の病的執着や、数々のコンプレックスを与えるのに充分だったでしょう。そして、この事件ではそれがとてつもない働きをしたのです。

わしはミスター・チックルに関してこの二つの点と、後になってさらに多くの点に気づき、いずれも犯罪と彼の間の繋がりを示すように思われたにもかかわらず、わしは或る一つの点でお手上げでした。それは、警部の容疑者については非常に強力なもの、すなわち動機です。風変わりな名前の持ち主である、この小男に、わしの知識と信念の及ぶ限り、赤の他人を殺害するような理由がいったいどこにあるのか。昨日、わしが彼の終生の友人と会って、それまでは疑惑に過ぎなかったことを数多く耳にするまでは、動機は何一つ思い浮かびませんでした。彼には動機がありましたが、犯罪の動機としては今まで聞いた中で一番奇妙なものでした」

苛立たしいことに、チャットーが先を促すまでビーフは口をつぐんでいた。

「芸術のための芸術という言葉を聞いたことがありますか?」やっとビーフが話を続

けた。「さて、ウェリントン・チックルの考えはそれと同じでした——殺人のための殺人だったのです。彼がやりたかったのは、誰かを殺すことでした。被害者は特に誰というわけではありません。ただ、誰でもいいのです。フラスティングが何と言ったかお聞きになりましたね？ 彼は自分の生きた証を世界に刻みつけるつもりでした。そして、彼のねじ曲がった小さな頭脳から、そのための最も確実な方法は殺人を犯すことだという考えがひらめいたのです。いかれているって？ まあ、そう言いたければ、そうでしょう。しかし、わしに言わせれば、誰であれ自分の刻印を世界に残したいと願うような人間は、やることが何であれ、いかれています。これは他よりもひどいというだけです。

そこでフラスティングの話が役に立つのです。わしにはチックルにショルターの死を計画する理由があるとは考えられませんでした。その答えは、彼には動機などなかったということです。彼はショルターの死ではなく、あの日の午後、最初に小道を歩いてきた人物の死を計画したのです。しかし、話を発端に戻して、彼が立てた計画と、それが実際にはどのように起きたのかを見てみましょう。

事件全体の鍵は——わしは一年以上前のことだと考えますが——チックルが殺人を実行する決心をしたことです。きっとみなさんは、そのことやわしがこれから話す他のことなど何の意味もないとおっしゃることでしょう。彼は余生を過ごせるだけの充分なお金を手に入れて事業から引退しました。そして、自分の名前を上げるようなことをやりたかったのです。彼は政界に入っても良かったし、それなら何の害もなかったでしょう。あるいは、何か趣味を始めて有名になったかもしれない。そうしないで、彼は殺人を犯そうとしたのです。ま、好みは人それぞれですがね。格言にもありますが、或る人にとっての美酒が、別の人にとっては毒にもなるというわけです。

彼は数年前バーンフォードに来たことがあったことをわしに認めていたので、おそらく森を抜ける小道を好都合な場所として記憶に留めていたのでしょう。彼はすぐに、そこが理想的な場所だと考えます。このいかれた小男がやったことと言えば、練習を始めたことで――倒木の陰に身を潜め、おまけに、計略を巡らせている場に牧師が来ると、まったくの間抜け面をしたうえに、フリップの頭に妙な考えを吹き込んだりしました。しかし、彼はまだ殺人をどうやって実行するのか考えを練っておらず、銃を使う方法をあれこれ考えている最中にミス・ショルターから狩猟が好きなのかとずばり尋ねられて、よく考えもしないで嘘をついたのです。彼は実際にはあまり賢くはないのですよ。きっと、自分は賢いと思っていたのでしょうが。決して見つからない殺人犯という、彼自身の考えはたいしたものでした。ところが、彼は愚かなミスを幾つも犯しています。

やがて彼は凶器として銃を使用するという考えにたどり着き、〈死者の森〉の狩猟場を借り、十二番径の銃を携えてその辺をうろつき回るのを日課とします。彼の理由はわかりきっています。実行の日が来たら銃を使いますが、人に見られても毎日の習慣に過ぎません。誰も何とも思いません。

わしの考えでは、ちょうどフリップがミスを犯したと警部がお考えのように、チックルも自殺に見せかけようと計画した点でミスを犯しました。それはただ、必要もないのにことを複雑にしただけでした。もしも彼が誰か人を射殺するだけで、彼に明らかな動機が絶対的にないという点を頼りにして、赤いテープやら何やらを弄んだりしなければ、もっとうまくいったでしょう。というのも、自殺に偽装すると決めた瞬間から、彼は銃の問題に直面することになったからです。自分の銃を被害者のそばに置いておくわけにはいきません。そこで彼は、いつも玄関ホールの隅に立てかけてあったイーディス・ショルターの古い銃をくすねることにしました。もちろん、難しいことではありませんでした。誰もが彼が銃を携えているのを目にするのに慣れていたからです。彼は或る日、銃を持たずに彼女の家に行って、銃を持って出て来るだけで良かったのです。実際、彼はそうしました。

次に、彼には被害者が——銃で自殺する人間が通常やる方法ですが——銃の引き金を足で引くのに使用するためのコードのようなものが必要になりました。真犯人の足がつくのはコードのような物からだということが理解できるほど慎重だったので、彼は弁護士の使う赤いテープという考えに思い至ると、最寄りの弁護士事務所から一巻くすねて来ました。

最後に、自分にはっきりしたアリバイがある時に銃声が聞こえる必要がありました。実際に自分の犠牲者を射殺する銃声については簡単で、ウサギを撃っていたと何喰わぬ顔で答えることでしょう。しかし、被害者の命を奪ったと見られる銃声については、事情が違います。彼はそれについて解決しなければなりません。実際、わしが彼のやった方法に気づいたのは幸運としか言えません――彼が紐で庭に引くロープを森の中にまで引っ張っていったことを、ブリッジ青年が偶然にも気づき、ブラック夫人も六時五分に銃声を聞いた時、彼が芝生に出て測定用のロープを取り込んでいたと述べたのです。警部もお気づきでしょうが、チックルは銃声が森のずっと奥から聞こえたと話しましたが、ブラック夫人はすぐ近くからだったと断言しました。それに、別の銃声は聞こえたイーディス・ショルターが、この銃声にはまったく気づかなかった事実から見ても、発砲のあった場所は彼女の家から隔たっていたことになります。実際、発砲されたのはボーイスカウトが見つけた木のところでした。

しかし、チックルが犯罪を準備している間に、彼にも幸運のようなものが訪れていました。イーディス・ショルターががらくた市に出した靴です。彼はその好機に即座に飛びつきました。その靴を履いたのはチックルであることを、わしは確信しました。

なぜならば、ブラック夫人はチックルがその日散歩から帰って以来、彼の人が変わったようになったことに気づいたからです。彼は明らかに衝撃を受けていました。彼の足跡は空き地に近づいていないのに。たとえ彼が罪を犯していないとしても、空き地に行くのにその靴を履かなかったとしたら、どうして彼は何か異常があったことを知ることができたのでしょうか？　それに、その靴が彼の手に渡ったことがわしらにはわかっています。わしが彼にボーイスカウトが翌日になったら捜索を開始することになっていると述べた時、彼が靴を隠し場所から取り戻しに外出し、わしらが近づいて来るのを目にすると目の届かない場所に捨てたことによって、このことは後から確認されました。彼が何を持っているのかわしが気づいたと悟ると、彼は別の嘘をついて、健康のための晩の散歩の時に小道の脇で興味深い物を発見したと言ったのです――雨のそぼ降る真夜中近い時刻だというのに。

かなり注意深く計画を立てたのではありませんか？」ビーフはまるでウェリントン・チックルの準備のことを、彼自身のプライドを賭けたもののように言った。

「うーん」チャットーはためらいがちに言った。

「警部の仮説は本当のところ、かなり多くの点を説明できないことがおわかりでしょう？」

「それでは、君はこの私にどうしろと期待しているのかね？」チャットーが尋ねた。

「フリップを釈放するか、妻殺しの容疑で告発して、ショルター殺しはチックルに罪を負わせるのかね？」

ビーフはいきなり立ち上がると、彼としては精一杯強調して答えた。

「生涯で最大の失敗をしたくないのでなければ、そんなことをしてはだめです！」

「しかし、君はチックルの有罪を証明したばかりで……」

「たった今わしが証明したことは、あの日の午後、チックルが殺人の実行を企てたということです。今でもその意見は変わっていません。あの胸の悪くなるような、半ばいかれた、思い上がったヤドカリみたいな小男は、小道を最初にやって来る人物を殺すつもりでした。ただ、或る出来事で阻止《そし》されたのです」

「というと？」

「すでに殺人は行われていたのですよ。彼は本物の殺人に出会ったのです。一人の男の殺人と言っていいでしょう。そうする動機がある、恐喝の犠牲者による殺人です。チックルが小道を進んで行くと、いきなり、フリップが半時間前に殺害したショルターの死体に遭遇したのです」

「すると、私の説は正しかったのか」チャットーがあえぐように言った。

「もちろん、警部はフリップが犯人だと考えた点では正しかったのです。ただ、警部は他の点に目をつぶってしまいました。チックルは自分が殺人を計画していたその場所で死体を発見すると、嫌な気分になりました。一つには、自分が殺人を犯した時よりも、犯さなかった時の方が、疑われることになるとわかっていたからです。そこで彼は本来の計画を実行し、自殺を偽装することにしました。彼が計画していたように、疑いなく彼は何らかの手段で銃身を被害者のそばに置いて、そうすることで、いかなる専門家といえども死者は自分の銃に屈み込んでいたと述べるしかなかったのです。ショルタ彼としては、本当の殺人犯も同じことをしたと願うしかありませんでした。ショルターの頭部の状況を見れば、確かにそうだったのでしょう。いずれにせよ、チックルはそれに賭けたのです。彼は死体を倒木の方に引きずり、イーディス・ショルターからくすねた銃とアストンの事務所から入手したテープを使って、自分の計画を実行し、銃を発砲して、お茶を飲みに帰宅しました。少なくとも、殺されたのは見知らぬ人間だと、彼は心の中でつぶやいたでしょう。その晩、ジャック・ロビン少年が入って来て、殺されたのがイーディス・ショルターの兄だと言った時の彼の受けた衝撃たるや、みなさんにも想像できるでしょう。もちろん、チックルは彼と会ったことはありませんが、そのことで事件が彼にとってごく身近なものになったのでした」

ぼくが質問を差し挟んだ。

「それについてどうしてそこまで確信が持てる？」ぼくはビーフに尋ねた。「殺人を実行したのは、自殺に偽装したのと同じく、チックルでないことについて、君はどうして断言できるんだ?」

「一つには時間だ。フリップが三時頃から三時十五分の間に空き地にいたのをブリッジが目撃している。その二、三分後に彼はショルターとすれ違い、そして、おそらくは空き地からの銃声を聞いたのが、さらにその二、三分後だ。その銃声がショルターを殺したものでないとすれば、ショルターは四時十五分以後にチックルが彼を射殺しに来るまで空き地で待っていたことになる。そんなのはばかげている。銃声は三組しかなかった。仮に三時二十分としておくと、ショルターが殺された発砲による銃声、自殺に見せかけるために発砲された四時十五分頃か四時半の銃声、そして、六時直後の、すでにご存じのチックルのトリックによる木からの銃声だ。さて、最初の銃声がした時、チックルはまだ庭に出ていた。ブリッジがそれを目撃している。すると、彼が殺人を実行することは不可能だ。単純ではないかな?

そのうえ、もう一つのことがある。その日の午後以来、チックルは意気阻喪《そそう》して、たびたび〝失敗してしまった〟と言うようになった。なぜか? まさしく、彼は失敗していい、いしてしまったからだ。彼は自分が殺人さえも犯せなかったと知った。そのことが彼の腐ったささやかなエゴを粉砕し、ついには紙片に〝私は失敗した〟と書いてフリップの厩舎で首を吊るに至った。いいかね、フリップの厩舎でだ。フリップこそ警察の容疑者で、チックルが犯人と知っていたか疑っていた人物であり、それゆえチックルを殺人から締め出し、チックルが一番憎悪した男だった。だから、フリップに少しでも害をなすことができると思ったら、そうしてやりたかっただろう。『私はこれからミスター・フリップを訪ねるつもりだ』と、彼は家政婦に二度まで言って出かけたのだ。

君に必要なのは想像力だよ、タウンゼンド」ビーフはぼくを真面目くさった目で見ながら続けた。「想像力だ。想像力を使ってチックルみたいな薄汚い小男の立場に身を置くこともできなければならない。もしも彼が次に何をするつもりか知りたければ。時にはそれが簡単ではないこともある。しかし、わしはしばしばそうやって事件を解決している。想像力と豊かな常識が備わっていれば、捜査で大きな間違いを犯すことはない」

またしても長い沈黙が訪れたが、とうとうその沈黙を破ったのはビーフだった。

「充分に満足しましたか？」ビーフはぼくたちに向かって尋ねた。

チャットーとしては率直に、ビーフは見事に仕事をやり遂げたと言った。ぼくはそう簡単には喜べなかった。

「何もかも大変けっこうなんだけどね」とぼやく。「でも、君は自分に求められているものが何かわかっているはずだ――最終章でのビッグ・サプライズだよ。君が見事にウェリントン・チックルの企みに気づいたことはわかるけど、あれこれ言ったりやったりした挙げ句、君は誰を真犯人として指摘するんだい？　警察がずっと疑っていた人間じゃないか！」

ビーフがにやにやした。

「だから？」彼は言った。「君はサプライズを求めていたんじゃないのか？　これがそのサプライズでないとしたら、いったい何がサプライズだと言うのかね？　警察の〝容疑者〟が真犯人！　全探偵小説の歴史を通じて、こんなことは前代未聞だ。彼こそは百戦錬磨の読者が絶対に疑わない人物だ。今度はだいじょうぶだよ、タウンゼンド。小説に書いてみればわかる」

彼は厄介そうに立ち上がると、体を伸ばした。

「さて、紳士方のことはわかりませんが」ビーフは言った。「わしはこれから一杯やるつもりです。それだけの仕事はしたと思います。ビールを四杯頼む、ミスター・ブリスリング」

「ありがとうございます。でも、私はけっこうです」ワッツ・ダントン巡査がしかつめらしく言った。

「それでもけっこう」ビーフが思わず言った。「君の分はわしが何とかする。みなさん、かんぱーい」

慣れた手つきでビーフは大ジョッキを傾けた。

〈解説〉ある「名探偵」のための事件

三門　優祐（クラシックミステリ研究家）

1

ビーフ巡査部長シリーズ、満を持しての復活である。

二〇〇〇年九月に『結末のない事件』（一九三九）が刊行されて以来、本書『ビーフ巡査部長のための事件』（一九四七）が出るまでに何と二十年以上の年月が流れた。まずはこの久々の刊行を素直に喜びたい。さらに、本書を実際に紐解いてみると、ビーフ物の初期三作ほどではないにせよトリッキーで、かつ著者の本格ミステリに対する愛と屈託を感じさせてくれる。本論ではそれをふまえた上で、本書に隠された作者の意図をいくつかの観点から読み解いていくつもりである。

作者の経歴や作品についてはこれまでに各社から刊行された訳書の解説、また二〇二〇年に刊行された『真田啓介ミステリ論集 古典探偵小説の愉しみ』の第一巻「フェアプレイの文学」に収録された各論考に詳しい。そのため、今回は本書を読み解く上で重要な一部にのみ説明を留めることにしよう。

レオ・ブルース、本名ルーパート・クロフト・クックは一九〇三年、ケント州イーデンブリッジで生を受けた。英国最古のパブリック・スクールの一つトンブリッジ校からウェリントン・カレッジに進んだ彼は、その後、フリーのジャーナリストとして活動を開始。一九三六年、レオ・ブルース名義で『三人の名探偵のための事件』を発表し、探偵小説家としてデビューする。探偵小説以外にも多くの著作を持ち、キャリアの中で探偵小説はむしろ余技に近いものだったが、現在では主に探偵小説家として知られている。一九四〇年に陸軍に入隊してアフリカおよびインドで従軍し、一九四六年に除隊した……

クロフト・クック＝ブルースの「文人」としてのキャリアを考える上で「従軍」という要素は決して小さくないものだと考えられる。三十七歳という若くない年齢で入隊を志願したのは何らかの強い覚悟があっての行動だろうし、また戦後の著作のいくつかには戦争の色が濃く落ちると言われる。例えば本書の語り手のタウンゼンドは作者と同じく「インドの王立輜重隊の士官」として数年間従軍していた（『ロープとリングの事件』（一九四〇）以降、ビーフ巡査部長シリーズが途絶えていたのはそのためだと本書では説明されている）し、また後に探偵役として起用されるキャロラス・ディーンにも、戦中はパラシュートで降下するコマンド部隊に所属し、ナイフで人を殺したことがあるとの設定がある。

ところで、ブルースと同じく一九〇三年に生まれ、第二次世界大戦の勃発に合わせて軍に志願した英国の文人がいることをご存じだろうか。それはイーヴリン・ウォーである。近年日本でもとみに評価が高まりつつあるこの作家は戦後、自分の従軍時代の体験を下敷きにした全三巻の大長編『誉れの剣』（一九五二～六一、うち第一巻『つわものども』は白水社刊、第二巻以降も続刊予定）を著した。しかし、この二人の共通点は生まれや軍歴のみに留まらない。特に大きいのはユーモア、それもやや陰性のユーモアが作品の背景に強く裏打ちされていることである。また伝統や決まり事を笑いの種として用い、戯画化された滑稽で矮小《わいしょう》な人物たちが次々に登場してはエピソードを語りだす構成もよく似ている。

作品に焦点を合わせると、『大転落』（一九二八、岩波文庫）で語られるパブリック・スクールの内実は『ロープとリングの事件』の舞台であるペンズハースト校や、キャロラス・ディーンシリーズのニューミンスター・クイーンズ・スクールにぴったり合致する（ルーパート・プリグリーを連想させる生意気で愉快な少年も登場する）し、『回想のブライズヘッド』（一九四五、岩波文庫）に登場する「時代遅れの優雅なお屋敷」ブライズヘッド邸は『ハイキャッスル屋敷の死』（一九五八）で、爛熟《らんじゅく》ゆえの腐敗臭すら漂わせた舞台を容易に想起させる……など、少なくともブルースがウォーの熱心な読者であったことは間違いなさそうだ。

これはブルースが本名名義で書いた書評からも見て取れる。一九三八年、ジャーナリズムにおける加熱するスクープ競争を皮肉って見せた長編『スクープ』が刊行されるや、ブルースは「秀逸なエンターテインメント」と熱烈な絶賛評を新聞に寄せた（書評の全文は白水社版『スクープ』の解説で読むことができる）。これが元で、ブルースとウォーの交遊が始まったそうで、ブルースは編集中のアンソロジー*How to Enjoy Travel Abroad*（一九四八）にウォーの寄稿を求めたし、またウォーはブルースに著書『ヘレナ』（一九五〇）を献本している。

このように英文学の作家を引いてみせたのは決してペダンティズムに走ったわけではなく、前述の通り、ウォー作品からブルースの世界観を理解する上で重要な補助線を引くことができるからである。ウォーは前述の『スクープ』の執筆意図を次のように書いている（同じく全文は白水社版解説を参照のこと）。

「この小説は、現代のジャーナリズムに対する軽い風刺であり（中略）主題は、無数の小説、劇、自伝、映画によって広められている、外国特派員の英雄気取り、政治家気取り、外交官気取りを暴くことである。（中略）（本作においては）深刻なものになるおそれのある状況が、集まった新聞記者によって軽薄に、センセーショナルに、不正直に扱われている」

この文の「ジャーナリズム」を『探偵小説』に、「外国特派員」を『名探偵』に置き換えると、そこには『三人の名探偵のための事件』の骨子が浮かび上がってくる。不確かな動機や事件全体の構図を読み解くことに汲々として細かな証拠に目も向けない、戯画化された「名探偵」たち。ブルースの皮肉は偶然にも、ウォーが剔抉《てっけつ》して見せたスノッブたちの実態とピタリ重なる箇所を切り裂いていたのである。

2

「さっきいったが、わたしはあんたのファンですよ」ディードリッチ・ヴァン・ホーンがいった。

「ヴァン・ホーンさん、恐れいりましたよ、あなたは全部お持ちですね」

「しかも全部読みましたよ」

「それはそれは！　著者として、それほどのごひいきに対しては、なんともお礼の申しようもありません。だれかあなたのお望みの人物を殺してあげましょうか？」

エラリイ・クイーン『十日間の不思議』
（青田勝訳、ハヤカワ・ミステリ文庫、８２ページ）

ここまで書いてようやく本書の話を始めることができる。

本書『ビーフ巡査部長のための事件』は、レオ・ブルースの七年ぶりの、戦後初となるミステリ長編である。ビーフ巡査部長（私立探偵になった後もこの肩書で呼ばれている）は、物語の語り手であることを止め、堅気の仕事に就こうと考えるタウンゼンドを引っ張って、ケント州の森の中で起こった殺人事件へと巻き込んでしまう。

それだけであれば、特にこれまでのブルース作品と変わるところはない。この作品を特徴づけるのは、物語の冒頭に「殺人者の手記」が置かれている点である。「動機すらない完全犯罪を行い、さらに死後自らの手記を発見させることで、自分の名を犯罪捜査の歴史に轟かせよう」と目論《もくろ》む老時計職人、ウェリントン・チックル。果たして彼の邪《よこしま》な（意外と穴だらけの）計画は成功するのか。読者は、ビーフら犯罪を捜査する者たちが知る由《よし》もない情報を握ったまま、物語の成り行きをニヤニヤ見守ることになる。

ビーフは捜査担当のチャットー警部と（『死体のない事件』での共演以来、いつしかビーフの宿命のライバルになりつつあるスコットランド・ヤードのスチュート警部と比べて遥かにスムーズに）連携して聞き込みや現場の調査を進めることで真相に迫っていくが、その結末に待ち構えていた驚き《サプライズ》はいかなるものであったか……というのが本書のおおまかなあらすじである。

「犯罪を目論む者の手記」を物語の巻頭に据え、それを軸として展開するクラシックミステリと言えば、まずはニコラス・ブレイク『野獣死すべし』（一九三八）が上がるだろう。亡き妻の忘れ形見である愛息をひき逃げによって殺された作家がその犯人を追う過程を迫真の手記として描き、実際にその犯人が殺されて以降は探偵役のナイジェル・ストレンジウェイズが、「自分は殺人に失敗した」と語る作家の依頼を受けて真実を探求するという変則的な探偵小説だ。「なぜ手記は書かれなければならなかったか」という点も含めて完璧に構成された、古典的名作の名に相応しい作品といえる。

殺人を計画するとはいえ、悪を滅ぼす仇討ちということで一種の正義、崇高さをも感じさせた『野獣死すべし』の主人公フランクと比較すると、本書に登場するチックルはあまりにも自己中心的で邪悪な、しかも矮小な存在である（過信ゆえに誤りを犯すところなどはまさにそうだ）。このチックルについてもう一つ興味深い点は、彼がタウンゼンドの著したビーフ巡査部長を探偵役とする探偵小説の熱心なファンであるということ。自分の本は碌《ろく》に読まれていない、図書館にも入らない、書評でもクソミソに扱われるというのがタウンゼンドのボヤキ芸、ビーフの嫌味芸だったわけだが、チックルは最新作『ロープとリングの事件』も読破しており、ビーフの聞き込みにも喜んで協力する。しかしこの一事がビーフにある「ヒント」を感知させるというのは皮肉な話だ。

3

【以下本書、およびエラリイ・クイーン『十日間の不思議』の結末に触れますので、ぜひ読了後にお読みください】

「これからさき、ぼくはどうして再び、こんなブリキの神様のような役を演じることができましょうか？（中略）あなたのおかげで、ぼくはこれ以上そういうことを続けることができなくなりました。ぼくは終わりです。ぼくは今後、二度と事件には関係しないつもりです。」

エラリイ・クイーン『十日間の不思議』
（青田勝訳、ハヤカワ・ミステリ文庫、409ページ）

さて、本書の本邦における評価は、真田啓介氏が『ロープとリングの事件』解説にて原書を読んだ上で以下のように評したものがすべてであった。すなわち、

「一作ごとに新しい試みをなそうとした作者の苦心がしのばれ、色々見どころも多い作品だが、結末のひねりが今一つで（作者はサプライズ・エンディングの新手を編み

出したつもりのようだが、その手は既にバークリーが先鞭をつけている）、傑作の域には達していない」（295ページ）

既存の探偵小説のパロディ、そしてメタフィクショナルな趣向を積極的に取り入れた初期の三作、また、シリーズ随一の「意外な構図」の創出に成功した『ロープとリングの事件』と比べると一段落ちる。この文を読んでそう考えた読者は（私を含め）少なくなかっただろう。しかし、実際に読んでみると本書にはまだ一枚二枚確認すべき「底」があるように思える。

捜査の中で常に疑わしい存在であり続けたチックルが、まったく唐突に己の失敗を悔いて自殺し、チャットー警部が殺人事件の容疑者を逮捕する。気を揉むタウンゼンドにビーフは「最も疑わしくない人物、すなわち〝警察が逮捕した人物〟が殺人犯だ」と伝える（真田氏が指摘した「前例のある〝サプライズ・エンディングの新手〟」とはこのことか）。そして、チャットー警部が「シンプルな解決」のために切り捨てた「不要な手がかり」を組み合わせることで、ウェリントン・チックルの「実際には行わなれかった（が、まるで捜査を撹乱するように痕跡だけばら撒いた）殺人計画」の絵解きを行う。これが本書の「ひねりが今一つな結末」と呼ばれるものだ。

しかし、これはあくまでも「犯罪の解決《ソリユーシヨン》」であって「本書の結末《コンクルージヨン》」ではない。

作者が読者に投げかけた謎は残されており、ページを閉じるにはまだ早い。すなわち、「真犯人の〝陳腐さゆえの意外性〟を軸にするならば、なぜ作者はビーフに不要な絵解きを行わせたのか」、「なぜウェリントン・チックルの手記はビーフにとって最も大切な記念品になったのか」、そして「なぜ作者は本書に『ビーフ巡査部長のための事件』というタイトルを付けたのか」……これらの謎に解答せずに、本書の評価を定めるのはいささか尚早であろう。

これらの謎に対する解答は一言で表すことができる。すなわち「ビーフ巡査部長を『名探偵』として遇するため」である。なお、「ビーフ巡査部長はこれまでも名探偵だったではないか」という反論もあるだろうが、それは当を得ていない。

これまでの作品においてビーフは、ヒーローではあるがあくまで「反－名探偵」として振る舞い、足を使った捜査（とはいえしばしばビールとダーツによって中断されていたけれど）と適切な質問によって、犯罪の動機と構図に拘り過ぎる「名探偵」たちの裏をかき真実を照射する役割を担ってきた。しかし本書において、ついにビーフは待ち望んだ「読者」を得た。それも全作を読破するほどの熱心な読者を……読者を持つ「名探偵」はそれらしく振る舞わなければならない。だからビーフは、これまで馬鹿にしていた「心理学」を振り回して動機を推察し、警察には興味のない（しかし構図としては興味深い）「行われなかった犯罪」を暴いた。チックルの手記はビーフの「名探偵」としての推理が完璧に当たっていたことを示す証拠であり、だからこそ彼にとって大切な記念品になったのだ。

そして本書のタイトルこそ、この当て推量の決定的な根拠だ。*Case for Three Detectives*（『三人の名探偵のための事件』）と*Case for Sergeant Beef*。古典を能《よ》くし英語教師をしていたこともあるブルースが何も考えずに二つのタイトルを似せるはずもない。本書の刊行をもって、ビーフ巡査部長は「三人の名探偵」に並ぶ第四の「名探偵」となったのである。

ここで、先ほど挙げたウォーの言葉を改めて引用しよう。

「この小説は、現代のジャーナリズムに対する軽い風刺であり（中略）主題は、無数の小説、劇、自伝、映画によって広められている、外国特派員の英雄気取り、政治家気取り、外交官気取りを暴くことである。（中略）（本作においては）深刻なものになるおそれのある状況が、集まった新聞記者によって軽薄に、センセーショナルに、不正直に扱われている」

既に述べたようにブルースは過去の作品で「名探偵」を右の文の「外国特派員」と

同じく「英雄気取り」と皮肉った。本書でビーフはその皮肉に応え、まるで神のように、あるいは鼠をなぶる猫のように、既に失敗していて追及する価値もない「卑小な罪人未満」を裁き、自殺へと追い込んだ（ボーイスカウトによる森の捜索、また靴を処分するのを待ち構えられたことはチックルのプライドを手酷く傷つけ、取り返しの付かない思考へ追い詰めたことだろう）。

　ここで読者には、「他人の生命、生涯、あるいは幸福」を「軽薄に、センセーショナルに、不正直に」扱った名探偵エラリイ・クイーンが、ヴァン・ホーン事件を鮮やかな名推理によって「解決」したことによって逆に「無謬《むびゅう》の神」の座から叩き落とされる『十日間の不思議』の刊行が、本書の刊行された一九四七年のわずか一年後であったことを思い出していただきたい。ブルースがクイーンの作品を読んでいた根拠は現状存在しないが、ここまでお膳立てが整うと次作 *Neck and Neck*（一九五一）、そしてビーフ物の最終作 *Cold Blood*（一九五二）においてビーフがいかなる振る舞いを見せるのか、今はそれが気になって仕方がない。

●訳者紹介　小林　晋（こばやし　すすむ）
1957年、東京生まれ。ブルース『ロープとリングの事件』、ハイランド『国会議事堂の死体』（以上、国書刊行会）、ブルース『死の扉』（創元推理文庫）、コックス『プリーストリー氏の問題』（晶文社）、ブルース『骨と髪』（原書房）、アリンガム『甘美なる危険』（新樹社）、ブルース『ミンコット荘に死す』『ハイキャッスル屋敷の死』『三人の名探偵のための事件』、ダニエル『ケンブリッジ大学の殺人』、レジューン『ミスター・ディアボロ』（以上、扶桑社ミステリー）ほか、クラシック・ミステリーを中心に訳書多数。

ビーフ巡査部長のための事件

発行日　2021年2月10日　初版第1刷発行

著　者　レオ・ブルース
訳　者　小林 晋

発行者　久保田榮一
発行所　株式会社 扶桑社
〒105-8070
東京都港区芝浦1-1-1　浜松町ビルディング
電話　03-6368-8870(編集)
03-6368-8891(郵便室)
www.fusosha.co.jp

印刷・製本　図書印刷株式会社

ISBN 978-4-594-08712-8　C0197